$14.00

2135-9034
API

D1099133

I libri di Alberto Bevilacqua

Alberto Bevilacqua

# GIALLOPARMA

Romanzo

**MONDADORI**

ISBN 88-04-43034-6

© *1997 Arnoldo Mondadori Editore S.p.A., Milano*
*I edizione luglio 1997*

Dello stesso autore

# Gialloparma

# I

Margot sostava...

Ogni volta che tornava da un viaggio dei suoi, sostava in cima alla scaletta dell'aereo, lasciando che il vento... Era affezionata al vento di Parma, che portava i profumi di una città che le appariva diversa, dopo la lontananza: dai nuvoloni, e dalle facciate gialle delle case, quel giallo Parma come scheggiato d'oro, dai campanili, dai tetti, e dalla linea azzurra delle colline d'Appennino.

Visioni che volavano verso di lei con la felicità dei cani fedeli che ritrovano la padrona, per grazia di quel vento che, in ogni cosa o persona, faceva vibrare il saluto, e un cenno di complicità: da una veste, un cappello, o un abbaglio di luce che confondeva la vista per rimetterla a fuoco meglio.

Amava la città, Margot, dubbiosa sulla sua gente.

Che il vento – si diceva – le animasse gli strambi pensieri, quel carillon che era gioco. Tigre, si definiva con ironia da bambina, sono la tigre del Bengala. E i profumi di Parma aizzavano la tigre: di ciclamino e viole e gaggìe a folate, che lei avvertiva anche quando non era primavera o estate, persino nelle giornate d'inverno e nei nebbioni dell'autunno, perché era fatta così, Margot, aveva il potere di inventarsi i piaceri, arte spericolata, e qualche volta le proprie disgrazie. Le illusioni, anche. Ma il suo illudersi era fermo come una quercia. Succede a chi non lascia alla vita il compito di creare le proprie certezze: se avesse dato retta alla vita, sì, addio.

Con le gambe sfoderate dal vento, insomma, si sentiva diva nella sosta in cima alla scaletta, di nuovo come da bambina. E immaginava una folla ad aspettarla di sotto, benché l'aeroporto fosse piccolo e quasi deserto, e non ci fosse...

Non ci fosse che Giulio, il Giulio Pagani, arrivato come sempre a riceverla, con l'aspetto attraente ma soggiogato del cervo (a Margot piaceva giocare di sarcasmo). Non c'era femmina di Parma, moglie figlia ganza volante, che, incrociando il Giulio per via Cavour o lo Stradone, non vedesse in lui la regalità effimera, l'avvenenza un po' tonta del cervo da sparare.

Stranezze, contraddizioni di provincia...

Giulio ne era la prova. Si credeva un padreterno della conquista, nei letti e negli affari, ma al tempo stesso si rendeva conto di essere un facile bersaglio per qualunque cacciatore, uomo o donna, lo mirasse, se non proprio per ammazzarlo, per centrarlo in una delle sue orecchie da cervo... Così della pallottola gli restava, a memoria o ad avvertimento, un foro... Un foro, ogni volta... E se si trattava delle amanti occasionali, attraverso quel foro filtrava poi un raggio di sole, con le donne, specie le più vanitose, che potevano dirsi: "Quel foro gliel'ho fatto io, al Giulio, è mio quel raggetto di sole". Magari mentre abbracciavano qualcun altro, marito, fidanzato. Ah, le donne di Parma... Se al contrario i cacciatori erano senza gonne – strozzini, mariti cornuti, rivali in affari – non era il sole a piovere ma, si fa per dire, rivoletti di sangue: quel sangue amaro che ti fai quando ti accorgi che sei un dio nell'apparire, però un bamba nel farti valere.

«Hai le orecchie tutte bucherellate» scherzava Margot.

«Ma che sciocchezze dici... Ma perché?»

«Perché sei un bel cervo da sparare. Non capisci?»

«No. E non voglio capire. A volte, sei strana. Chi ti capisce, è bravo.»

«Guarda, Giulio, che quando capirai, sarà troppo tardi.»

E così il cervo faceva strada alla tigre del Bengala. Era là che portava il bagaglio a mano di Margot: tutto un chiedere e complimentarsi con le parole dell'ovvio, della banalità, riscattate nient'altro che dalla sua prestanza fisica, dal sorriso zanna bianca. Perché ormai va così con le parole, non sono pietre affatto, ma serve dell'apparenza, possono salire di quota per il semplice colore d'occhi di chi le dice:

«Ti trovo in splendida forma.»

«Eh, già.»

«Si vede che ti sei riposata, divertita e che ti senti bene.»

Scontate persino le virgole, pensò lei.

Margot non si era riposata, neanche divertita secondo i canoni del Giulio. E se si sentiva bene, era solo per quel venticello ritrovato.

E almeno avesse confessato, il cervo:

"Botte di solitudine improvvisa, mentre eri via, Margot, chissà dove... Perché, senza di te, sono un pulcino nella pania, e lo sai." Oppure, con le metafore pugilistiche che a Giulio riuscivano bene, persino spiritose: "Io all'angolo, con la guardia bassa, e come picchiava l'avversario, e con gli occhi cercavo te, che sei il mio secondo, a bordoring, ma il mio secondo non c'era, a dirmi: tieni su il destro, attacca col sinistro, ecco così vai bene".

Invece il Giulio:

«Almeno una telefonata potevi farmela, no? Che ti costava una telefonata?»

Che avrebbe dovuto fare, Margot, spiegargli? Che lei partiva per i suoi viaggi decidendo sui due piedi, facendo ansiosamente le valigie, per quel richiamo che nemmeno

11

capiva bene, quando l'afferrava una voglia misteriosa di attraversare i cieli e i deserti e le metropoli per raggiungere i luoghi deputati del mistero, fossero i Laghi delle visioni tibetane, o i sacelli degli enigmi di Ramsete II e dell'Iside egizia, o i presunti paradisi terrestri di Bali, della Malesia... Avrebbe voluto partire non per una, ma per tutte le destinazioni, verso ogni terra la più remota, anche quelle che non esistono. Via da Parma, che a momenti le diventava insopportabile, come al contrario dolcissima nei ritorni.

Vivere le mille vite in una, lontano. Come diavolo si può definire una sete d'infinito?

A queste cose pensava Margot, dando al servente Giulio l'illusione di seguirlo docile, mentre lo precedeva di anni luce in ogni circostanza, anche nell'andarsene con le sue fantasie da un piccolo aeroporto di provincia. E il cervo si girava a gettarle occhiate con l'aria di farla sentire in colpa, le faceva strada cercando di immedesimarsi nella sicurezza di quando, al centro delle discoteche, suscitava entusiasmo, il suo, degli altri, fra i lampi, gli applausi delle ragazzine. Allora, sì, che si sentiva un dio...

Che vuoi spiegare a un cervo: che certi viaggi non sono da vacanza turistica con telefonate intime intercontinentali, ma atmosfera, atmosfera, che chiede di non venire interrotta da nessuna delle abitudini lasciate alle spalle, perché ti trovi sul punto di afferrare il senso nascosto della vita, così fragile, così improbabile, che continuamente ci sfugge?

E un viaggio azzeccato, come quello da cui tornava, ti fa sentire mistero nelle forme stesse del corpo. È stato il mondo a creare il mistero, nella sua storia, oppure è stato il mistero che ha creato il mondo, la sua storia?

Già, vallo a chiedere al Giulio.

«Ti ho pensato» diceva il cervo.

«Be', anch'io.»

Mentiva, Margot, ma un po' era anche vero. Perché, a

suo modo, gli voleva bene; e c'è un pensare, alle persone a cui in un certo modo vuoi bene, di cui non ti accorgi, se ne accorge solo il vezzo affettivo e inconscio che ti circola nel sangue, sotto il pensiero primo e cosciente, che invece non è disponibile per nessun altro che te.

S'aggiustò nel bolide turbo del Giulio, non di prima mano, ma ancor ben saldo, arzillo e ruggente. E lui che poteva fare se non partire sgommando, e buttandosi alle spalle il mazzo di fiori con cui era andato a riceverla? Margot soltanto ora s'accorgeva del mazzo, e per farsi perdonare lo riafferrava dal sedile posteriore con il gesto ampio e poi i tocchi, quei tocchi, con cui sapeva infiammare Giulio, e non soltanto lui, e davvero bastava un tocco:

«Scusami.»

«Niente, Margot... Cosa credi, che non lo sappia? I tuoi pensieri sono come i tuoi viaggi. La tua testa è sempre lassù» e guardò il cielo. «Tanto più in alto della mia.»

Giulio aveva questo, di bello. La qualità di smentirsi, sia pure all'improvviso e per poco: di sorprenderla, facendo balenare qualcosa, di sé, che era il contrario della sua apparenza. Era questo... Anche questo che la teneva legata.

«E tu, quante corna mi hai messo?»

«Un paio. Ma semplicemente turistiche.»

Bisogna pur rispondere alle parole che passano attraverso uno sguardo azzurro-collina, e persino un po' misterioso, quanto senza mistero è chi le pronuncia.

Chiese Margot, ora seriamente:

«I tuoi affari vanno sempre a tragedia, eh?»

Giulio le rispose abbassando lo sguardo, e l'azzurro sparì sotto palpebre stanche.


«Qui» gli disse.

Al centro di piazza Garibaldi. Caffè Otello. Ombrellone blu.

«Perché ci vedano tutti» obiettò Giulio.

«No. Per il gelato.»

«Perché tutti vedano che sei tornata.»

«Anche.»

E lui aveva parcheggiato avventurosamente. E il bolide traboccava di bagagli.


Quel gelato, ventaglio di gusti, "Gelato Marchi", delicacy parmigiana, una fra le tante, richiedeva insinuante lentezza per farsi anche sapore dei pensieri... Era per tornare a far proprio, attraverso i sensi, questo simbolo delle passioni della città, in apparenza edulcorate a tavolozza di tinte, in realtà capaci di inebriare il cervello con le loro aguzze punte di ghiaccio, che a Margot piaceva far sosta, dopo i suoi arrivi, agli occhi di un mondo che riprendeva familiarità con la sua figura accarezzata dai più, scomoda per molti, avventurosa per tutti.

Dal gelato gigante, il suo sguardo si spostava alla piazza, con la fantasia di renderla deserta, spazzarla, lasciandone magari uno, uno solo, un vecchietto in bicicletta, col tabarro svolazzante, e saliva lungo una parete del Comune, laterale alla facciata: là, nessuno dava importanza a un rameggio di segni. Venivano scambiati per screpolature murarie. Non lo erano. Rappresentavano un albero, grande, dipinto, a cui il tempo aveva intaccato i colori.

«A che pensi?» chiedeva Giulio, che subito si stancava del gelato, e ordinava birra.

«All'albero.»

Avvezzo, il Giulio, ad assorbire in un'alzata di spalle, poi nel silenzio, le stramberie di Margot, dette e fatte, sapendola capace di vedere un albero anche in una piazza gremita delle gonne volanti di ragazze che pedalavano verso casa nella pausa degli uffici. Margot poteva stravedere anche di peggio, se le girava la luna.

Ma l'albero c'era, lei lo stava scrutando per davvero, ora più saggia e meno visionaria che mai, anche se Giulio non poteva capirlo. Un albero genealogico dipinto sulla parete laterale del Comune:

«Degli Estensi, forse.»

«Già» incassava il Giulio, e avrebbe anche potuto ascoltare: "Degli Esquimesi".

Margot, con tono dubbioso:

«O forse dei Gonzaga.»

Ne avevano dette, su quei graffiti. E Margot propendeva per gli Asburgo. Che il pedigree fosse di Maria Luigia d'Austria, che aveva ordinato la pittura murale:

«Degli Asburgo. Di Maria Luigia.»

«Ma che t'importa degli Asburgo.»

«Piantala, Giulio. Non mi distrarre.»

In cima all'albero stavano gli Imperatori. A segni ben incisi e protervi. Rossofuoco e potenza. Quindi, per li rami, a discendere, le mogli a segni azzurri, e le piccole nubi dei figli. I legittimi. Da queste nubi come di aste inquadrate, si piegavano su se stesse altre aste, scompaginate invece, quasi legnetti di un gioco gettati al vento: erano i nati illegittimi, tuttavia non estromessi dall'olimpo imperiale, perché il loro sangue era pur sempre quello, misto ma asburgico, coi globuli dentati dalla corona, il destino votato alla Cripta dei Cappuccini in Vienna... Dove la loro morte avrebbe trovato asilo non nelle tombe imponenti e centrali, ma in piccole tombe anch'esse laterali, scompaginate...

«Si può sapere che c'è di tanto interessante, lassù?»

«Ci sono scritte storie simili alla mia. Simili alla storia di molti. Storie che bruciano.»

«Va be'... Aspettiamo.»

«Bravo. Aspetta.»

Il gelato gigante dava a Margot il tempo dovuto per riflettere. Giusto, dunque, sedersi sotto l'ombrellone blu, punto strategico, decifrando per la millesima volta i graffiti, paragonandoli al proprio destino.

A che conclusione arrivava, Margot? Sempre la stessa.

Gli imperi e i ducati di una volta, in quella terra, avevano lasciato il trono alle grandi famiglie che avevano creato industrie e aziende. Parma ne contava. Alcune tenevano in pugno i mercati dei continenti. Barilla? Già. Parmalat? Appunto. E il grana, i prosciutti di langhirana collina, le vetrerie. Via via, che lista. Quanta avventura, di famiglie e stirpi, a partire dal capostipite che aveva guidato la prima caravella; quanta america scoperta e sfruttata, con una saggezza concreta, degna della tradizione romanica, e insieme una fantasia, una fede, nate nei secoli dal rito agrario.

Zampe da libellula, si diceva Margot, e corpo da elefante, o meglio: da fiammeggiante Drago-Business. Questa l'accoppiata che era servita per plasmare imperi, e ancora serviva, oggi, per diventare colosso della "sana provincia che crea fatturato". Ma... C'era un *ma*: la norma del contrasto, in questi casi fatale, fra l'esterno che trionfa e l'interno che va a pezzi.

Se le Imprese si fondavano su una geometria perfetta – col Duemila già incorporato nelle supertecniche – la stessa geometria di rapporti non esisteva certo dentro le famiglie che si trovavano alla guida di industrie e aziende. Qui, regnava il Caos, non avveniristico; all'opposto, antico come l'uomo, le sue leggi del sangue, da sempre tali perché violate, contraddette, tribali. Nessuna strategia di comportamento o di conquista, ma colpi di testa, anziché d'ingegno, testa per lo più con corna, istinto ottuso, a peso, istinto a strappi, lacerazioni: mogli che sgarrano, amanti che ricattano i Cornuti Eccellenti, odio cementato in mura domestiche, padri contro i figli, figli contro i padri attraverso le madri, figli illegittimi...

Ecco il punto: l'illegittimità impastata con le leggi del sangue. Come emarginazione dissimulata.

Non aveva fatto eccezione il padre di Margot: Marco Corradi...


«Vorrei parlarti di mio padre.»

Margot stessa sorpresa da quella voglia di confidarsi. Con Giulio, poi.

«Non hai mai voluto parlarmene. Quello che ne so, è il sentito dire.»

«Voglio parlartene...»

«Ora, qui, e con un viaggio di venti ore sulle spalle?»

«Sì. Ora, qui, e con un viaggio di venti ore sulle spalle.»

«Alla maniera tua, eh?»

«Alla maniera mia... E cos'hai sentito dire di lui?»

«Che era un uomo grande e piccolo insieme. Per certi aspetti grande, per altri...»

«Già.»


... Marco Corradi. Solita ascesa. Fabbrichetta d'esordio, del tipo che poi, ricordata negli anni, ti fa dire: "Non torneranno mai più i tempi della gioventù, quando la saggezza era una forma d'incoscienza che ti portava a non sbagliare mai". Una musichetta vivace fra le musiche maestose della Barilla e della Parmalat di Tanzi. Se la prima si era votata all'Idolo Grano, partendo dal Mulino Bianco oggi meta di pellegrinaggi, e la seconda, invece, all'Albero Sacro del latte, il Corradi – per non saper né leggere né scrivere, uno dei suoi motti – aveva coniugato, nella sua religione degli affari, l'Idolo e l'Albero Sacro, e aveva stravinto.

La "Corradi" era una riserva di miliardi l'anno. E che sarebbe stata Parma senza la "Corradi"?

Marco aveva sposato Luisa. Un bel rebus. Per ricatto subìto, dicevano. E lui, trincerandosi: «Per togliere il dito dalla piaga». Bel mistero davvero, si ripetevano i parmigiani *vil razza dannata* (a chi mai era venuta in mente l'idiozia storica che Verdi avesse scritto, in prima stesura, "parmigiani vil razza dannata", anziché "cortigiani"? Sì, certo, fra Verdi e Parma, baruffe, ma arrivare a tanto...). Agli amici intimi il Corradi mostrava, desolato, le mani aperte, come se si trattasse delle piaghe del Cristo, mentre Luisa, per lui, era stata piuttosto le piaghe d'Egitto. Una di quelle donne che devi vezzeggiare come una bambina, pur sapendo che, un giorno, sghignazzerà ai tuoi funerali. E ne diceva, la *vil razza*, ne diceva. Tutta una battuta, e malignità, la storia dei Corradi.

*Jack-knife*, coltello a serramanico, chiamavano Luisa i soci d'affari americani, tifosi non già della squadra calcistica del Tanzi, con le maglie listate dal gialloparma e fra le prime in classifica, ma dei Chicago-Bulls... E per loro Luisa era anche *Kilt*: il gonnellino scozzese che, nella leggenda erotica delle Terre Basse, è facile a volar via, appunto, dalle parti basse, e ancora volava, benché la donna si avviasse verso la sessantina, mantenendosi – anche la *vil razza* ne conveniva – miracolosamente giovane.

Due figli legittimi dal matrimonio: Giorgio e Maurizio. Meglio il secondo.

E a Marco Corradi? Che gli restava fuori dal labirinto industrie riunite che lo teneva come il Minotauro? "Do ut sex." La gente, dài con le parodie latine e gli aforismi (si amano molto gli aforismi, Parma stessa è un aforisma geniale)... Non gli restava che concedersi qualcosa, malinconici rapporti extra per sgombero di solitudine e di umiliazione domestica, malgestiti da ingenuo, con la speranza, sempre meno, che un giorno fosse quel Dio a regalargli una scheggia di gioia, magari per una di quelle storie che sono già finite prima di cominciare, stile stella cadente, da formularci almeno un desiderio mentre trascina la sua luce.

E la stella cadente era stata Giustina.

Misteriosa nella sua origine e nei suoi studi. Come un

albero, anzi un alberello, perché era minuta quanto ben fatta, non classificabile in nessuna specie. Non a caso la similitudine. Giustina, infatti, poteva dare l'impressione di una contadina erudita per istinto, invece la botanica l'aveva studiata davvero, nonché le voci della natura, i loro segreti, e le piante viventi o fossili, e i fiori d'ogni terra. Erano la sua scienza naturale via via trasformata in una luce magica degli occhi, la luce che ci accompagna a ricercare noi stessi nel mistero, qualunque mistero.

Da Giustina era nata Margherita, detta Margot.

"Margot! Margot!"

La *vil razza* non si era ispirata affatto a Margherita di Valois, regina di Navarra, di cui non sapeva nulla. Era la sua storia che respirava di Francia, era il suo dialetto che traboccava di francesismi.

Margot, perfetta nella sua illegittimità.

Margot che definiva la sua illegittimità perfetta – che l'aveva iniziata alla vita, come maestra d'anarchia, maestra e demone – con una frase: "Come potrò mai sbagliarmi, se il mondo è sbagliato fin dall'inizio?"... I maligni, amanti dei giochi di parole terra terra, insistevano: schizzata, Margot, ossia un po' dissociata, perché uscita da una schizzata, forse la sola felice, di Marco Corradi: "bianca e pastosa come la luna che gli amanti avvolse" (la *vil razza* è, a volte, cinicamente enfatica, stravagante e lirica), uno di quei lunoni che carambolano nei cieli delle notti padane.

Margot, lapsus talami, e dài. Per una mater dulcissima che era stata sedotta in una di quelle notti di cui Marco Corradi non poteva non inebriarsi, se non altro per le similitudini coi suoi prodotti: notte a folate di grano maturo, tra i fari dello scalo ferroviario, e meravigliata dalla pelle di latte, dal latteo profumo che emanava Giustina, la quale aveva acconsentito: "Sì, io con te ci sto, a qualunque costo". Come una delle sue piante che fiorivano in terra d'Emilia contro ogni ragione e regola, persino quelle importate dall'Oriente...

Che fosse per quella notte specchiata nel cielo quando si fa visione di un altro mondo, che Margot se ne andava spesso viaggiando, alla ricerca di ciò che chiamano radice, e chissà cos'è, forse soltanto l'ispirazione ad averla, trovarla, magari in capo al mondo? Ma qual è il mondo? Quello di terra o l'altro a firmamento, dove le radici puoi contarle a migliaia come le stelle? E vorresti spiccarci il volo, schizzare in cielo come il padre tuo, sposato e in regola con tutte le regole dell'apparire, ti ha schizzato dentro la madre tua, e lassù rinascere.

Marco Corradi aveva imposto Margherita in famiglia, con ogni possibile legittimazione. Ovvio il resto. Le aveva dato il suo cognome, il suo denaro in asse ereditario, benché fuori asse con le convenzioni, il che aveva richiesto artifici e cavilli da uno stuolo di avvocati e notai. Prima di morire, tre anni addietro, aveva assegnato a Giustina e a Margherita la villa più invidiata, "Villa delle Gaggìe", a qualche chilometro dalla città, verso le colline, dove Giustina avrebbe potuto amministrare le sue piante e fiori, e volatili in voliere.

Luisa Corradi, da sempre, vendicativa. Ma come moglie e femmina, vociferavano "alla parmigiana", aveva troppe magagne per magagnare a sua volta... Tutto questo perché una misteriosa Giustina l'aveva amato, Marco Corradi, con la dedizione testarda e chiara che una pianticina dà a una quercia triste, se capita il caso che fiorisca alla sua radice.

In nome di tutto questo, un padre può anche, un giorno, portare per mano una figlia piccola di nome Margherita, non ancora Margot, fin sotto gli strani graffiti incisi sul muro di lato alla facciata del Comune, per cominciare a farle capire qualcosa della sua condizione:

«Forse, furono gli Estensi... O qualcuno dice: i Gonzaga.»

Credeva, Marco Corradi, che la bambina non fosse ancora in grado di capire. Invece era svelta, e nata per capire, perciò capiva benissimo:

«Forse...» insinuò quel giorno Margot «è l'albero di Maria Luigia... O forse è l'albero mio.»

«Il tuo gelato è finito» la scosse Giulio. «Finito da un pezzo. L'hai visto bene, l'albero?»

«L'ho visto» rispose Margot.

E sgusciando dall'ombrellone blu, si alzò in tutta la sua figura. Pagò lei i gelati e le birre:

«Andiamo.»

Giulio l'aveva ascoltata con un'attenzione crescente. E ora, mentre il bolide riprendeva a correre:

«Così, questa è la tua storia.»

«Già.»

«Perché hai voluto raccontarmela proprio oggi, e in un modo così strano, appena tornata da un viaggio?»

«Perché sono tornata con un proposito ben preciso. Che il viaggio, appunto, mi ha ispirato.»

«Riguarda anche me?»

«Riguarda anche te.»

«Quale proposito, Margot?»

«Farò in modo che, in questa città, accada qualcosa... di strano. Qualcosa che, comunque, rovescerà questa città come un guanto.»

«Uno dei tuoi colpi di testa?»

«No. Colpo d'ingegno.»

E Giulio sorrise:

«Devo averne paura?»

Smise di sorridere quando Margot gli disse:

«Forse. Sì. Credo di sì.»

«Cosa mai può essere di così terribile?»

«Non terribile. Giusto.»

«Staremo a vedere. Ormai, non mi meraviglio più di niente.»

«Aspetta a dirlo.»

Poi Giulio commentò a modo suo la storia che Margot gli aveva raccontato:

«Meglio nascerci fuori regola, Margot, che finirci a un certo punto della vita. Com'è capitato a me... Almeno, impari subito a fingere, fuori dalla regola, a simulare.»

Bravo Giulio. Davvero qualche volta ce l'aveva, qualche sprazzo di genio.


Bolide di Giulio a Villa delle Gaggìe. Frenata sul soffice. Provava un senso di intrusione, ogni volta, il Giulio, la timidezza stordita e scattante della lucertola, nell'accostare dal viale la cancellata, l'incanto orientale dei fiori aromatici che esplodevano da sopra il muro di cinta: braccia – parevano – dei sogni che vorrebbero ghermirti. Il cuore gli batteva forte. Per un attimo, certo. Però gli batteva. Erano luci che tremavano nel vento, quelle piante, quei fiori, accese dal crepuscolo come le nuvole rosse.

È possibile dimenticare il profumo che viene dal sole che si avvia a morire circondato dai salici, e che ti battezza le prime volte, quando sei bambino? Battezza proprio il tuo essere bambino.

E così si riconosceva il Giulio davanti alla villa: bambino. Poi ammetteva la variante di Margot: bambinone. Eppure, la fugace bellezza, anche quella, naturale, lui sapeva carpirla da maestro, era il suo solo vanto: specie nelle donne, certo, ma non solo. Eppure quello era il nido di Margot... Perché dunque lo faceva sentire oltre la porta, un po' padrone, e insieme al di qua, un po' sbattuto fuori, come una femmina insuperbita di sé, che te l'ha data, ma dopo avertela data torna superba, ed è come se dovessi conquistarla daccapo, per la prima volta?

Segnale di pericolo, come sempre.

Mentre c'era chi usciva a prendere i bagagli. A Margot e a Giulio non poteva sfuggire l'automobile parcheggiata alla brava, appunto perché si notasse: la "sprint" di Luisa Corradi. E il Giulio:

«Vuoi che entri con te?»

A ogni ritorno di Margot, non cambiava una virgola. La "sprint" messa di traverso davanti alla cancellata, luci accese a bandiera nella facciata della villa. E Luisa Corradi, più pazza che testarda, che andava a conficcare la sua sfida patetica, come un vessillo senza patria, in quella patria che ormai non era più sua. Voleva essere lei, lassù, a ricevere Margot. Quasi fosse ancora padrona a Villa delle Gaggìe, il luogo più amato per tanti anni della sua vita, il torto più sanguinoso che il Marco Corradi le aveva imposto, strappandoglielo col rogito, in punto di morte, proprio sapendo che la villa era, per Luisa, più che un nido eletto una fissazione.

E ora Margot sarebbe salita al primo piano, avrebbe aperto la porta della camera da letto, avrebbe trovato Luisa in piedi, a spalle girate, che fissava il parco, avrebbe udito: "Benvenuta, Margot", quella punta così incapace di essere di disprezzo, mancandole la perspicacia, la sottigliezza. Avrebbe, avrebbe...

E ancora:

"Presto ti darò il benservito."

Si sarebbe battuta fino alla morte, Luisa Corradi, per riavere Villa delle Gaggìe.

Al Giulio, Margot ribatté di non impicciarsi:

«Vai a casa tua. E aspettami là.»


Prima di fare irruzione nella sua intimità violata, Margot entrò da Giustina. Abbraccio fra madre e figlia: lungo, silenzioso, le teste reciprocamente affondate fra collo e spalla, dove il filo degli affetti riprende dal punto in cui capisci che all'altra batte il cuore.

Piccole, le mani di Giustina, nell'avventurarsi fra i tanti capelli di Margot, a cercarvi il nido caldo e morbido alla base della nuca, in cui uno resta sempre con la molle corteccia dell'infanzia; piccole, quelle mani, ma abili a districarsi, per l'aver cercato una vita fra le foglie fitte e il groviglio dei rametti anche più delicati e teneri: nell'intrico soffice della natura.

Abbraccio, infine, furtivo: in linea con la dépendance dalle luci soffuse. Giustina aveva scelto di vivere là, nell'edificio annesso, trasformato in laboratorio da botanico e insieme labirinto dei giochi, delle meraviglie: piccoli colpi di scena. Sempre con un tocco magico.

Un abbraccio e via, per Margot...

Ci sarebbe stato tempo, fra poco, la sera, per raccontare del viaggio, consegnare i regali, tornare indietro nel racconto soffermandosi sulle minuzie che a Giustina interessavano più delle grandiosità: dalla vita frenetica delle metropoli straniere alle solitudini desertiche.

È portandosi uno zainetto di minuzie – diceva Giustina – che si va, nel mondo, alla ricerca della propria identità.


Salì lo scalone, Margot, all'erta.

Si avvicinò alla porta con una calma tutta sua. Questa calma in cui affondava, sempre e comunque, quando la vita le si rivoltava contro ingiustamente nemica, e lei, secondo il giusto, doveva affrontarla.


Se era stata gioco e ingenue fantasie, in cima alla scaletta dell'aereo; se era stata riflessione filiale, sotto l'ombrellone blu della piazza; ora, Margot era ironia.

24

Lo era il suo corpo stesso, appoggiato alla porta. Un sorriso, le mani nelle tasche. È l'ironia, quella specie di, che fa paura.

«Vattene» disse semplicemente.

Luisa Corradi avrebbe affrontato e reso lo schiaffo, anzi l'aspettava, lo voleva, come s'aspettava e in fondo desiderava lo scontro; ma quell'ironia, quella specie di, la sconcertava: arma ignota, che non aveva mai posseduto, che aveva temuto nei sogni, perciò le scompaginava le attese, le scaricava la premeditazione.

Restituì il sorriso, e la sua aria bastonata, di scusa, non era certo per Margot, ma per se stessa, in quanto mai sorriso le era riuscito peggio, più deludente e inutilmente subdolo:

«Non è così che finisce.»

Ma era tanto tempo che finiva così.

Ricordò, Margot... La porta lasciata semiaperta, lo scorcio, e se stessa prima bambina, poi adolescente, testimone... Il cuore in gola, la vista che si velava, il corpo che perdeva il centro, sbandava.

Ricordò le scene d'adulterio di Luisa, e Luisa che s'improvvisava protagonista anche per sfidare la morbosità istintiva della bambina, dell'adolescente. C'è un'età in cui non si dominano gli sguardi, in cui è naturale che lo sguardo, primo mezzo di conoscenza, non s'arresti di fronte a nessun aspetto del mondo ancora sconosciuto. Sguardi che avrebbero significato l'umiliazione della piccola Margot; la sua sconfitta per il futuro... La piccola spettatrice fuggiva via singhiozzando, e quei singhiozzi lasciavano un'eco fra le parole frantumate volgari degli amanti balordi e l'ansimare della donna: in quella camera, proprio in quella, che allora era il regno di Luisa Corradi.

Alle spalle di Marco Corradi, marito e padre, vivo.

«Non è così che finisce.»

Ma era tanto tempo che finiva così.

Il grido di Luisa, che se ne andava.

Attraversando lo spiazzo di ghiaietta, verso la cancellata. Il grido lanciato alla dépendance di Giustina, che le rispondeva con la quiete da favola delle sue luci, come il venticello prediletto da Margot torce il fumo sui tetti, contro la visione delle colline dove schiarisce.

Il grido:

«Voi siete soltanto una scopata di mio marito andata male!»


Nel regno di Giustina.

"Tutto questo l'ho fatto solo per noi due, Margot."

Dove il *tutto questo* si cancellava.

"Non fraintendermi. Mai."

Dove nessuna fraintendeva nulla.

"Ascoltami, per favore."

Dove si ascoltavano. E il favore reciproco consolava.

Talmente giusto quel silenzio intorno. E che mite epifania. Bastava niente, per inumidire gli occhi. Anche di gioia. E poi rideva, il regno di Giustina, rideva. Fosse sepolto di neve, che bisognava correre in soccorso delle piante, fosse assolato: con un sole spaccapietre sulle fioriture che parlavano, in termini di colore, le lingue straniere di terre remote. Ora rosseggiava, quel regno, ora aveva azzurri e viola e ori impagabili.

Un uccello esotico, maestoso; custode vigile, affezionato. Perché Giustina l'aveva chiamato Fedro? Perché, dal greco, vuol dire "lieto", "ilare"? O per lo scrittore di favole latino? Margot aveva altre ipotesi. Era così benevolmente segreta la vita di Giustina, per quanto limpida come uno specchio... Margot respirò profondo fra i globi bianco-oro del *Dori-ka*, che veniva dall'Asia orientale. Classificato con molte parole, fra cui "vivid" "wheel" "truth": "La verità è un'accecante, immaginosa ruota che gira, attenti agli abbagli"... *Ruota della verità* (erano belli e fantasiosi i nomi della botanica, e come li manipolava, Giustina: "Anche una semplice pianta erbacea" insegnava "la puoi paragonare alla testa di una persona, dove stanno tante idee, e ogni varietà è un'idea, metti 'Rose Bouquet', 'Summer Snow', 'Summer Spire', e via via... Pensa un po', per la più umile delle pianticine").

Quanto avrebbe significato, il *Dori-ka*, in questa storia: appunto per ciò che significava...

Dal viaggio, Margot aveva portato il consueto campionario di regali; fra questi, un registratore nuovo, da aggiungere alla collezione: amava, Giustina, registrare la propria voce, e con arguzia le voci, riascoltarsi, riascoltarle. Un piccolo gioiello di tecnica, il più sofisticato:

«Vedi? Torna daccapo da solo...»

Felice, Giustina.

«Con questo, puoi registrare a distanza qualsiasi voce. Il suo raggio d'azione...»

«E così il tuo viaggio è andato bene.»

Ogni volta rispondeva, Margot:

«Ho visitato luoghi dove tu hai sempre sognato di andare. Me li descrivevi come fossero favole.»

«È vero. Li ho visti in sogno, Margot.»

La figlia alzava le spalle:

«I sogni...»

Piaceva anche questo, a Giustina: sorridere dello scetticismo altrui. Dei diffidenti diffidava. Erano la causa di tutto:

«La realtà è piena di mistero. Ma noi siamo costretti a vederne sempre il brutto, il rovescio della foglia. Non il suo mistero.»

Le due si fissarono. Fu lo sguardo di Giustina che spinge Margot a confessare:

«... C'era un sole accecante. E poi nel deserto, dove si racconta che gli antichi pastori di Babilonia leggevano il destino nelle stelle cadenti, si è scatenata una tempesta di sabbia... E poi... Poi ho udito la sua voce.»

Giustina ascoltava. Margot restava scettica:

«Un trucco per turisti.»

«Che ti ha detto la voce di tuo padre?»

Margot alzò di nuovo le spalle:

«Ciò che abbiamo sempre saputo. E pagato a caro prezzo. Che ti ha amato. Che per te ha rovesciato il mondo.»

Giustina, da saggia, mischiava il suo modo di ridere alla malinconia:

«Se era un trucco, Margot, devi convenirne: stupefacente.»

«Sciocchezze da prestigiatori. Mi hanno reso furiosa. Ascoltare la voce di mio padre, il suono della sua voce, in un trucco da stregone!»

Giustina scomparve. Tornò con uno dei registratori che conservava gelosamente. La voce di Marco Corradi, incisa in anni lontani, si diffuse nella notte come un sorprendente risveglio:

"... Cara Margot, sono così stanco, ma anche così contento. Penso al giorno in cui potrai, ascoltandomi, capire. Prendo il tuo viso di ragazzina fra le mani e ti parlo... Questo è un mondo di lupi che non conosce più la dolcezza con cui ti sto accarezzando il viso... E ora aspetta, aspetta, prima che ti dica la parola, quella parola, per quando arriverà il momento... Aspetta che sto zitto con te, stiamo zitti, ecco, ad ascoltarci respirare insieme..."

Margot ascoltò il respiro suo, e del padre, i loro respiri uniti:

"Sto per dirti la parola... L'ho detestata in vita mia. Sempre. Mai l'ho messa in pratica. Sono un debole, come uomo, ormai l'avrai saputo. Sono una quercia grande che produce fogliame, ma la polpa, dentro, si è sciolta... La parola. Già. Vorrei usarne un'altra. Ma non esiste altra parola per questa, figlia della parola *giustizia*. Figlia illegittima. Figlia stravolta dai sensi di colpa. Perché nasce dal corpo della madre quando muore...''

Riportando il nastro al punto in cui la parola veniva pronunciata, Giustina chiese:

«È questo che ti ha detto la voce che hai ascoltato nel deserto degli antichi pastori?»

La parola: *vendetta*. Vendicare un padre...

Stava scritto negli occhi di Margot, bastava leggerlo. Non c'era bisogno di stregoni.

Margot uscì nella notte azzurrina verso la distesa di Parma. Era troppo abile per non sapere che i grandi propositi vendicativi bisogna mascherarli bene, se si vuole che abbiano effetto. Si toccò il corpo. Era pronto: punto di forza, il primo. Si chiese se fosse ancora in grado di provare nostalgie, magari per le luci lontane o per le gaggìe che davano nome alla villa, quasi le appartenesse il loro profumo nella notte. Le provò.

Ne aveva dunque, Margot, di maschere per il suo ballo.

Restava solo un sospetto, più che una domanda: perché mai solo ora Giustina le aveva fatto ascoltare il nastro?

# II

La paura notturna...

Margot, in questa notte, si avventura nel Pioppeto Rondini.

Due occhi la spiano nel suo correre via in macchina...

Qua e là, coppiette infrattate. Sopra il pioppeto, una nuvola leggera e la luna piena. Il Pioppeto Rondini è ardente e oscuro. Ha da poco ingoiato il sole. Il tramonto gli è morto dentro a fatica, tra le fitte lance dei tronchi. *Un cane andaluso*, Buñuel. Margot se lo sarebbe in seguito ricordato. Il prologo di quel film: un balcone nella notte, un uomo che affila il rasoio. L'uomo guarda il cielo attraverso i vetri, una nuvola leggera punta alla luna piena... Poi l'uomo *vede*... La paura – la propria, l'altrui – in una testa di ragazza, *con gli occhi spalancati*. "Verso uno degli occhi avanza la lama del rasoio."

La nuvola passa davanti alla luna. La lama del rasoio attraversa l'occhio della ragazza. Taglia, in quell'occhio, la paura dell'uomo, della ragazza. Di chi vorrebbe essere carnefice, di chi non sa di essere vittima. Buñuel...

Margot affonda nei pensieri, correndo via, in macchina. Corre a casa di Giulio, a fare l'amore. Respira un venticello di foglie, mentre fra le gambe, nel ventre, assorbe il calore lasciato dal sole che ha durato, in mezzo ai tronchi, prima di spegnersi.

Margot *non può vedere*, dunque...

Quei due occhi che la spiano nel suo correre.

La paura è una presenza veggente. Richiede scambio: che il nostro sguardo incroci il suo.

Non si capisce se, a spiarla, siano occhi di uomo o di donna. Occhi, tuttavia, avvezzi alla notte, al sentimento della notte, a ciò che la notte improvvisa: uccelli qua e là, rauchi, grilli, scorci osceni di amanti dove il maschio carica la femmina contro il fusto del pioppo, solitudini di figure, consolate o eccitate dall'essere padrone del buio.

Pupille dal neutro colore. Sospese sul bianco neutro. Il demone, maschio o femmina che sia, ha lo sguardo del nulla. E in quello sguardo assorbe la figura di Margot, il suo profilo bersagliato dai capelli nel vento dal finestrino aperto, le mani dalle lunghe dita che tengono il volante. Se gli occhi hanno conosciuto passioni durante il giorno, anche esasperate, la notte le cancella. Non vi si legge desiderio, né altro.

Margot esce dal pioppeto, lasciando una nuvola di polvere, senza accorgersi di quella presenza che determinerà il suo destino.


Nella luce schermata della lampada, Margot e Giulio: un'intimità, come un lago chiaro; la mente chiara, nemmeno più un'ombra; finalmente, nessuno dei due prigioniero dei propri pensieri e mondi in contraddizione.

Un senso della vita pieno, fluido...

Questo il piccolo miracolo di cui era capace Giulio.

Si trasformava, tutt'uno col sesso di Margot, che non aveva bisogno di raccomandare, come sempre agli altri: "Con dolcezza... Piano". E poi con la dovuta forza. Giulio aveva questa facoltà, in amore: di uscire da sé, dal suo essere cervo sparabile, per farsi cacciatore dalla mira perfetta; con un'altra personalità che, dalla sua incoscienza, si manifestava con la coscienza della perfezione. Senza incertezze d'ansia, mai grossolano, con una sapienza antica. Nemmeno nel possederla, scontato. Sembrava ogni volta diverso.

Margot non si capacitava. Possibile che un uomo del tutto prevedibile in ogni aspetto di sé, azioni e reazioni, avesse in serbo, come amante, le piccole meraviglie dell'imprevedibilità che suggestiona, appaga? Era nato con la vocazione per quell'arte, solo per quella, evidentemente, che conosce i tempi segreti della sensualità profonda di una donna, e Margot poteva ben giudicarlo, che di uomini ne aveva avuti, ma quanto a sapienza nel farla godere, qui cascava l'asino. Nel trasmetterle la sua carica felice, Giulio era un virtuoso degli accordi. Sapeva accordare anche il mondo della camera e l'altro, di fuori: in un'atmosfera dove il suo sorriso era padrone e lei si abbandonava, fino a dimenticare ogni cosa.

Altro rebus, quel sorriso. Nemmeno immaginabile nel Giulio della solita vita. Di nuovo s'interrogava, Margot: come può, uno che fai ridere con niente, superficiale nel ridere come nel farsi cane malinconico e accucciato, illuminarsi, fra il buio e la luce, con un sorriso da fauno, con dentro un'anima vasta, di boschi e cieli?

Tornava poi a fantasticarci, Margot, su certi momenti e dettagli d'invenzione sensuale. L'eccitavano con prepotenza e conveniva che il Giulio delle notti d'amore, l'opposto dell'altro, quotidiano, era come i liutai dei negozietti e botteghe che ancora sopravvivono lungo le rive del Po: contadini ignoranti, ma geniali artisti dell'eccentrico, per ciò che gli scattava così, vai a capire perché, e dalle loro mani rozze uscivano le forme di violini e violoncelli, femminee per eccellenza, da accarezzare come curve di carne calda, quasi il calore venisse da una pelle umana, forme colme di suono, che bastava un pizzicato di corde per lanciare nell'aria guizzi armoniosi e vibranti, dai cavicchi che nel gergo liutesco si chiamano bischeri. Tornava anche questo, nella similitudine. Essendo il Giulio, nella vita, un bischero.

E ogni volta l'alba. La gran fame del dopo. La voglia di ridere.

Affamata, Margot tornava quella di sempre; come il Giulio, purtroppo, rientrava nel cervo di sempre.

Allegramente lo mandava al diavolo:

«Maledizione a te, Giulio...»

«E perché?»

Candido. Non capiva. Nemmeno i liutai ignoranti capivano lo stupore per i loro capolavori.

«Maledizione, che testa di cazzo smetti di esserlo proprio quando c'è di mezzo quello. E non si può mai essere sicuri di niente... Che altrimenti...»

Glielo diceva con la tenerezza più ovvia, dell'amante che si sente anche madre protettiva. Una tenerezza da starci alla larga. Perché è capace di farsi tranello. Eccome.


Giulio divideva la villetta, oltre lo Stadio Tardini, con l'amico Fabrizio Minardi.

In realtà, la villetta era del Fabrizio, lascito paterno, di un padre scomparso da un giorno all'altro in Sudamerica (rare cartoline dall'Argentina); non pochi parmigiani finiscono così, lasciando al figlio un gruzzolo, la fabbrichetta nelle mani di Dio, gli operai a spasso, inseguendo una nuova giovinezza, anche per non farsi inseguire dall'autorità giudiziaria: frode fiscale, intrallazzi, bancarotte. E dunque addio torretta per piccioni risorgimentali, pergolato, facciata dove il gialloparma s'era scrostato e stinto, stanze che avevano conosciuto copule vociferate, scandali veri o presunti di una classe dirigente che, per reagire alle tragedie di cui era responsabile, aveva rincorso un oblio libertino.

Giulio era arrivato con una sola valigia, quando Cristina, la moglie, in una notte di truce nevischio, s'era ritrovata il coltello nelle mani e l'aveva cacciato di casa. Una volta per tutte. Con l'ultima crisi isterica dietro la lama puntata che non ammetteva più discussione alcuna:

«Io t'ammazzo, Giulio... O sparisci da qui o t'ammazzo!»

Giulio le aveva letto negli occhi che stavolta faceva sul serio. E con una pena che era peggio d'una coltellata, in quegli occhi si poteva leggere che gli anni del loro matrimonio, senza figli, erano stati una sequenza di notti sprecate da Cristina a strappare menzogne di dosso a Giulio, che rincasava da una città che per un verso lo fotteva, per l'altro veniva fottuta in lungo e in largo.

Giulio era corso via per il giardino, il tempo di afferrare quella valigia che teneva pronta, perché sapeva che sarebbe finita così. E la Cristina, da allora, non gli dava tregua, spremendogli soldi in cambio delle umiliazioni subite, segandogli i piedi in ogni modo, la minaccia diventata vangelo:

«Non avrò pace finché non t'avrò ammazzato.»

Avevano deciso: la villetta divisa da buoni amici. E buoni lo erano, al fondo. Amici anche, senza dubbio. Ma, come tipi, all'opposto: il che concilia le convivenze, non i propositi.

Fabrizio lavorava al giornale, la "Gazzetta di Parma", quotidiano più antico d'Europa. Curava le pagine degli spettacoli. Gli capitava dunque di tornare, in macchina, nel cuore della notte... Vedeva la luce fra le tapparelle della finestra, l'ultima a sinistra. Allora frenava soffice, per attutire il rumore delle ruote sulla ghiaietta. Aspettava, spesso. Perché quella luce (lampadina rosa, sul comodino) era come se gli dicesse, con la voce di Giulio: ce n'è un'altra, Fabrizio, una nuova; oppure, peggio: guarda che c'è Margot, per cui vedi tu: o porti pazienza fuori, ma si va per le lunghe, o scivoli dentro felpato, in camera tua coi tuoi bei sogni da sega calibrata col magone.

Non dispiaceva, a Fabrizio, aspettare. Fissando il rosa a

strisce, gli pareva infatti che gli amori dell'amico fossero un poco anche i suoi, perché se li guadagnava, da testimone, quando la brina pungeva, o la neve s'ammucchiava tanto da dover mettere in moto il tergicristalli, oppure era la caldana d'estate che macinava il sangue, e Fabrizio, accucciato al volante, si sentiva un covone nella trebbia. Adesso finiscono, si ripeteva, questo è suono da risacca quieta, il mare s'è calmato, ma la vocetta femminile rispuntava, vocetta da gnomo: "Ancora, ancora, Giulio".

Le incrociava, poi, mentre passeggiavano indifferenti per la città, le donne che intravedeva perdere la testa attraverso le tapparelle nella luce rosa.

Se era di scena Margot, la pazienza, davvero, s'ammucchiava come la neve. E quando arrivava profumo di primavera, accoppiando quel profumo a certi suoni di gola... O diventavi guardone, la tentazione non mancava, o facevi marcia indietro, tornando nel centro cittadino, a parcheggiare sotto l'Angelo d'oro in cima al campanile del Duomo, a fissare l'Angelo, a chiedergli: che giustizia è? Giulio con tutte, io con nessuna, e nemmeno posso andare nel letto mio come Dio comanda. Ehi, Angelo, dammi una svegliata. Anzi: no, meglio di no. Perché ci stava male, Fabrizio, quando i sensi scudisciavano la malinconia e lo aizzavano; rischiava di dar fuori da matto, di assomigliare al padre.

Era il suo chiodo fisso, quel padre puttaniere. E se tollerava Giulio era, novanta su cento, per continuare l'espiazione edipica che aveva conosciuto col genitore transfuga e voltagabbana, di cui già era stato testimone: delle sue baldorie, e sotterfugi da balordo con le amanti, dello strisciare via dalle responsabilità dopo aver combinato disastri. Subiva, questo sì, il fascino fisico di chi sapeva gestire le trasgressioni, ma non voleva diventarci come il padre suo: il denaro non lo attraeva, detestava i raggiri e ogni tipo di frode, persino quella fiscale, detestava il Sudamerica. Agli altri, dunque, la conoscenza del piacere. A lui, benché deluso, il piacere della conoscenza, del gusto artistico; e a volte se lo rimproverava: bella consolazione... Ma tant'è. Se nasci con la nostalgia dei tigli a primavera, delle farfalle accoppiate sui prati fioriti, cambiare è difficile.

Insomma, si volevano bene per questo, Fabrizio e Giulio, perché erano diversi, ma le loro diversità potevano fonderle, una volta soli, appunto in una cementata e comune solitudine.

Fabrizio solo anche per non avere donne, Giulio solo perché ne aveva troppe. E comunque, se pure avesse avuto soltanto lei, Margot, che bastava per cento, sarebbe stato uguale. Una volta chiusa la porta dopo l'addio delle amanti, si ritrovava a girarsi con gli occhi smarriti come verso un gran mare appena attraversato, sentendosi un relitto della bella nave che era filata a gonfie vele, e si chiedeva: ma cos'è questa malattia che ci portiamo sulla schiena, eh, Fabrizio? Come una scimmia, la classica scimmia sulla schiena. Di che specie, questa solitudine? Mi spaventa, Fabrizio, perché tu, almeno, hai una ragione per la scimmia, ma io? Non riesco a darle un corpo, alla solitudine, proprio io che macino bei corpi, e alla fine è come se neanche ce l'avessi, un corpo, soltanto un fantasma, uno straccio di garza, intorno al cuore stretto. Amore, amore, mi dicono tutte, finché la scena dura. Ma dove sta questo amore?

«Prova a innamorarti. Provaci, almeno.»

«Perché, tu t'innamori?»

«Io, sì. Anche di una che passa. Il guaio è che passa. E nemmeno mi vede.»

«E tu inchiodala. Agguantala per il collo come una gatta in calore. Vedrai che non passa più. Ti si incolla in pianta stabile. Le donne è così che son fatte.»

«Beato te» buttava lì Fabrizio, non troppo convinto.

«Beato il cazzo.»

Quanto mai appropriato il suo dire a vanvera. A parte l'appendice, infatti, lui beato non lo era affatto.

Quando la villetta tornava silenziosa, anche i due tornavano, contenti, a prendersi le misure dell'amicizia, che durava dagli anni del liceo. Essa li spingeva verso il tavolino verde nel soggiorno, ai mazzi di carte, carte di ogni gioco, e serviva allo scopo anche una mano di tresette o di briscola.

«Ma chissenefrega delle donne.»

«Già.»

Musica a basso volume, musica che apparteneva solo a loro, da non dividere con l'altro sesso e con nessuno che poi pretenda recite, sentimentali e non, parole per essere gratificato. E Giulio, per consolare l'amico:

«Non ci perdi niente, credimi... Troie. Variabili solo per sfumature. Ma tutte, al sodo...»

Stringeva il pugno. La carta calava. Calava anche Fabrizio:

«Però Margot...»

«Eh, Margot!...»

«Guarda che con quella ci chiudi la porta.»

«Di che?»

«Della vita tua.»

«La vita mia ha già tutte le porte chiuse.»

Giulio stringeva, intenerito, la mano di Fabrizio. E Fabrizio, volentieri, se la lasciava stringere:

«Siamo stati fortunati, noi due.»

Fabrizio vinceva la partita (o l'altro gliela lasciava vincere). Almeno quella piccola vendetta. Battere Giulio sul tavolino verde:

«Di esserci incrociati, dico. Ti ricordi, quel giorno?...»

E come poteva dimenticarselo, Fabrizio, visto che l'amico glielo ricordava ogni notte?

«Ti prendevo per l'orecchio e ti ripetevo: dài che ti porto da una che resuscita i morti... Ma il morto da resuscitare ero io. Solo che non lo capivo o non volevo ammetterlo.»

Si raccontavano dei campetti delle prime partite a pallone. Fabrizio mobile, veloce, ammirevole per lo stile, il dribbling, i virtuosismi di testa, di tacco, le rovesciate. Ma non segnava mai. Il portiere era sempre più abile di lui a respingerlo. E Giulio invece là, appostato in area, fermo come un tronco: il pallone gli arrivava per fatale destinazione, senza che nemmeno lo cercasse, gli arrivava come se avesse la calamita nei piedi, e bastava un tiro, un tiraccio, ed era sempre gol.

Stavano zitti. Finché, ogni volta:

«Allora, com'è che andiamo alla "Gazzetta"?»

«Non ci pensare, Giulio.»

Giulio aveva ancora una quota, al giornale. Residuo dei tempi Spendi e Spandi, sogni di gloria, propositi di potenza. E in fondo non si poteva ancora dire. Forse non ci sarebbero riusciti, i Compari, a sbatterlo fuori dall'Unione, lasciandolo in balìa della sua tempesta economica.

«Ci sarebbe da fare un bel film sulla nostra amicizia, eh? Tu che t'intendi di cinema.»

«Davvero.»

Avrebbero dato la vita uno per l'altro, quei due.

Ne capitano ancora, di amicizie così, in provincia.


Lei ancora abbandonata nel letto.

C'è un ingrandimento fotografico di Margot, sul mobile di fronte. Foto scattata da Giulio. Il volto di Margot "interpretato" bene.

La segreteria telefonica scatta in continuazione. Ma lui tiene l'ascolto azzerato. Margot ci scherza: tutte donne.

«O strozzini» ribatte lui. «Gente che mi minaccia. Di giorno. Di notte. Sai che significano, gli strozzini?»

«Troppe cose della tua vita non so cosa signifíchino.»

«Già. Neanche la paura. Ti giuro che comincio ad averla.»

La porta d'ingresso sbatte. È Fabrizio che rincasa. Lei ha sempre ascoltato i suoi passi felpati che scivolavano via.

Giulio si accorge che Margot non si è coperta:

«Copriti.»

«Geloso di me? O di lui?»

Entrambi affermano di non essere gelosi. Ma a Giulio vengono le orecchie rosse, se si mette a pensare... Le butta i vestiti addosso. Fabrizio passa davanti alla porta della camera. Cerca di non guardare. È brusco, a disagio. Per un attimo, detesta l'amico. Nell'aria, l'amore appena fatto. Poi, fra i tre, una morbosità, un attimo. Fabrizio dà la buonanotte.

«Ce l'ha con te» le spiega Giulio. «Pensa che mi porterai via da questa casa.»

Margot fa notare la somiglianza fra i due amici. Giulio scoppia a ridere:

«Simili, noi due?»

«Fisicamente, intendo.» Quindi: «E ora parlami della tua paura».


Giulio pestato, alla brava. Per far capire a lui e a chiunque. Succede anche a Parma, Parma è Italia. Si può dar fuoco a un garagista, senza un motivo apparente, e lasciarlo con le fiamme addosso in un angolo. Era l'inizio di un inverno precoce. Nevicava a sprazzi, ma forte. A Po, acqua grossa. Tuonava contro gli argini.

D'altra parte, Giulio sapeva che la rete gli si stava stringendo intorno.

Il Sostituto Procuratore Bocchi l'aveva interrogato più volte. Senza risultato:

«Confidati con me, Pagani.»

«Che dovrei dirti?»

«A noi risulta...»

Il Bocchi aveva tolto un foglio da un fascicolo:

«Una grave azione intimidatoria di cui sei fatto oggetto da parte di Carboni Walter, detto Ras, detto infinite cose che conosci benissimo, anche *Jetbag*, "buste imbottite", di denaro dato a strozzo, ovviamente.» E con ironia: «A te non risulta, forse?».

Giulio, zitto. Il Bocchi era un punto fermo in Procura: nessuno più abile e con la stessa pazienza per ridurre all'osso chi prendeva di mira, finché non si trovava l'osso in mano. Il Carboni aveva il telefono sotto controllo, ma sfidava il controllo, questo e altri, le pressioni della polizia. Le sue telefonate di minaccia si erano fatte più frequenti.

«Ti ammazzeranno» aveva ripetuto il Bocchi.

Con un'alzata di spalle, Giulio aveva restituito l'occhiata ironica. E l'altro:

«Il Carboni si diverte a condannare chi non restituisce. Ogni condanna un piano perfetto, non si scappa. Ma tu non collabori con noi, come un ragazzino incosciente. Guarda che tipi come quello non sono come le tue donne, che magari ti fanno scenate e poi tu le addomestichi facilmente. Sono criminali della peggior specie.»

«Anche di te, giudice, di voi, lui si fa le veroniche. E lo dichiara.»

Il Bocchi considerava Giulio, più che una vittima, un complice:

«Ti ci sei messo.»

Altra alzata di spalle.

«Non rischi neanche una parola, eh? Hai paura, come tutti.»

«È che i fatti miei me li faccio da solo.»

«Come vuoi. Ma un fatto tuo non potrai fartelo da solo... Il funerale. Contento te.»

La noncuranza del Bocchi era simulata. Il Sostituto Procuratore sapeva, infatti, che Giulio aveva ragione. Il Carboni se la giostrava, facendosi beffe, l'accusa di associazione per delinquere di stampo mafioso, e proprio così si vantava: «Le veroniche ci faccio, visto che Parma è una plaza de toros, anche se si finge di non saperlo, e io sono il torero, meglio di Manolete, e il toro sono la polizia e i carabinieri. E chi è banderillero, con me, o picador, questo davvero nessuno lo sa, è fatta di insospettabili corrotti questa città».

Capeggiava un gruppo dirigente dell'Usura, del tipo piovra gialla, che già cominciava a mettere unghie nel gialloparma. Il Bocchi, che nella malavita e nel marciume era andato a segno più volte, forniva le informazioni del caso. Se gli investigatori si stupivano di tanta insolenza da parte del branco criminale, lui non si stupiva di nulla:

«È questa l'Italia in cui stiamo vivendo. Cosa pretendete?»

Il Carboni puntava con decisione ad espandersi, e il riciclaggio del denaro, l'importazione di slavi e albanesi con passaporti falsi, ormai non erano che le prime, ovvie mosse su una più complessa scacchiera. Si era letto nella "Gazzetta": "Essere parmigiani, oggi, significa dimenticare le glorie del passato. Non è quasi più possibile trascorrere il pomeriggio in attesa del tramonto ai bar di piazza Garibaldi; essa è praticamente ridotta a un presidio, a un accampamento di gente venuta da fuori. Si tratta della condizione umana più ingrata da duecento anni a questa parte. E certo diventa sempre più difficile rispondere agli amici che ci invidiano la nostra città *a misura d'uomo*. Eppure, qualcosa di ciò che è stato sopravvive".

«Cosa?» chiedeva al Bocchi la *vil razza*.

«La qualità della vita.»

Che lui cercava di difendere con la sua lucidità ritenuta superiore. A parte gli arresti, teneva conferenze al "Casino di Lettura": colto, allusivo, e lo stimavano non soltanto a Parma:

«Mi figuro la passionalità delittuosa di questa città, che si scatena a intervalli di anni, equivalenti a letarghi» cominciava, rassicurando al tempo stesso la platea con opportuni sorrisi «come la vaneggiava il Duca Ranuccio I, che la vedeva un Drago, affermando: "Simula, la favolosa bestia, il ritrarsi nel lago d'oblio, con pace dei cittadini. Ma dal lago, puntualmente, la sua luttuosa cresta risorge, et la lingua che riversa foco...".»

Finiva con l'applauso dei fedeli al "Casino di Lettura", che tuttavia si toccavano per scaramanzia nelle poltroncine rosse, sicuri che non si sarebbe rotolati in peggio. Essi erano anche confratelli dell'Arcisodalizio del Culatello Supremo, comunità di peso, nonostante l'ilare testata, vecchia anch'essa di secoli, all'insegna di quell'ottimismo che filtra da una bella fetta rosa tagliata con polso provetto e sollevata contro la luce del sole.

Anche questa era Parma, no?


Così era andata. Fra il Giulio Pagani e il Carboni...

I due che parlottavano. Come del più e del meno. Come se le loro figure, ingobbite sul tavolaccio, testa contro testa, nascondessero le carte di un gioco. Ma si trovavano nel Capannone, ai Salici di Capitello, dove il Po s'imbestialiva contro gli argini, dove il Carboni trascinava il branco, imboscava segreti e inghippi, teorizzava, decidendo per il meglio suo, che era sempre il peggio degli altri.

Singolare coincidenza. Peccato che la ignorasse, il Carboni. Ma che poteva saperne? Si raccontava che fra terra e acqua, proprio ai Salici di Capitello, sopravviveva da quattro secoli il Circolo Magico. Gli adepti si ispiravano al Mazzola Francesco, il Parmigianino, pittore insigne della storia parmense, anzi l'unico, *di mano celesta*: nel senso che conosce sia Dio che l'ironia. E le dicerie affermavano che, evocato con fanatici riti, egli in certe notti ricompariva, reggendo il teschio e la sfera armillare, simboli della sua arte e magia, capaci di stravolgere la realtà non solo coi pennelli e colori.

Riappariva con le sembianze rese immortali dalla sua opera più celebre: l'*Autoritratto in uno Specchio Convesso*. In un testo d'anonimo, che si rifaceva al Vasari, si leggeva: "Grande arte a contrafare il tutto che nello specchio Francesco vede. Perché le cose che s'appressano allo specchio crescono e quelle che s'allontanano diminuiscono. Trasforma la realtà de l'apparenze, dei 'buoni simulati' che reggono i cittadini governi. Giochi di prestigio per il pittore che sa. E Francesco sa, di bellissima aria superbo, il volto piuttosto d'angelo che d'uomo...".

Ora, che l'aria del Carboni fosse d'angelo, solo un pazzo poteva sostenerlo, e sarebbe bastato il suo profilo ad accetta fra i ricci incarogniti da slavo. Tuttavia di simulazioni maestro, e tutto ciò che avvicinava al suo specchio convesso dell'usura cresceva dando ottimi frutti, mentre ciò che allontanava spariva chissà dove, si riduceva a teschio, e i "buoni simulati" che reggono i cittadini governi, se non stavano alle sue regole, finivano per trovarsi nei guai.

Questa parentesi per far capire che Parma è una tale lampada di Aladino che nessuno, il migliore o il peggiore, può dichiararsi senza predecessori nell'arte sua.

... il Giulio Pagani, dunque, il Carboni...

Stavano a misurarsi i panni addosso, ma il primo, benché avesse alle spalle il branco del Ras, era persino contento che si arrivasse alla stretta finale:

«Scopri le carte. Falla finita.»

«Ti ho imbottito di prestiti. E tu non puoi rendermi neanche una lira. Questa è l'amara verità... O c'è qualcosa che mi sfugge, eh, Giulio?»

«Forse ti sfugge che ti ho introdotto io, mio caro Ras alla brillantina, nel giro grosso della razza padrona di questa città. E l'ho fatto da canaglia che conosceva il rischio, e che tradisce i suoi amici.»

«Ti faceva comodo. Quando contavi qualcosa. E n'è passata di acqua sotto i ponti.»

«Già. Allora.»

«E adesso cosa conti? Meno di zero.»

«Anche lo zero fa parte dei numeri, Ras. E magari rispunta fuori, e s'accorda con i miliardi. A Parma può succedere anche questo. Siamo nella terra della fantasia, qui.»

Era stranamente in giornata di vena, il Giulio.

Il Carboni, che alla fantasia non ci credeva, pur avendone di sua, rispose:

«Ti sono stato riconoscente, no? Dilazioni come mai a nessuno. E con rispetto, fino ad oggi. Capìto, bello? Rispetto. E il rispetto mio, del Carboni...»

«È ugualmente merda come quello del sottoscritto. Comunque te lo ricambio. Bada: nemmeno ora ti dò dello strozzino canaglia. Lo vedi? Per te provo la stessa pena fastidiosa che provo per me. Dammi retta, Carboni: un delinquente e un incapace di fare sia il male che il bene sono agli antipodi, però fanno pena uguale. Perché si stanno mettendo la corda al collo... *Ma*...»

Il Giulio era davvero in giornata, come gli capitava una volta su mille, tanto che lasciò quel "ma" sospeso, a galleggiare nel tuono del fiume incanaglito con gli argini che non volevano saperne di cedere alla sua prepotenza; a galleggiare inoltre su un sorrisetto furbo.

«*Ma?*» chiese il Carboni, ingenuamente.

«È al delinquente, bada bene, che porto rispetto. Non al lumacone con le corna, al *galànt galà*!»

Il Carboni conosceva, ormai, il dialetto di Parma. Benché fosse piovuto, dicevano, dalla Banda del Brenta. Per i *galànt*, di antica memoria, la pratica delle donne non subiva sconfitta, era la supremazia rossocrestata del gallo che s'ingalla la gallina; e la galanteria parmigiana, pur avendo perso l'aria di viole cara a Proust, che nella *Recherche* ne parla, si manteneva superiore. I *galà*, invece, erano come le galline che se lo prendono dal gallo.

«Che vuoi dire?»

«Ora te lo spiego.»

Ma lo sapeva benissimo, il Carboni. Bastava ricordarglielo.

Che il Giulio gli aveva lavorato di pialla cento volte la Franca Gherardi, che non aveva neanche vent'anni, un fiore all'occhiello dell'Oltretorrente, e per lei Ras impazziva:

«Una ragazza che dovresti lasciar perdere, Carboni. Perché, così, la rovini. Che gusto c'è a rovinare una che, in fondo, è una brava ragazza?»

Ed esattamente l'aveva definita il Sostituto Procuratore Bocchi, in una nota della sua indagine: "Tendenzialmente buona d'animo, di non comune avvenenza e intelligenza; si smarrisce in losche frequentazioni, portandone danno solo a svantaggio suo, intimo e morale. A causa, si ritiene, di un'educazione familiare miserabile".

Il Giulio scattò in piedi, pronto:

«Non per ciò che ti devo e non ti posso dare, Ras, mi hai trascinato in questo Capannone. Ma per ciò che ti ho dato: la mortificazione... Umiliandoti con la Franca. Che poi ha deciso di non umiliarti più. Anzi, lo abbiamo deciso insieme. E anche questo vale, non credi?»

Che arrivassero pure le botte, ora, spacchi e ferite, e il dolore nelle costole. Non era la prima volta. Il Giulio ne aveva prese nella vita sua:

«Almeno mi sono tolto la soddisfazione, Ras! È rispetto anche questo. Da parte mia per me.»


Ed ecco il *sottovoce* farsi avanti. Il *sottovoce* era, per Franca Gherardi, il modo per ritrovare se stessa: la pietà, i ricordi, anche un senso al dolore. La sua vita si trascinava nel chiasso, negli insulti, nell'amore fatto con violenza, fra gente che gridava, sempre, per discolparsi o vantare diritti. E dunque cosa nasceva da quei momenti di *sottovoce* che la facevano tornare limpida e ragazzina, come quando sua madre, dopo litigate furiose con suo padre, le scivolava accanto nella camera, per piangere sommessamente al suo fianco nel letto, a sussurrarle: "Sopporta almeno tu. Passerà. Cerca di dormire. Verrà anche per te una vita felice"?

Una sopravvivenza fatta, appunto, di attimi.

Allora le pareva che non fosse così, come tutti le rinfacciavano: che la strada che stava percorrendo non l'avrebbe portata da nessuna parte. Solo alla rovina. Allora le pareva, invece, che la strada l'avrebbe portata lontano... Alle colline, e più oltre: nel mistero. Là, immaginava Franca Gherardi, stavano ad attenderla i suoi morti che l'amavano ancora, i nonni che l'avevano amata, le amiche che, a causa della stessa vita che faceva lei, erano scomparse.

Giulio le aveva insegnato proprio questo: il *sottovoce*. Delle carezze, delle parole che illuminano, calmano, confortano. Dei piccoli regali, pieni di fantasia e inaspettati, che valevano mille volte il denaro volgare che le dispensava il Carboni. Per questo gli aveva voluto bene, e ancora non riusciva a cancellarselo di dosso.

Si era insinuata fino al tavolaccio, nel Capannone, quando il Carboni e i suoi se n'erano andati, felice di tornare, nel *sottovoce*, a dialogare con Giulio, ed essere lei, ora, a dargli conforto, anche se lui non poteva ascoltarla, e il suo sangue le sporcava le dita. E quando se l'era caricato in macchina, il *sottovoce* era diventato come le volte che si piange nei sogni.

Verso la villetta dei due amici, non avevano avuto nemmeno il bene della furtività. Era appena finita la partita, allo Stadio Tardini, partita con la Reggiana, quasi una stracittadina. La folla s'era lasciata tagliare dalla macchina della Franca che pestava sul clacson, e dentro si vedeva chiaramente quel disgraziato semicoperto dal cappotto scivolato via, che sanguinava. Con le sciarpe e le bandiere gialloparma, la *vil razza*, ancora accesa dallo scontro in campo, non aveva avuto dubbi, dandosi da fare per aprire un varco:

«Delinquenti, questi reggiani testa quadra. Guarda qua come hanno ridotto uno dei nostri!»

E qualcuno già individuava i tifosi avversari, per rendere la pariglia.

Sempre equivocato, il Giulio. Nel bene e nel male. Che destino.

E adesso Fabrizio era lì che ripeteva:

«Portiamolo all'ospedale. Potrebbe avere una commozione cerebrale.»

Margot e Franca Gherardi. Fianco a fianco. Era la prima volta che Margot si trovava a sfiorare una delle altre amanti di Giulio. E Franca rassicurava:

«State tranquilli. Giulio non si commuove tanto facilmente.»

Notò, Margot, che la ragazza aveva, nel suo essere attraente, una finezza che la spiazzava. La prima volta che si sentiva spiazzata da una donna. Era stata una notte di neve, il nevischio batteva contro i vetri. Margot si sentiva come una di quelle finestre sospese, con righe di ghiaccio, fra due realtà: il dentro, il fuori... Fissava ora il nevischio, ora la rivale.

La solerzia di Franca su Giulio. Il suo essere padrona della circostanza, mentre il cervo continuava a sanguinare. Quelle mani, pensò Margot, che spogliavano il corpo dell'amante comune, quelle dita, dalla delicatezza sensuale, che affondavano, si insinuavano... Cercò di immaginare i gesti ben diversi con cui, in altre occasioni, avevano sfiorato quei punti, su quei punti avevano passato carezze... "Forse è più abile di me" anche questo non l'aveva mai pensato di nessuna donna. "Ma perché questo mio imbarazzo? Questa morbosità?"

Un braccio di Giulio sbucò dalla coperta, per afferrare a caso, e a caso fu il braccio di Franca che afferrò. Le sue dita incrociarono quelle di Franca. Chiedeva acqua, acqua per favore, e anche Fabrizio si dava da fare, ripetendo, come se Giulio potesse ascoltarlo:

«Ma come? Amici da una vita, abbiamo diviso e ci siamo confidati tutto, anche i segreti, e guarda qua: devo conoscerli così, i tuoi drammi...»

«Aiutami» chiese Franca a Margot, che non riusciva a muoversi. «Perché mi fissi in questo modo?»

«Sei molto bella.»

«Anche tu. E allora?»

Giulio distingueva appena chi lo circondava. E a tratti confondeva la figura di Franca con quella di Margot. Chiamava Margot col nome di Franca e viceversa. Erano due ombre che s'incrociavano sulle sue ferite. Sul dolore da cani che provava. Si toccò per la certezza di avere, dentro il vuoto che era dolore, almeno la consistenza di una cosa. Tagliato via, ecco come si sentiva: dal mondo, da tutti. E pensò: "Ah, le donne, le donne! Io sto qui, e mi hanno mezzo massacrato. E voi due state a parlare di voi due...".

«Non ci siamo presentate» si ricordò la Franca «Franca Gherardi.»

«Margot.»

Si strinsero la mano sopra la testa del Giulio.


E fu la stasi, il grande sonno dell'inverno. Del gennaio fitto di istantanee ferme.

È così che accade in provincia. Gli idoli parmensi lasciarono posto a una neutra natura bianca, che le lampade incrudivano, accese presto. Ci si sente come traditi, quando il letargo imprigiona. Ci si specchia nelle anguille e nelle luminose erbe acquatiche chiuse, a Po, in involucri di ghiaccio che bisogna spezzare col punteruolo.

Margot si aggirava per la città, la campagna senza anime, gli argini. E Giulio spesso l'accompagnava in quel vagabondare in un'inerzia comune che era legge delle stagioni. Vedevano i gabbiani con le ali che sfumavano in una brina cosmica, i becchi che si aprivano e si chiudevano per la fatica di reggere in volo il peso del freddo. Se accendevano fuochi giganti, a Po Morto, nubi di passeri scendevano così basse da sfiorarli, riprendevano il cielo confortate dal fugace calore.

Margot, Giulio, e la brina, o la neve, il fermo del tempo che diventava la loro stessa immobilità di pensieri e azioni.

Bloccato il piccolo aeroporto, i voli sospesi, e il ritorno festoso di Margot, nel venticello a profumi, dava idea di non essere mai avvenuto. Cancellato l'ombrellone blu del Caffè Otello, deserta la piazza. Lo scolo del ghiaccio, misto a un velo di fango, cancellava anche l'albero dipinto sulla parete laterale del Comune. Non esistevano più né padri, né figli: legittimi, illegittimi. Anche le tombe, nel cimitero della Villetta, non si distinguevano l'una dall'altra nel comune marmo bianco che era neve gelata, e Margot, arrivando per portare fiori al padre Marco, s'arrestava di fronte alla lastra che assommava in sé tutte le morti, con una stretta al cuore. Depositava il mazzo di fiori ai propri piedi, poco oltre la cancellata, segno d'omaggio a quella sola, unica tomba che non portava iscrizioni, e solo rifletteva il cielo compatto.

Il sole sostava poco su Villa delle Gaggìe, e anche la sua palla di fuoco era remota e fredda, segnata dalle file dei pioppi. Scomparendo in fretta, trascinava nella sua coda polare le piante e le voliere di Giustina, che nel suo regno si batteva, con mille espedienti, per proteggere le sue creature.

Soltanto Fedro, l'uccello esotico, il vigile custode, sfidava il blocco a tenaglia sul mondo, sfoderando le ali multicolori come fossero spade tagliaghiaccio, sotto la spinta di emozioni primitive che venivano dal mistero delle terre d'Oriente. Abbacinata, Giustina incoraggiava quelle ali: "Forza! Riportate un po' di primavera".

Il Pioppeto Rondini non offriva più asilo alle coppie infrattate, agli occhi della paura. Anche la paura, laggiù, era bianca, grandi orbite cieche.

La stasi insinuava il suo freddo nelle notti d'amore. Solo la solerzia di Giulio riusciva a smussarne, riscaldarne gli angoli. Simile a Fedro, egli era testardo nell'arte sua, e non meno sorprendente; sfidava le cadute di vita, di movimento, con le ali a spada delle sue improvvisazioni. Dopo, Margot e Giulio stavano a fissarsi. Coscienti che i loro propositi, la loro sete di cambiare le cose, nonché i drammi che si portavano, erano come le anguille prigioniere nei cubi di ghiaccio. Bisognava usare il punteruolo, e subito, altrimenti addio alle meditate vendette di Margot, in nome del padre e di sé, dei suoi rancori e capricci, e addio alle ultime possibilità che Giulio aveva di salvarsi dal tracollo definitivo.

La distesa nemica dei loro avversari, quel deserto dei tartari falsamente candido... Stava guadagnando tempo su di loro. Se non si fossero mossi, presto li avrebbe ingoiati.

«Bisogna rompere il ghiaccio» dichiarò Margot. «È il caso di dirlo.»


«Come?»

Di idee ne aveva, Margot. Anche sovversive. Ma, in quanto tali, odiose, cupe. In quanto tali, rischiose. Rassegnate, piuttosto, le idee di Giulio. Come i passeri a Po Morto, si consolava a contatto col fuoco di Margot, per poi risalire. Ma è dei rassegnati, spesso, il buonsenso, e pur con la testa confusa, lui buttava lì che, per non arenarsi, avrebbero dovuto fare sempre e solo ciò che sentivano.

Giorno dopo giorno, capirono che gli andava di giocare. Prenderli per i fondelli gli altri, tutti. Volendo, potevano.

«Una burla!» s'illuminò Margot.

Escogitare una burla di quelle che, poi, potrebbero anche non esserlo. Buttarsi nella discesa di una burla, come da ragazzi in bici si vola a gran velocità giù per una strada ripida, e si chiudono gli occhi, si gusta l'ebbrezza di quel volo, e vada come deve:

«Tornare appunto ragazzi, Giulio. In un guizzo. Può essere.»

Riflettevano che la parmigianeria, raramente sconfitta negli scontri di petto, rivolte e battaglie, era sempre risultata battibile dai colpi di scena, dallo scandalo burlesco che smuoveva la *vil razza* dalle sue tane, come topi, esaltando il fraseggio della diceria, e le ipotesi più pazze, compresa la paura di non riconoscere il vero dal falso. Così era andata coi fastosi cortei dei Borboni, nelle carrozze manichini e maschere col ghigno (i Borboni avevano assoggettato i parmigiani illudendoli di prendersi beffe di se stessi, fra gli ori, lo sfarzo dei costumi, gli stemmi, non con le armi e gli eserciti); così era andata con Maria Amalia, "duchessa di gran foco", mai nessuna come lei nell'ingraziarsi la *vil razza*, e le bastava, da un balcone, mettere in piazza i suoi peccati e tresche; per non parlare dei Farnese, che furono mille volte più teatro che politica.

E gli scandali ultimi? Salamini, Bormioli Bubi e Tamara Baroni? "Bubi, non tamareggiare" scrivevano gli operai sui muri della vetreria. Altre mongolfiere, gonfie di intimità violate, di drammi impastati alla derisione, lanciate nei cieli della diceria del mondo. "O che commenti per la città." *Ballo in maschera. Ballo!*

Così Margot e Giulio si misero a pensare al gioco. E ripresero anzitutto a sorridere fra di loro, perché ciascuno finiva per ricordare qualcosa di sepolto nella sua infanzia, di quando era stato bambino beffardo, persino gli aeroplani di carta attraverso i banchi di scuola, alle elementari:

«Gli aeroplani di carta.»

«Già.»

Tornavano all'abbecedario della fantasia. E l'abbiccì di una certa provincia è sempre quello, incoscienza d'avventure accoppiata a stipula e contratto, tutto assai elementare: nascere, morire, due cose che non puoi contrattare, godere dell'"ore fugaci", sposarsi infine, e il matrimonio restava, fra tutti i contratti, in apparenza il più ovvio, in realtà il più insidioso, specie se di mezzo c'erano le famiglie ricche, le stirpi, il buon nome...

Il Giulio rise:

«E tu mi sposeresti, Margot?»

Scoppiò a ridere anche lei:

«Perché no?»

«Perché ti scopo bene?»

Avrebbe potuto rispondergli, Margot: "Magari perché mi ricordi mio padre. Che era un debole, e lo riconosceva. Un debole assetato d'amore. Un uomo solo, in una vita affollata". Ma non glielo disse. Giulio non avrebbe capito. Probabilmente si sarebbe offeso.

E il ragazzone insisteva:

«O per togliermi dai guai? Ti metteresti tu, nei guai.»

«È sempre stata la mia specialità... Fin da quando lanciavo aeroplani di carta che finivano in fronte alla maestra.»

«E poi?»

«E poi... E poi uno si fa un viaggio di nozze che è una meraviglia, qualche mese di volo nel mondo, senza pensare a niente, solo a godersi la vita, e quando torni sei un altro, con la testa sgombra... E se le cose non vanno, che vuoi che sia? Ti separi, divorzi. Che c'è, di così complicato?»

Il Giulio se ne uscì con uno dei suoi rari colpi di saggezza:

«Le regole, Margot. Che sono solo questo: complicate... È complicato violarle, anche con una bravata.»

Fissandola, gli apparve un cielo fitto di aeroplani di carta, e poi una fiammata che li divorava, qualche pezzetto di carta bruciacchiata, nera, che restava a ondeggiare, più nulla. Cercò di allontanare la visione del fuoco.

«Quando cerchi di essere giudizioso, diventi banale, Giulio.»

«Eh, già.»

«Oltretutto, fra una settimana è Carnevale.»

Gli aeroplani di carta, simboli in apparenza innocenti della simulazione, ci cascavano a pennello. Simulare con certi padroni della *vil razza* era facile, pensava Margot: erano talmente presi dalle loro simulazioni tristi e sinistre, che l'idea che si potesse simulare senz'altro utile e scopo che il divertimento li spiazzava. Si potevano giocare come birilli. Questo credeva Margot.

«Di Carnevale, poi.»


Festa di Carnevale.

La "Gazzetta" aveva assegnato a Fabrizio la cronaca della serata. Al *Padreterno*, locale esclusivo. Soltanto a Parma potevano battezzare *Padreterno* una discoteca, Dio santo, rimuginava lui, taccuino e biro fra le mani, seccato, perché l'incarico era riduttivo e, al tempo stesso, una bella responsabilità. Non doveva sfuggirgli nessun nome di spicco, altrimenti proteste a non finire: la città che contava era femmina, se la prendeva per niente. Un'omissione valeva mesi di rancore.

Accecato dai lampi, confuso dal buio, Fabrizio annotava e metteva commenti suoi personali e parentesi, che avrebbe cancellato in stesura definitiva:

"Fra i presenti, l'ex sindaco Carmignani (uomo di rara trasparenza, nel senso che da quando non è più sindaco è un fantasma che si aggira, grazie al cielo ci siamo liberati di un incapace, dimesso di sua spontanea volontà come certi suicidati dai servizi segreti, speculazione edilizia, amen), Giorgio e Maurizio Corradi (già vistosamente 'tirato' il duo detto 'Notti bianche', ma la madre come mai non è presente? Quando non c'è lei, c'è sempre un motivo ambiguo al posto suo)"... Seguivano le citazioni degli onesti, privi di parentesi; occupavano una zona neutra del locale, non avevano maschere, non attiravano pettegolezzi: l'onestà, specie di Carnevale, non fa testo... Gli altri, per lo più industriali, dalla parte opposta: il Bordi, il Fornari ("augurargli un brutto male, pensano i colleghi mentre lo abbracciano euforici, quel Mandrake, o Totoculo, che con la schedina degli affari fa sempre tredici"), il Marchini, il Bollati ("trafficante dalla doppia personalità, è Mister Hyde e Mister Hyde"), il Conti, il Minotti ("con l'aspetto, sempre più convincente, del porco, simbiosi perfetta con i suoi prodotti suini")...

Tutti con rispettive signore, che puntavano in giro occhi da rana metamorfica, la rana della favola, che nasconde nella sacca l'altezzosa regina. Cosce sfoderate, sederi ampi, intuibili nudità da antiche mogli di possidenti, che facevano il loro comodo fra i contadini in fatica, e le contadine finivano per cacciarle coi forconi e falcetti.

Musica strampalata, anch'essa in aperta contraddizione, fra ieri e oggi. Euforia ("ma quanti cuori stretti..."). Gastronomia ("l'arte della buona cucina che riscatta la volgarità"). Montante ubriacatura alla *vil razza*, voglia smodata del non si sa che, sarcasmo spinto al triviale. "Fanno il loro ingresso altre 'putains merveilleuses'"...

Schizzò il tappo di un bottiglione di champagne, un Magnum, con cui i piloti annaffiano le vittorie. L'aveva stappato il Minotti, che ora annaffiava, allo stesso modo, gli amici che lo circondavano:

«Brindiamo alla nostra città, Miss Italia di quest'anno!

La città dove si vive meglio...» Citò a vanvera: «Dov'è più dolce vivere prima della grande disfatta che sostituirà la Rivoluzione. Talleyrand!... Lo dice il sondaggio del "Sole-24 Ore"».

Il Minotti versava nei calici, nel buio, nei lampi della disco, sulle proprie scarpe. Anche su quelle del Bollati, che più andava su di giri, più scendeva in cupe riflessioni:

«Questa città finirà per montarsi la testa. Prima i fulmini del Papa, che ci ha eletti insuperabili peccatori carnali, col palco già prenotato all'inferno, come se di maiali esistessimo solo noi, a questo mondo... Ora, il sondaggio.»

Il Minotti versò anche al Procuratore Capo e moglie. La pinguedine gli consentiva una maniera tutta sua, che mischiava il sarcasmo a una finta, untuosa umiltà:

«Cara signora, signor Procuratore... Tre assessori in galera, un Sindaco dimesso, trenta avvisi di garanzia a chi produce capitale, amici miei. Tutte bravissime persone... Quante se ne inventano i suoi Sostituti per essere alla moda. Si divertono un mondo, eh, a fare i protagonisti.»

Concentrato di ovvietà, il Minotti. Che nascondeva, tuttavia, minacce affilate come accette. Al Procuratore dava del "lei" in pubblico, del "tu", nonché dell'incompetente e dell'imbecille, in riservate salette. L'altro gli rispose con un mezzo sorriso:

«Ma sì, ma sì, qualche geniale, opportuna corruzione, degna di questa *petite capitale*... E al genio padano si deve perdonare, non è vero?»

«Giusto. Sacrosanto.»

Il Minotti sollevò a due mani il bottiglione Magnum, lo rovesciò a occhi chiusi, per il piacere di lasciarsi inondare. Gli era apparsa da un lampo, uno schiamazzo, la figura di Giulio, con la quale si confrontò, afferrandone l'apparente angoscia, e da questa una pena, il disprezzo. Era più la pena o il disprezzo? Non era mai stato abile coi sentimenti. Non capiva nemmeno se, ad accendergli una fiam-

mante sensazione di potenza, fosse il dilemma oppu
voltastomaco per ciò che aveva bevuto, mangiato, per
fracasso; capiva tuttavia che nel cervo, nel ragazzone, si
trasferiva il qualcosa che lo faceva sempre star male, gli
dava addirittura i brividi, se ci pensava: il fallimento eco-
nomico, il crack, con la loro ossessione, e la rovina umana
che ti si apre sulla camicia come una chiazza di sangue, e
tutti a puntarci subito il dito su quel sangue vergognoso...
A morte il fallito, dagli al pidocchio, schiacciatelo!

Mai, mai, si esaltò, il mondo lo avrebbe schiacciato,
mai nessuna orda nemica avrebbe tagliato la gola dei suoi
maiali, i suoi maiali avrebbero continuato a invadere il
mondo, i suoi prosciutti appesi sarebbero stati i sogni
dell'umanità, anche al di là degli oceani, sogni ben stagio-
nati, saporiti e rosa come i suoi culatelli, sogni maiali...

Nella sua testa, una risata gigantesca. «Sono un vincitore» balbettò, poi si ricordò che aveva l'acuto da tenore, e
lanciò il grido, che si impose, ottenendo uno straccio di silenzio:

«Sono immortale!... Siamo immortali, amici!»

Gli arrivarono applausi. Gli amici applaudivano lui e se
stessi. Impugnando il bottiglione rovesciato sulla testa, il
Minotti si fece largo, per esaltarsi di nuovo, per respirare
con più agio la sua esaltazione: «Gli spot con il nostro
marchio invadono le case. I nostri nomi si conficcano in
milioni di occhi come punteruoli. Noi siamo i despoti di
ciò che la gente vede, ogni sera, al televisore. Mai potrete,
gente, dimenticarci. Noi siamo i nuovi dèi del vostro ap-
petito insaziabile, la nostra lingua si stende su di voi come
quella di Pantagruel, a mo' di ombrello, e la vostra anima
è nulla, solo la miserabile ombra di questo ombrello!».

Gli cadde in testa anche l'ultima goccia del Magnum.

Sulla pedana, al microfono, cominciavano le esibizioni
dei cantanti. Breve interruzione quando il Fornari sbucò
nella luce del riflettore, tenendo a cavallo delle spalle un

o, in giacca scudettata blu e giallo, intontito

o quindici miliardi. Ma con questo Mandin-
ei Campioni è nostra!»

isi. Mentre Fabrizio non annotava più. Che
inotare? Ormai ciascuno aveva fatto il suo
numero. Il compito passava a chi, fra poco, avrebbe dovuto raccogliere i cocci dell'ubriacatura generale, che già
stava perdendo gli estri sgangherati del paradosso e
dell'ironia, per trasformarsi in una concupiscente, laida
aggressività. Ma si sbagliava, Fabrizio.

Fu a questo punto che Giulio scambiò con Margot quel
cenno convenuto, quel mezzo sorriso per dare il via alla
loro recita... Si concentrò, cercò di afflosciarsi nelle spalle, di non avere contegno e ritegno. Ciondolava, si appog-
giava a questo e a quello, sembrava non reggersi, e a Fabrizio si strinse il cuore. Passando via, subì gli insulti a
denti stretti che Cristina, la sua ex moglie, gli rivolgeva in
ogni occasione, stavolta anche ridendo di lui, perché tutti
vedevano che il ragazzone aveva toccato il fondo.

Si chiese, Giulio, se la *recita* gli sarebbe riuscita bene.
Come Margot gli aveva raccomandato. Lui stava metten-
docela tutta, e già ci prendeva gusto. Pensava, anche, che
era gran cosa fingere l'umiliazione estrema al tempo stesso dicendo la verità, e così vendicarsi in partenza di quanti si sarebbero rifiutati di capirla la verità pura e semplice,
disperata.

Si lasciò cadere giù, come un sacco, accanto al Minotti:
«Dammi una mano almeno te, perdio! Se non ci aiutia-
mo fra noi...»

Il Minotti lo cacciò indietro, e gli sembrò che il fiato di
quelle parole, che lo investiva, fosse di un demone, della
jella fatta persona. Ma il Giulio era un corpo vuoto, difficile scrollarselo di dosso:

«Lo capisci che, se non mi aiutate, nella merda ci finisco io, d'accordo, ma trascino parecchi di voi? Che ne pensi, eh, Minotti?»

Il grasso gli gridò in faccia che era un'insolenza molestare una bella notte di Carnevale questuando soccorso finanziario. E Giulio piagnucolò scuse: in quella notte poteva averli tutti a portata di mano, i fratelli massoni capaci di tirarlo fuori dal naufragio. Dai lampi venne il Fornari, sudato e col cravattino sfatto, lasciato il centravanti Mandingo alle cure delle "putains merveilleuses". Si asciugava la fronte col fazzoletto, e il Minotti lo supplicò con gli occhi di liberarlo dal seccatore:

«Chiede aiuto, il ragazzo... Maledizione!»

Il Fornari cercò di trascinare via Giulio, ma era stato più facile col Mandingo, fatto di muscoli arroganti, non di membra collassate:

«È finito il tempo delle vacche grasse, anche a causa di stronzi come te. Di grasso, ormai, c'è rimasta soltanto questa notte di Carnevale.»

Pronto il Minotti, tuttavia, ad accogliere con un largo gesto Margot:

«Ciao, Cavalla pazza!» e Margot si trovò Giulio sbattuto fra le braccia, mentre anche il Marchini e il Bollati spalleggiavano il grasso, con la manona che riafferrava il seccatore per il collo. «E poi scopi lei, Giulio, no? E allora sposatela! Sarà una Cavalla pazza, ma pur sempre contitolare di un'azienda che fattura una barca di miliardi l'anno!»

Centrato. Bingo.

Fra Giulio e Margot una strizzata d'occhi. Lui stentava a credere. Fin troppo facile farli cascare. Come Margot aveva previsto, al millimetro. Risate. Anche d'altri. Da questo pretesto, fu tutto un ridere intorno, e poi ciascuno continuò a ridere per una ragione sua, infine senza ragione, semplicemente perché l'ubriacatura alla *vil razza* cresceva verso la sua luna. Il Minotti trascinò Margot per un braccio, e lei gli cadde all'altro fianco, faccia a faccia con Giulio:

«Vero, Margot? Perché non te lo sposi, questo disgraziato? Così dalla merda lo togli tu.»

Altra freccia in pieno centro. *Il matrimonio assurdo...*

Il Minotti afferrò la coscia scoperta di Margot, e Giulio riuscì a recitare anche l'indignazione, per aggredirlo:

«Piantala, porco!»

«Ma come, prima mi chiedi pietà, poi mi dai del porco.»

Li divisero. Infastidito da una cantante sul triste, il Fornari era ormai arrivato al capolinea, e anche il Marchini, il Bollati, e fra poco il carrozzone dei fuoritesta avrebbe preso la corsa lanciandosi per la ripida, senza freni, in folle:

«Dài, Margot, vacci te in pedana. Sei divina quando fai la Lola perversa dell'*Angelo Azzurro*...»

«Margot! Margot! Margot!»

Un coro. E anche le mogli, dapprima timidamente. Ne approfittò, il Minotti:

«Scusa, Margot, sei o no la regina delle feste? Lo sanno tutti che, col tuo corpo da dio, fai numeri pazzeschi. Ammettilo, visto che sei una ragazza di spirito.»

Margot abbassò la testa, si fissò le cosce in mostra. Giulio e il Minotti stavano di nuovo per venire alle mani. Prima che altri li separassero, ci pensò lei:

«Il Minotti ha ragione. Porco lui, porca io, porci tutti. E poi, è Carnevale!»

Si allontanò bruscamente. Raggiunse la pedana, fece da parte la cantante, afferrò a due mani l'asta del microfono:

«Attenzione!»

Margot a braccia alzate, un po' per fare effetto, un po' per pregare Dio: che mi riesca bene, da primadonna, da drago. Come i maledetti di Po che affidavano al primo pretesto la loro furia, e abbattevano, spaccavano, perché il loro dio consolatore era creatura beffarda e allegramente deforme. Creatura d'amore, comunque, non fede insensata.

Tendeva a farneticare, Margot, a confondere ricordi esaltanti e propositi. Se ne rese conto. Corresse il tiro.

«Margot! Margot! Margot!»

E Margot annunciò:

«Raccolgo l'invito che mi è stato fatto da qualche ipocrita qui presente... Comunico a questa nobile cittadinanza...» le veniva da ridere, riuscì a non ridere «che me lo sposerò davvero, il Giulio Pagani. E non solo per toglierlo dai guai. Contenti?»

Lì per lì, non importò un bel nulla a nessuno. Ma poi...

«Arriva sempre il momento. Di mettere la testa a posto. Ma leggo nelle vostre facce... Non mi vedete sposata, eh?»

Fu un coro:

«No!»

«A te stessa, Margot, come lo sei da sempre...»

«La testa a posto, sì, sul ceppo del boia.» Un mormorio: «E disgraziato chi ci capita, con certe donne. Ma lo stesso vale per quel Pagani. Disgraziata la donna che ci capita... Bella accoppiata. Dio li fa...».

«Questo è il bello» insisteva Margot «trasformare in realtà l'impossibile!»

E aizzò, furba, quelle banalità della platea. Comincia sempre così, con banalità, reazioni ottuse, il disagio profondo della gente... Giulio convenne, persino lui soggiogato: che attrice, che magnifica attrice. Constatava ora dal vivo quanto tutto fosse scena in quella città, scena nei drammi e nelle delizie. Però che circo degli equivoci, quando la morale della favola è scena. Che ci capisci? O sei un genio della doppiezza o ti lasci abbagliare, e non distingui più...

E anche Margot rifletteva che sì, forse aveva sbagliato pedana nella vita. Quella sotto la luce dei riflettori le riusciva alla perfezione, e l'eccitava, e le faceva uscire le parole e il tono degli oratori di piazza, che tengono in pugno le folle nelle omelie e nei comizi:

«E sarà in Duomo che mi sposerò, e col Vescovo, fra le statue dei santi e le tombe dei morti, e il Cristo che risorge dalla Deposizione, per disgrazia sua, in questa città... E sarà alla faccia di voi che ridete, ma siete solo dei morti, morti da Carnevale!»

S'erano zittiti. I lampi della disco umiliati da quel silenzio improvviso. Come una pioggia triste di ogni colore. Tentò di reagire il Minotti, ma con fatica:

«Prima di infilarti l'abito bianco, faccelo vedere ancora una volta, il tuo corpo da dio!»

Margot già si strappava di dosso, coi vestiti, il disprezzo beffardo per quell'assemblea, per la vita sua e degli altri, per la vita stessa... Il Minotti, che si era fatto sotto la pedana, si ebbe in piena faccia le scarpe lanciate per prime. Si stamparono dei flash. Giulio si precipitò sul fotografo, che si vide investito da una furia, la macchina fotografica spaccata:

«Per chi le scatti queste foto, eh?»

Giorgio e Maurizio Corradi lo sapevano perfettamente. Avevano incaricato loro il fotografo. E cercarono inutilmente di tornare lucidi. Mentre Giulio trascinava di peso Margot verso un'uscita laterale.

Il *Padreterno* precipitò in un silenzio ancora più profondo, con la gente in piedi, che sbatteva gli occhi, si diceva: «Ma non doveva essere una festa tranquilla o perlomeno spensierata? Già, a Parma non si può mai dire. Che destino del menga, però!».

Galleggiavano, come piume, deboli frasi:

«Ma è un gioco, un gioco...»

«Forse stiamo dando importanza al niente, a un gioco.»

«È questo che Margot voleva. Farci sentire dei fessi con un colpo di testa dei suoi... E ci è riuscita.»

«Però, tutto sommato, meglio della noia. Dobbiamo riconoscerlo: quando c'è lei, non si annoia mai nessuno.»

«Stavolta è diverso... Stavolta lei mi è sembrata diversa.»

«Ma che vuoi che succeda... I bambini giocano, lasciamoli giocare, succede forse qualcosa quando i bambini giocano?»

«I bambini possono essere i più perversi. Non so chi l'ha detto, qualcuno l'ha detto.»

«Ma guardiamoci in faccia. Così conciati, oltretutto, noi siamo peggio che bambini... Ha avuto fiuto, Margot, a scegliere proprio la notte di Carnevale.»

«Il fatto è che siamo ubriachi.»

«No. Il fatto è che quella Margot è capace di tutto. Si è tolta ogni sfizio, nella vita... Uno più, uno meno.»

«Questo non sarebbe uno sfizio, ma una guerra dichiarata.»

E pesava un'aria di quarantotto. Eccome, se pesava.


Fuori dal *Padreterno*.

Quel silenzio, da dentro, come se alla città tutta fosse caduta ogni voce, ma una magia nell'aria, di loro due tornati ragazzi, trionfatori di così poco, per così poco... Margot rivestita alla meglio da Giulio, con la voglia esaltata di prenderla lì, contro il muro della stradina, quel corpo seminudo che stava ancora impresso come uno schiaffo negli occhi della *vil razza*, sudato per l'emozione, sudato caldo nel freddo... E intanto nella testa di Margot si accendevano visioni di un viaggio, un viaggio in Malesia, chissà perché: stradine attraverso i paesi, con grassi mercanti bengalini, esposti insieme alle merci dei loro bazar, il turbante gonfio di vanagloria che mimetizzava imbrogli e delitti, ipocrisie religiose, e voglia smodata per le donne europee che si inoltravano nei bazar, voglia di tutte in lei, Margot, in una veste di garza che lasciava vedere contro il sole...

Mercanti lustri, untuosi come il Minotti. Mercanti dall'abilità commerciale che è sinuosa come un serpente boa... E poi le acque tiepide della Malesia, nelle lagune, color smeraldo notte, dove sul fondo in un intreccio arboreo e fossile guizzano pesci azzurri e verdi, imprendibili per astuzia, ma arrancano anche grandi tartarughe che sollevano piccole nubi di sabbia.

Sarebbero stati, Margot e Giulio, due tigri della Malesia, più semplicemente i pesci imprendibili? O al contrario le tartarughe? Piccole nubi di sabbia, nient'altro, i loro aeroplani di carta in un mare troppo vasto?

Giulio ripeteva «Vieni via, via», come se qualcuno li minacciasse, afferrando la pelliccia che le cadeva dalle spalle, e sul marciapiede anche la borsetta cadeva spargendo il contenuto, e lui raccoglieva in ginocchio alla rinfusa...

La pistola calibro 22 che Margot portava da quando le erano entrati nella villa, le avevano rubato, avevano tentato di violentarla.

E adesso Giulio aveva fermato il bolide turbo nel Pioppeto Rondini, e Margot rideva con le mani contro il tronco di un pioppo, a gambe larghe, come se orinasse alla faccia del mondo, e forse lo stava facendo, mentre ripeteva allegramente: «Ma le hai viste, Giulio, le loro facce?». La faccia che faceva la maestra alle elementari, quando l'aeroplano di carta le piombava in picchiata in mezzo alla fronte e gli occhiali le scivolavano sulla peluria fra naso e bocca.

Ma c'erano quei *due occhi*... C'era una nuvola leggera che passava davanti alla luna, e come se una lama di rasoio, il rasoio del *Cane andaluso*, si sollevasse a splendere di taglio fra quei due occhi, nella nebbia fredda e umida...

Occhi che, nell'apparente fissità del nulla, assorbivano come spugne i gesti di Margot e, di riflesso, Giulio che l'abbracciava, che le sollevava da dietro il vestito.

# III

Il Sostituto Procuratore Bocchi si fissava le mani ben cu-
rate ma, con disappunto, avrebbe voluto nascondere il colletto e i polsini della camicia. Per rispettare la sua prover-
biale puntualità nel presentarsi in ufficio, quella mattina si
era rasato di corsa e vestito in fretta. Si ritrovava dunque
la camicia che già indossava da due giorni, una cravatta
che strideva. Anche la giacca non s'accordava col resto, la
sua giacca peggiore.

Come avrebbe potuto supporre che proprio quel giorno,
anziché feccia umana, assassini o spacciatori, si sarebbero
seduti di fronte a lui, squadrandolo, valutando ogni dettaglio della sua figura, Luisa Corradi e il figlio Giorgio: due
fra le poche persone alle quali, per puntiglio, desiderava
apparire sempre inappuntabile?

Luisa Corradi stava dicendo:

«Ecco come si riduce Margot, quando perde la testa...»

Il Bocchi fu costretto a spostare lo sguardo sulle foto
che venivano sparse sulla scrivania. Ritraevano Margot in
pose provocatorie, per usare un eufemismo. Nel mucchio
galleggiavano le foto scattate al *Padreterno*, ma altre scivolavano dalle mani di Luisa, più compromettenti.

«Avete messo di mezzo un'agenzia investigativa.»

«Dovevamo.»

«Cos'altro avete combinato per incastrarla?»

«Quella ormai fa scandalo per infangare la nostra famiglia. Ma perché? Ha goduto e gode della nostra ricchezza e del nostro nome. Come i miei figli.»

Il Bocchi sollevò l'immagine più spinta. Coprì con la mano il corpo, lasciò emergere il volto:

«Guardate il volto. C'è un tale scherno... Margot si sta beffando di chiunque la guardi. Anche di se stessa.»

Si fece assorto. Allontanò le foto con un gesto energico.

«Comunque non è pane per gli angeli» reagì Giorgio Corradi. «Restano atti osceni in luogo pubblico.»

«E cosa prova che il luogo è pubblico? Da queste foto clandestine non risulta... Risulta piuttosto che avete teso trappole a una persona e questo, sì, potrebbe configurarsi come violazione...»

«Il *Padreterno* è luogo pubblico.»

«Andiamo, Giorgio, era Carnevale» sorrise il Bocchi «e di Carnevale, per di più al *Padreterno*, consenti che tutti siano figli di Dio, e come Dio li ha fatti.»

Dove volevano arrivare quei due?

«Vi avverto che state parlando al magistrato, oltre che all'amico. E che le insinuazioni di reato...»

Strano giudice, che teneva un mazzo di fiori gigante in un prezioso vaso orientale, e musica classica sommessa, che da uno stereo si diffondeva nell'ufficio. Sottili metodi per sconcertare gente che, di solito, i fiori li mandava al cimitero, ai morti ammazzati, e di classico non conosceva che la pistola Luger?

«Fermarla, Margot! Lei deve. Una volta per tutte. E usandole tutte.»

Il Bocchi scrutò Luisa:

«Dovrei arrestarla per queste fotografie? Intendete avanzare formale denuncia?»

Luisa Corradi si era certamente consultata con i suoi avvocati. Parlò di diffamazione continuata, esplicita e implicita. Toccò il tasto dell'interdizione: aveva imparato a memoria la lezione sul soggetto che viene privato della facoltà di amministrare i propri beni.

«Solo a condizione di una vera infermità di mente, Luisa... La follia di una persona si può anche costruire deliberatamente, corrompendo uno stuolo di psichiatri. Succede spesso. Basta pagare... Ma significa distruggere un essere umano.»

«Un essere umano che distrugge noi. E che sia pazza è voce comune.»

Il Bocchi usò la pazienza sperimentata coi delinquenti incalliti:

«È voce comune anche che gli utili della vostra azienda, grazie al senso degli affari di Margot...»

«Quando si concede» reagì Luisa. «In sala consigliare la vediamo comparire come le rondini a primavera. Se le gira e le fa comodo. Per il resto viaggia e ha mille amanti.»

«Ha parlato di rondini, Luisa. Mi risponda: porta o no primavera, questa rondine? Lei sa che conosco perfettamente la situazione. E che non mi baso su chiacchiere, ma sui fatti... I fatti attestano che le vostre iniziative sbagliate avevano fatto scendere la "Corradi" di parecchi gradini. Vi eravate compromessi con gli assessori finiti in galera. La Magistratura stava indagando. Se non fosse stato per Margot... Si possono avere ottime idee aziendali anche esibendosi seminudi nei locali notturni.»

«Lei la difende. È comprensibile.»

«Io sto semplicemente dimostrandole che l'incapacità di intendere e di volere, l'interdizione, sono delirio. Vi coprireste di ridicolo.»

Giorgio Corradi, incauto di natura, tentò proprio la strada da cui avrebbe dovuto deviare:

«Vogliamo parlare di certi vezzi, per non dire vizi?...»

Il Bocchi, rapido, gli strinse le narici, come si torce il naso a un ragazzino:

«Alludi alla neve, Giorgio?» Citò: «Sub nive quod tegitur, dum nix perit, omne videtur». Tradusse, a suo modo: «"La neve distrugge quando si scioglie le sporcizie si scoprono..." Ammesso e non concesso che Margot faccia uso sporadico di cocaina, tu, Giorgio, e anche questo risulta alla polizia, sei addirittura catalogabile come uomo delle nevi, e finora sei riuscito a restare, diciamo, una leggenda tibetana. Ma presto, molto presto, potresti diventare una realtà carceraria. Le tue orme si moltiplicano sul manto bianco, e ti avverto».

Tentò una replica, il Corradi. Ma la madre lo zittì.

Il Bocchi si chiedeva cosa aspettasse Luisa a gettare la carta decisiva. Lo fece:

«Mi dica, allora: come valuta, un magistrato inflessibile, l'ultima delle sue follie?... Sposare, per puro capriccio e sfida, quel Giulio Pagani... Un'altra anima persa, alle prese con disastrosi problemi finanziari, in pugno a strozzini di cui è stato complice, ricattatori. Lei lo sa. È lei che sta indagando su di loro. E sono loro a darle filo da torcere. O sbaglio?»

«No. In questo non sbaglia.»

«E come lo giudica, se non un gioco perverso a nostro danno? Introdurre una mina vagante nella nostra famiglia, nella nostra impresa. Potrebbe esplodere e rovinarci tutti quanti... Ci nega il diritto di cautelarci anche contro questa follia?»

L'evidenza. Già. Il Bocchi fu costretto ad alzare le mani; meglio, ad abbassare la testa. Il suo turbamento fu evidente. Non pensava più al colletto e ai polsini della camicia. Se avesse avuto a disposizione uno specchio, avrebbe cercato il modo di nascondere la sua espressione triste.

Giorgio Corradi s'afferrò a quell'espressione:

«Bocchi, mettila con le spalle al muro!»

«Perché proprio io?»

«Perché sei un magistrato con una fede granitica nei valori morali.»

L'altro alzò le spalle: non era per quello. Figurarsi, i valori morali, in bocca, per di più, a un Giorgio Corradi.

«Perché sai usare i dovuti modi, cortesi, comprensivi. Ma noi la conosciamo bene, la tua durezza. Se occorre, non bada ai mezzi termini.»

Non era nemmeno per la sua mascherata durezza. "Vieni al dunque" pensò "povero cretino che ti trascini ancora dietro le gonne di tua madre."

«Perché sei legato alla nostra famiglia...»

Ecco: ci si avvicinava.

«Perché, soprattutto...»

Esitò, Giorgio. Non trovava le parole. Le trovò Luisa:

«Perché lei ha sempre avuto un debole, per Margot. Un debole, vorrei ricordarle, che io ho sempre cercato di favorire.»

Il Bocchi fu tentato. Riderle in faccia e mandarla al diavolo. Avrebbe dovuto. Restò invece impassibile. Esistono falsità talmente temerarie. Muraglie. Inutile prenderle di petto... Pensò: come si sa mentire bene, in questa città... Si consolò, il Bocchi, dicendosi che lui di Parma non era: veniva dalla Lucchesia. Scrutando a fondo Luisa, addestrata all'eleganza corporale, ma coi segni stampati, persino nelle unghie, di una viziosità e perfidia che avevano distrutto vite, e lei stessa, pensò anche: "Povera sgualdrina, pure tu. Che pena!".

Infatti, quando si era vociferato di una relazione fra il Bocchi e Margot, con la realtà distorta secondo lo stile *vil razza*, fra le chiacchiere da marciapiede c'erano state anche quelle di Luisa Corradi, specialmente quelle, e il suo scherno da donnetta: "Mi metterei la corda al collo, amiche mie, piuttosto che andare a letto con quel sagrestano. Vi immaginate il suo pisello bendato come la Giustizia di cui è servo? La Giustizia, almeno, ha la spada. Ma lui? La Giustizia, almeno, soddisfa il diritto, ma credete che lui ce l'abbia davvero il diritto che soddisfa?".

Era come se tornasse a udirle, le risatine delle donnette alle sue spalle. Lo squallore e la maldicenza delle donnette non hanno limiti. Orribile, inoltre, questo tipo di volgarità, perché vorrebbe essere spiritoso, ma non ci riesce.

Un giorno tuttavia, si disse, un giorno Luisa Corradi... Arriva il giorno per tutti. Così il Bocchi intendeva quella benedetta Giustizia: non già il frutto umano dei codici, bensì una scadenza fatale segnata nel destino, e non aveva importanza che impiegasse tempo per scagliare i suoi fulmini. Questa la convinzione che gli dava la forza di persistere nel suo mestiere ingrato.

Nell'attesa, si limitò a fingere una voce mortificata:

«Il mio debole per Margot. Già. Peccato che Margot non l'abbia avuto per me. Succede.»

Luisa Corradi volle per sé l'ultima parola. Alzò di scatto la testa:

«Succede con donne come Margot!»

«Le donne come Margot...»

E il Bocchi fissò il vuoto.


Parcheggiò, con cura, a fianco del cancello di Villa delle Gaggìe. Scese reggendo la sua cartella di giudice che un tempo, quando corteggiava Margot, lasciava in macchina. Ma erano mattinate, quelle, in cui superando il cancello si passava un ultimo colpo di pettine, si aggiustava il nodo della cravatta, fantasticava di essere un uomo che, per certe qualità, poteva persino piacere alle donne.

Si vergognava a dirselo, ma si sentiva attraente, a suo modo. Anche perché era atteso da una donna che tutti desideravano, facendone una favola da regina d'amori; una donna che considerava il principio stesso della bellezza, e da qui un'esaltazione sensuale che lo stordiva solo al pensarla, Margot, e ci pensava sempre, persino quando interrogava per ore i criminali, costretto a convenire: esistono delitti inimmaginabili, e anch'io, pur con tutta la mia esperienza, ne provo sgomento.

Come magistrato, doveva attraversare giorno dopo giorno un inferno che la bellezza la negava, per cui Margot restava, sopra le umane miserie, una luce che lo conciliava con la vita, la prova che era giusto che lui continuasse a vivere, mentre mille volte aveva desiderato scomparire: nella quiete del nulla, dove finalmente nessuno giudica più nessuno, nemmeno dal suo aspetto.

Rifletteva, riconoscendosi sprovveduto: è questo l'amore? E anche: Margot, forse, continuerà pur con cortesia a rifiutarmi, ma ciò non toglie che la natura sembra averla creata apposta per me, per ciò che sono... E lei ignora ciò che sono veramente, un giorno lo saprà... Sì, doveva essere questo l'amore decantato e abusato come parola ormai priva di senso: dai belli e dai brutti, dagli infami e dagli eletti. Un incantesimo in un deserto, in quanto tale una frode, per lo più crudele. E come nell'*Orlando* dell'Ariosto (lo adorava), l'Ippogrifo che ti fa volare nelle meravigliose avventure di Astolfo, fino alla luna, fino al liquore, racchiuso nelle ampolle, che è il senno perduto dall'umanità... Un'umanità che lo aveva fatto giudice e lo pagava, appunto, per ritrovare una parvenza di senno...

E come era dolce, in quelle mattine, appena superato il cancello, cavalcare l'Ippogrifo, tiranno che a volte conosce la debolezza di un bambino, la tenerezza, la pietà dei vinti.

Ogni volta, il Bocchi faceva sosta nel regno di Giustina. Respirava l'aria magica di quelle piante esotiche che incantavano e commuovevano, così fuori logica in un angolo estraneo di terra parmense, come fuori logica era la sua esaltazione. E poi gli piaceva Giustina. Gli ricordava sua madre, non solo per certe somiglianze fisiche, ma negli occhi in cui poteva specchiare i suoi che si ripulivano da troppi orrori: nell'indefinibile che, in quello sguardo, riusciva a definire, a fare suo.

Amava Giustina. Capiva che l'aveva capito.

In una mattinata burrascosa, con Margot rinserrata nella villa, in piena crisi di nervi, che urlava dalle finestre aperte di non voler vedere nessuno, niente più del mondo, di detestare chiunque... In quella circostanza, Giustina l'aveva fissato a lungo, in silenzio, appunto per capirlo, capire, e andare oltre, nel fondo: dei suoi pensieri, enigmi, alibi. Quindi l'aveva preso sottobraccio, verso la villa, rassicurandolo: «Vieni, vieni con me». Insieme, così uniti, avevano raggiunto Margot, e Giustina si era rivolta alla figlia con voce comprensiva, certo, ma alla quale non si poteva disubbidire:

«Guarda, c'è il Bocchi.»

Margot aveva girato la testa, subito la sua espressione era mutata, le lacrime isteriche avevano lasciato posto a un sorriso:

«Siediti. Mi fa piacere vederti.»

L'aveva considerato un miracolo. Un miracolo di Giustina.

E ogni volta il Bocchi si addentrava fra i globi bianco-oro del *Dori-ka*, il fiore battezzato *Ruota della verità*...

«Un fiore» ripeteva il Bocchi «che potrei mettermi all'occhiello come simbolo del mio ruolo, e di com'è, a ben vedere, la vita.»

«Già» gli rispondeva Giustina «proprio così.»

Gli dava del tu, una delle sfumature nel trattarlo benevolmente. Come ora, stupita di vederlo riapparire dopo mesi:

«Sono contenta che sei tornato.»

Ma stavolta, in lei, una smarrita tristezza, appena celata.

«Anch'io sono contento» rispose il Bocchi, illuminandosi, poi ugualmente afferrato da una tristezza che non riguardava certo il loro incontro. Cos'era? Qualcosa ancora di oscuro. Un presentimento?

Fu tentato da un fiore *Dori-ka*. Sembrava carne. Al centro, un cuore vermiglio, i cui toni variavano dall'acceso al cupo. Intorno, petali di un candore abbagliante. Chiese, con timidezza:

«Posso?»

Giustina lo incoraggiò. Il Bocchi staccò il fiore.

«Margot è su. Ti aspetta.»

E il Bocchi entrò, reggendo fra due dita il fiore.


Spinse il fiore al centro del tavolino.

Sedevano di fronte, nella penombra del salotto, con la luce a macchia rossa sulle tende tirate, la sensazione di essere isolati in una nicchia segreta, disposta per le confessioni segrete. In passato, quando lui metteva con ironia il fiore sul tavolino, Margot insinuava il solito commento, un po' sarcastico, un po' complice, per tenere le distanze e insieme provocarlo: «Non sembra un sesso, eh? Lo vedi com'è la natura? Metà pura. Metà indecente».

Il fiore, e i palmi sudati del Bocchi, e gli occhi fissi di Margot, oggi chiusa in un kimono, l'aspetto castigato, il suo silenzio con cui metteva in guardia, mettendosi in guardia per prima. La tentò il Bocchi, maldestro, l'insinuazione, per ricordarle i loro incontri sfumati nel tempo:

«Non sembra un sesso, Margot?»

Lei sbriciolò il *Dori-ka* nella mano, lo lasciò cadere, come un grumo di piume:

«Allora, eh, Bocchi?»

Capì che sapeva. Del suo incontro con Luisa e Giorgio Corradi. Capì che fraintendeva:

«Fai pure ciò che ti hanno ordinato. Qualsiasi provvedimento adotterai contro di me, non ti preoccupare... Io ti resterò grata.»

«Grata, Margot?»

Nessun sarcasmo. Era sincera:

«Sei l'uomo che più mi ha desiderato. Che più mi desidera. Comunque sia, questo resta importante per una donna.»

«Sono stato innamorato di te, Margot. È diverso... Poi ho capito che i nostri mondi sono lontani. All'opposto.»

Barava. Appunto perché gli ribattesse che stava barando, così sbloccandosi dalla sua indifferenza:

«Mi avresti presa anche se fossi stata la peggior puttana da marciapiede.»

Sorrise. Rotto il ghiaccio, almeno.

«Qualcosa, sì, mi hanno ordinato.»

«Lo vedi?»

«Ma non tollero che nessuno mi fraintenda!»

Il Bocchi spazzò via i resti accartocciati del *Dori-ka*. La sua mano si chiuse a pugno nella macchia di luce rossa:

«Mi hanno ordinato il possibile per impedirti di fare pazzie. E io ho accettato. Perché il mio "possibile" non è l'intimidazione volgare che si aspettano... Al contrario: è capirti.»

Eccola, l'inflessibilità del giudice. Margot aveva usato condiscendenza, allora, e non l'aveva mandato al diavolo già la prima volta, come tutti coloro che perdevano la testa, proprio per questa inflessibilità con cui il Bocchi faceva valere le sue ragioni, sempre e comunque quando riteneva giusto. Da un momento all'altro poteva vederselo di fronte, da sottomesso e imbarazzato, persino arrogante. E ciò le piaceva...

«Vedi, Margot, quando mi capita un assassino reticente, e riesco ad afferrare il perché è un assassino, anche se non confessa, io lo inchiodo ugualmente, anzi di più, di più, dimostrandogli che ho capito.»

«Cosa?»

«Il meccanismo segreto del suo delitto. Per un assassino che si ritiene di mente superiore, la massima punizione è il vedersi smascherato nelle ragioni profonde, che crede insondabili, che l'hanno spinto a uccidere... Al confronto, per lui passano in second'ordine la prigione, l'idea di restare anni chiuso in una cella. Un assassino del genere tollera persino l'ergastolo, se può dirsi: mi hanno punito, ma nessuno ha capito qualcosa di me, e nessuno capirà perché nessuno è degno di capire. Il che mi pone, comunque, al di sopra degli altri.»

«E tu, in questa faccenda, credi davvero di aver capito?»

«Sì... Tu hai sempre amato i deboli, Margot...»

«Dovresti, allora, ritenerti un gigante. Visto che non sono riuscita ad amarti.»

«Risparmiami battute idiote. E ascoltami... La gente meschina dice: Margot ha sempre amato i deboli perché degli uomini forti ha paura. Di non dominarli, metterli, come le piace, sotto i piedi... Idioti. È perfettamente il contrario. Un uomo cosiddetto forte, senza stare a precisare in che consista poi questa forza, tu l'avresti in pugno con facilità. Perché è univoco, prevedibile. Nei rapporti di forza è difficile batterti... Ma un debole, no. È la miserabile tigre di un debole che non riuscirai mai a cavalcare.»

Margot si alzò di scatto, protestando che quella era una predica, e a lei le prediche davano il voltastomaco. Ma la sua voce non era convinta. Il Bocchi le afferrò il polso, rimettendola seduta. Affermò con durezza:

«Un debole ti ricorda tuo padre!»

Margot ascoltò in silenzio:

«Un debole vero, perfetto, come il tuo Giulio Pagani, non è dominabile perché è tutto e il contrario di tutto: vile e spavaldo, si crede un padreterno e si porta frustrazioni terribili, pretende l'onestà e si fa complice dei disonesti, vorrebbe essere primattore e si compiace, fino all'autodistruzione, di sapersi un relitto... Sanguisughe, inoltre, i deboli, che diventano servitori della nostra mente e del nostro corpo, magari abilissimi, per succhiarci ciò che noi abbiamo più degli altri.»

Margot e il Bocchi si fissarono. Su Margot passò un'ombra: pensò alla debolezza di Giulio e per un istante provò vergogna dell'eccitazione che le provocava.

«Tu hai bisogno persino della debolezza dei tuoi amanti. Da essa la figura di tuo padre si alza come dal suo letto di morte, e ti sorride... Tu, la tua forza, siete state generate da questa debolezza, e liberartene ti sembra di violare una legge del sangue!»

La mano del Bocchi non fu più un pugno. Strinse le dita di lei nella macchia di luce rossa. Margot riconosceva sempre la maestria altrui. E l'acutezza del Bocchi meritava la sua fama:

«Come fai a conoscere così bene la debolezza?»

«È la parte di me che tenta di uccidermi, invece sono io che riesco a ucciderla... Ma, ahimè, io sono un uomo dall'aspetto insignificante, come ha sempre sostenuto Luisa Corradi. Tu, al contrario, sei una femmina regina.»

«Già. Regina e sola. E, secondo te, nessuno può aiutarmi.»

«Io, Margot. E te lo dimostrerò... Ma un avvertimento: quel Giulio Pagani, oltre che un debole, è un furbo. Ti compiace per indurti a commettere gli errori da irresponsabile che ha commesso lui, che lui è nato per commettere.»

Margot chinò la testa. Se il Bocchi aveva ragione, e l'aveva, se la verità che lei si era rifiutata di ammettere stava dalla parte delle sue parole, allora doveva anche credere di essere davvero una femmina regina: definizione che non l'aveva mai fatta sorridere perché era un amabile modo di dire in quella terra che favoleggiava di regine e di femmine, mentre ora, sì, la faceva ridere fra sé. Poche volte, infatti, si era trovata in tale sudditanza ai piedi di quel trono vuoto di certezze che era il suo destino:

«E ora, se vuoi scusarmi. Ho un appuntamento» mentì. «Mi devo preparare.»

Senza un saluto, si diresse verso l'attigua camera da letto. Chiedendosi che significato avesse quel modo di dire: femmina regina... Forse significava che, entrando nella camera, lei poteva lasciare la porta aperta di quel tanto... In modo che il Bocchi potesse vederla mentre il suo corpo nudo si profilava contro la luce; mentre, con malizia, si girava per mostrarsi nuda di spalle, e poi si infilava le mutandine minuscole... Forse significava che, per quanto la debolezza altrui l'attirasse come un vizio, lei comunque aveva il potere di inchiodare anche chi, come il Bocchi, la debolezza in sé riusciva ad ucciderla.

Pochi istanti. Pensò che una femmina regina, chissà, è quella che può concedersi il piacere sottilmente perverso di farsi vedere nuda da un uomo che ha sempre rifiutato come tale e che la sua nudità la desidera a morte da anni... Se quell'uomo, anziché restare bloccato, stordito accanto al tavolino del salotto, senza perdere nemmeno il più piccolo dei suoi gesti, avesse avuto il coraggio di superare la porta ed entrare nella camera, lei, in quel momento, l'avrebbe lasciato fare, gli avrebbe permesso di insinuare la mano al posto della sua mentre si lisciava la calza sulla pelle, verso gli inguini... Ma questo coraggio, si disse con ironia, può accadere che sia proprio degli uomini che la gente ritiene deboli.

Poi Margot chiuse la porta sbattendola. E subito dopo udì il colpo della porta chiusa dal Bocchi, che usciva nel parco.


Dalla villetta, oltre lo Stadio Tardini, Giulio sta per andarsene. Si trasferisce a Villa delle Gaggìe. Abiterà con Margot. Si è stordito, ha bevuto. È fatto. Per avvertire il meno possibile di quel distacco. Fabrizio lo capisce. Negli occhi dell'amico che vedono solo uno schermo velato, una frattura fatta di immagini instabili, egli vede invece chiaramente un affetto sommerso come sul fondo di uno stagno, che nessun altro affetto ha sostituito.

Perciò Fabrizio non dice a Giulio: "Sei pazzo! Che ti ha preso?".

Ma anche gli occhi di Fabrizio è come se parlassero a Giulio, che risponde:

«Me ne vado. È così. Basta. Succeda ciò che deve.»

È di ghiaccio la mano che Fabrizio si ritrova sulla guancia, sul collo. Pesante. Vorrebbe essere una carezza. Ma è una stretta. Una spinta, piuttosto, come per farlo da parte. E fare da parte quei pochi resti compiacenti di un mondo ormai al di là, oltre la frattura.

Giulio lascia intatta la propria camera. Con l'ingrandimento di Margot sul mobile. I libri. I quadri. Gli oggetti dell'abitudine. I cassetti con i reperti, fanciulleschi trofei, occhiali da sole, anelli, orecchini, altro, delle tante donne che sono passate di lì. «Cimeli» borbotta, tentando di riderne. La segreteria telefonica continuerà a registrare messaggi ardenti che Fabrizio annoterà con pazienza.

Potrebbe essere costretto a tornare, Giulio: "Non si sa mai". Ma non lo dice. Parte per una guerra bastarda, lo sa. Soldato che dà l'addio verso il fronte senza credere a nessuna bandiera, mentre l'insidia dei nemici consiste nell'averla.

«Questa resterà la tua camera. La tua casa.» E Fabrizio aggiunge: «Eravamo amici».

La vecchia confidenza tradisce qualcosa più dell'affetto: un dolore sottile. Perché Giulio non rettifica quell'"eravamo". Non può, nel suo stato? Non vuole?

«Mi sto mettendo il cappio al collo, eh?»

«Sì. Credo che si stiano servendo di te. Che non sia un gioco, Giulio, né una sfida che ti compete. Ma un calcolo ben meditato. O se gioco è, che tu sia una pedina, un birillo.»

Giulio gira lo sguardo verso il tavolino verde. Quello, riesce a pensare, era il solo gioco che gli restava: giusto, umano, di sua pertinenza. Nelle notti a venire, Fabrizio ricorderà le loro partite che li rallegravano, costretto a fare semplicemente un solitario. Vorrebbe riuscire a spiegare quale significato possono avere non i giochi perversi degli altri, ma i nostri, i più semplici, da bambini. Tenta, si sforza di farlo, ma la tensione che gli impedisce di articolare persino un "grazie" a Fabrizio, come vorrebbe, lo costringe a vomitare contro il muro, da una parte, mentre l'amico gli regge la fronte:

«Mi dispiace.»

È entrata una farfalla dalla finestra. La macchia di luce della lampada sospesa nella penombra la attrae, deve apparirle una profondità in cui è inevitabile precipitare. Volteggiando intorno, lascia immaginare la stupefazione per il senso di fatalità che la spinge. Prima che aderisca al cappuccio incandescente, col sogno folle di trapassarlo, Giulio la caccia via con la mano, gridando «Smettila! Smettila!» come vorrebbe gridare a se stesso. Ed è lui a bruciarsi le dita sulla superficie infuocata che altrimenti avrebbe succhiato, decomposto la bellezza di quelle ali, i colori.

Giulio si chiede perché mai riesca a vedere con estrema nitidezza i colori che ha salvato da una piccola catastrofe, mentre non ce la fa ad abbracciare Fabrizio.

«Lascia fare a me» dice Fabrizio. «Ti porto io le valigie.»


La nuvola leggera non punta più alla luna piena sul Pioppeto Rondini.

I due occhi non si nascondono, in questa notte, fra i tronchi, le coppie infrattate.

Le pupille dal neutro colore, lo sguardo del nulla, tuttavia assetato del tutto, fino ai dettagli, stanno fra le mani strette a pugno intorno alle sbarre della cancellata, a Villa delle Gaggìe.

È accesa una finestra, nel regno di Giustina. L'uccello esotico, maestoso, sfodera una sola delle sue ali, segnalando la presenza ignota al vuoto che lo circonda, per un allarme che resta dubbioso.

I due occhi fermi.

E Margot che, nello spiazzo di ghiaietta, accoglie Giulio. E Giulio che, da quel momento, vivrà con lei.

Le valigie sono già sparite all'interno. Immagini come al rallentatore. In due occhi fermi.


E veniva giù un acquazzone di quelli traversi, coi goccioloni che si stampavano come monete sonanti fumando sui marciapiedi, e la gente in ressa, ghermita alla sprovvista, correva qua e là sotto i nuvoloni a lampi e tuoni, come dentro i nuvoloni sbattevano pazze le rondini, e nell'odore acre di polvere impregnata di pioggia e fulmini, che mozzava il respiro e faceva girare la testa, pareva che tutta la *vil razza* si precipitasse alla disperata per dividere le sorti del Giulio Pagani... Lo stavano giudicando i pezzi grossi della Confraternita degli Affari: se tirarlo fuori ancora una volta per i capelli o lasciarlo andare a fondo una volta per tutte.

Invece era la pioggia, solo la pioggia matta, e la *vil razza* lo sapeva che uno dei tanti tribunali degli uomini stava giustiziando un uomo, ma non le importava un fischio; le sarebbe importato in seguito, per vociferarne, tagliare i panni addosso e convenire chi era stato più boia.

Il solo che correva, zuppo, pregando Dio, pur sapendo che era inutile, era Fabrizio, volato dalla "Gazzetta" non appena gli era arrivata notizia della decisione, correva ripetendosi "maledizione", e l'acqua alla gola ce l'aveva dentro e fuori.

Si precipitò nel corridoio, ed era chiaro che anche lì c'era stata la tempesta. Il Bordi, il Fornari, il Marchini, il Bollati, stavano uscendo dalla sala, e parlottavano fra di loro con indifferenza, vantavano a voce alta la propria integrità, a beneficio della stampa presente, cercando di spiegare come non sempre la coscienza possa avere la meglio sulla marmaglia degli affari, comunque la loro coscienza era a posto, e avevano lottato fino all'ultimo:

«Io, mai e poi mai avrei spinto la testa sotto a uno che non sa nuotare. Una volta, ho salvato persino un bambino che stava per affogare.»

«Quel Giulio si è lasciato far fuori come un agnello.»

«Strano che non abbia mostrato le unghie.»

«E noi a dirgli: avanti, dacci almeno un appiglio. Niente. Pareva che ci godesse, ad andare a fondo!»

«Perché ora può, idioti, ma non lo capite? Presto avrà la "Corradi" in pugno, e sarà un macello. Anche per noi... Colpa di quella Margot! Margot, Margot... Sempre lei!»

L'aveva gridato, facendosi largo, il Minotti, a cui non importava nulla di apparire un santo, lui che credeva soltanto nella santità dei maiali, che ormai invade il mondo, favorita anche da chi i maiali non li squarta e non li vende... "Questa non è la mia verità, *è la verità*, stop, qualcuno mi può dimostrare il contrario, forse?"

E il Bollati gli rinfacciò:

«Perché ce l'hai tanto con quella Margot?»

«So io.»

E Fabrizio udì con le orecchie sue:

«Sembra quasi che vorresti vederla morta, lei e il suo Giulio. Ma che t'ha fatto, eh, Minotti?»

«So io.»

E il grasso si chiuse, torvo. Amen.

Fabrizio passò in mezzo al gruppo urtando intenzionalmente con la spalla il Minotti, con tanta rabbia da farlo girare su se stesso. Fra i due, uno sguardo di fuoco. E il Minotti lo minacciò:

«Anche te stai attento, bamba!... Non so se chiamarti amico o finocchio del Giulio... Ma bada che, dal giornale nostro, ti posso far cacciare quando voglio!»

Fabrizio entrò, e la sala era deserta. Giulio sedeva fra i banchi. Si teneva la testa fra le mani, le spalle avevano un sussulto. Sembrava che stesse piangendo. Macché. Stava ridendo invece, fra sé, come un bambino incosciente. E scrutò Fabrizio, fermo, continuando nel suo riso sprezzante:

«Io...» gli disse Fabrizio «io non mi sarei lasciato far fuori come un agnello.»

Giulio gli fece segno di avvicinarsi. Poi lo prese per un braccio e gli confidò, con l'aria di certi ubriachi:

«È come quando una donna ti dice no. Vattene che mi fai schifo, ti dice... Tu che fai, eh? L'unica è che le giri le spalle e ti metti a ridere. Almeno la sconcerti.»

«C'era di mezzo la tua vita...»

«E che sarà poi, 'sta vita! Anche lei una bella donna che, quando ha la luna storta, ti dice no... Affanculo anche la vita!»


«Peccato» ripeteva Margot «avremmo dovuto averlo noi quel colpo d'ingegno.»

Peccato davvero che l'*idea* fosse già venuta in mente ad altri. Niente avrebbe potuto inscenare, con più appropriata fantasia, la loro beffa sognante con cui stavano soffiando sul fuoco.

«Avremmo fatto centro. Di nuovo.»

Era successo anche questo, a Parma.

E Margot raccontava che, anni prima, il marchese Guido Dalla Rosa (famiglia che vantava una dama di compagnia di Maria Luigia) aveva sposato Zaira su un piccolo aereo da turismo addobbato con festoni di rose, appunto, trascinati fra le nuvole. L'aereo volò sulla città per tutto il tempo della cerimonia, e anche il prete officiante si esaltò al colpo d'occhio di Parma dall'alto, con la gente che guardava in su e applaudiva, a gruppi nelle piazze e nelle strade. Quel matrimonio, celebrato con apparente capriccio, enfatizzato dalle cronache e in seguito reso leggendario dai racconti, mise in crisi la *vil razza* ormai convertita, troppo testardamente, ai piedi per terra. E a chi ne aveva perso memoria, i due eccentrici sposi, con le loro giravolte e impennate, ricordarono che la "festa parmigiana" aveva vissuto, nei secoli, di luminose stravaganze, alle quali bisognava tornare, altrimenti addio festa, addio storia.

«I padroni vanno per ghiribizzi e nuvole» qualcuno commentò. «Possono ancora consentirsi di essere fanciulli.»

E Margot invidiava Zaira.

L'aereo che sembrò danzare nelle lunghe luci del giorno primaverile, che sfiorò i campanili delle chiese, puntò sul Duomo e il Battistero, rasentò i tetti dei quartieri poveri, fece di Zaira il simbolo celeste di tutte le donne che avevano folleggiato su Parma intesa come piccolo universo dei sensi. E una volta che il matrimonio volante come un falco mise le ruote a terra, avviati gli sposi al loro destino, il nome di Zaira Dalla Rosa restò come quelli delle eroine delle opere, che, calato il sipario, non si sa bene se siano vissute davvero.

Scuoteva la testa, Margot:

«Peccato.»


Dovettero accontentarsi di far volare, ancora, i loro aeroplani di carta. Metafora più calzante, ora, poiché si trattava delle partecipazioni di nozze. Li avevano studiati con puntiglioso divertimento quei cartoncini filettati d'oro, e

Margot aveva avuto l'idea di decorare l'invito alla cerimonia, e al ricevimento che ne sarebbe seguito, con figurine prese dalle miniature più maliziose degli eccelsi stampatori parmigiani, maestri dello sberleffo, che così avevano illustrato opere insigni – dall'Ariosto a Dante a Casanova – antiche cronache, ballate.

L'Eros, ovvio, vi dominava. L'Eros solare e spiritoso che fa giustizia sommaria dei perbenisti e di chiunque condanni la libertà dei sensi solo perché non la può vivere, se non come ossessione. Gnomi, folletti, creature del mito. Donnine impudiche e insolenti verso i grassi arricchiti; satiri in bilico, come giocolieri, sui loro falli dalle incredibili forme, usati anche come spade punitive.

Partecipazioni di nozze personalizzate. A ciascuno il suo. E chi poteva accusare di cattivo gusto quei reperti preziosi?

I variopinti aeroplani si disseminarono per la città.


Non si aspettavano reazioni.

Semplicemente che i destinatari accusassero i colpi. E se poi alla cerimonia non fosse intervenuto nessuno, tranne quei pochi, tanto meglio. I regali di nozze si allinearono su un tavolo a Villa delle Gaggìe, ma si contavano sulla punta delle dita, come i biglietti d'auguri sinceri. Venivano dalle amiche e dagli amici di Margot, i più fedeli e anticonformisti, oltre che estranei alle beghe della città. Per il resto, nulla. Nessuno se la sentiva di compromettersi.

Anche questo previsto.

Ma non avevano messo in conto l'anonimato. Non li aveva nemmeno sfiorati la possibilità che, dalle tenebre clandestine, uscisse un fiato velenoso, senza volto. In breve, Margot e Giulio si ritrovarono come due giocosi ragazzi braccati da adulti cresciuti col rancore per chiunque sia libero e felice, per di più capace di mandare a segno la provocazione spiritosa. D'altra parte, non era stato il loro disegno incosciente: sollevare un polverone dichiarando guerra? Prendevano ora coscienza che la guerra, anche se beffarda, oppone sempre due fazioni, e non c'è chi, nemmeno nella beffa, si dia per vinto.

Dal fronte nemico piombarono per rappresaglia altri aeroplani di carta che non avevano bandiera, che non inneggiavano alla vita, ma al contrario: all'intimidazione, all'angoscia. Nei cartoncini augurali senza firma, la parodia in negativo di quanto aveva escogitato Margot: demoni ghignanti, sinistre sibille, raffigurazioni oscene di porci, maiali col muso di una ferocia sordida, anch'essi riprodotti dal repertorio classico. Miniature con amplessi non fra esseri umani, ma fra uomini e animali. L'Eros bestiale si opponeva a quello solare e spiritoso.

Un cartoncino fu più esplicito degli altri. Chi l'aveva spedito si era spinto a commentare, con scrittura a stampatello, immagini di un uomo grasso, dall'aspetto brutale, che impugnava una frusta e aveva ai piedi una pantera: "Il Domatore Martin, che ispirò a Balzac *Una passione nel Deserto*. Si racconta che placasse le fiere intrattenendo con loro rapporti sessuali, amandone la minacciosa bellezza, mentre meditava di ucciderle".

Presumevano di conoscerli, i nemici, e li sapevano per lo più rozzi e incolti. A chi apparteneva dunque la mente che si rivelava, oltre che capziosa, di una cultura superiore, di una crudeltà sottile?... Margot, chiaramente, la pantera. Giulio il grottesco Domatore... Margot era convinta:

«È una mente sola. È quella, quella soltanto... Ha organizzato tutto. I biglietti offensivi e di malaugurio si devono a lei. Non può essere altrimenti. Gli altri non ne sarebbero capaci.»

«Ma chi?»

«Non immagini quanto darei per saperlo. Sarei pronta persino a esprimerle la mia ammirazione.»

Ogni ipotesi cadeva. Nessuno le sembrava all'altezza dello sconosciuto (o sconosciuta) che era riuscito a restituirle la pariglia, facendo centri esatti, quasi conoscesse i retroscena che in certi periodi segreti, specie della sua infanzia e adolescenza, avevano condizionato il suo carattere. Frugando nella memoria, le sovvenne un episodio. In effetti, c'era stato qualcuno, un giorno, che le aveva parlato di Balzac e del Domatore Martin, come per provocarla, e lei aveva reagito persino in modo esagerato, affermando che non avrebbe accettato mai di essere messa alla frusta da un uomo, mai, un uomo così lo avrebbe azzannato subito.

Ma dov'è accaduto? E quando? E contro quale provocatore – non si ricordava nemmeno se fosse maschio o femmina – aveva reagito? Doveva essersi trattato di una persona che non contava nulla ai suoi occhi, se non le veniva in mente.

Decisero di bruciare i cartoncini della derisione, piazza pulita, senza pensarci più: sprigionavano un'energia negativa, il dispetto di chi non sa stare al gioco. Non potevano ammettere che nemmeno loro sapevano stare al gioco, avendo acceso per primi la miccia; non potevano ammettere che il trionfo di una sfida paradossale, del paradosso contro la morale corrente, svanisse nel momento in cui si realizzava.

"L'ironia che lotta col vento, che grida al silenzio, ricevendone echi come sghignazzi."

Ma non ottennero altro che il fare spazio alla sorpresa peggiore. Una mattina, Margot stava scartando regali, quando Giulio scagliò verso di lei una scatola lussuosa:

«Vigliacchi! È orribile!... È la cosa più orribile.»

Sul fondo di raso brillavano due anelli matrimoniali, di valore. Erano legati da un cerchio d'oro da cui pendeva un teschio d'avorio. Mani diverse avevano tracciato sul biglietto la stessa frase: "Sinceramente, dagli amici". Un teschio in miniatura, perfetto nei particolari. Ma cos'era a sgomentare? Il suo magnetismo funebre. A tenerlo fra le dita, il gelo che si può provare toccando la mano di un cadavere. Era una lugubre calamita.

Margot reagì con un grido.

Tornarono a chiedersi:

«Chi può averlo mandato?»

Giulio, stavolta, non aveva dubbi. La scrittura appariva di mani maschili. E quegli *amici* non erano certo di Margot... Dunque, non potevano essere stati che loro: gli "amici" appunto, i colleghi d'affari che avevano fatto di lui giustizia sommaria. Convincente, il Giulio:

«Loro, Margot! Loro! Se negli altri casi era legittimo pensare a una persona sola, qui ci hanno messo le mani in parecchi, e ho l'impressione di conoscerla la scrittura di alcuni.»

Con ripugnanza, Margot afferrò gli anelli congiunti dal teschio per scagliarli dalla finestra aperta. Giulio glielo impedì:

«Lascia. Questo regalo di nozze mi serve.»

Aveva un lampo, negli occhi, che lei non conosceva: uno sguardo che, come quando faceva l'amore, sembrava appartenere a un altro diverso da lui, esaltato da una sua seconda natura di cui non era né padrone, né cosciente; ed era, questa natura, una forma di sortilegio, che a tratti diventava sua padrona.

«Che hai in mente?»

Le rispose facendo dondolare con due dita gli anelli e il teschio:

«A Carnevale tu hai fatto il tuo numero, Margot. Come ti dettava la tua fantasia. E te l'ho lasciato fare. Ora lascia che io faccia il mio...»

Per la prima volta, Margot accusava una stanchezza che le era estranea. Come estranea a Giulio era quella momentanea forza. Dalla mente vuota, scendeva una pesantezza nelle ossa, e un brivido:

«Qualunque cosa tu abbia in mente, lasciamo perdere. Ci stanno battendo nell'unico modo che non siamo riusciti a prevedere: insinuando un senso di morte nel nostro gioco. Questo, sì, è terribile.»

«Mi meraviglio di te. Prima ti sentivi di sfidare il mondo. E ora guardati: sei uno straccio, sembri una donna debole.»

Margot girò lo sguardo, si vide in uno specchio. Giulio diceva la verità: lei aveva il pallore della debolezza. Pensò alle parole del Bocchi. Pensò che la debolezza la stava conoscendo, per la prima volta, nel peso del corpo che la teneva inchiodata alla sedia. Si figurò la debolezza come un virus che contamina. Si trovò a riflettere sulla contaminazione reciproca... Infatti Giulio, in piedi, pronto per uscire, con la mano che stringeva la scatola degli anelli funebri, dava idea di averla risucchiata tutta, e a suo capriccio, la forza di Margot. Inutile ripetergli:

«Non fare nulla di testa tua, per carità. Non andare.»

Giulio andò. E prima di chiudere la porta le disse, con arroganza:

«Stavolta la rovescio io come un guanto, questa città. Stai a vedere.»

Lei reagì:

«Povero fesso! Tu rovesci come un guanto solo chi ha pazienza con te... E arrivi persino a far sentire deboli gli altri.»

«Dovrai abituarti, con me.»

«Mai!» gli gridò dietro Margot.


Al "Casino di Lettura". Cenone per festeggiare il compleanno del Minotti.

Quando Giulio apparve nella sala, avanzando a piccoli

passi, la tavolata finse indifferenza, moltiplicando le chiacchiere, le frecciate che correvano di bocca in bocca, le battute pesanti dei maschi che diventavano risate, risatine delle donne, con la cupidigia repressa. Ma quando Giulio allargò il pugno, mostrando il contenuto della sua stretta, e poi scagliando i due anelli col teschio, che si stamparono sulla tovaglia, fra le zuppiere fumanti, tutti si zittirono. Notarono che il Pagani reggeva un misterioso sacchettino, e che era in tiro, come mai l'avevano visto; decisi a tutto da una vita, afferravano al volo quando uno era deciso anche al peggio.

A occhiate, il cervo li passò in rassegna.

La città lì, tutta, davanti a lui, riassunta in quella sfilata di facce già accese dal cibo, dal bere; negli alti papaveri con le giacche appese alle spalliere delle sedie, le maniche delle camicie rimboccate, i colletti bagnati di sudore (il Consiglio Direttivo della Confraternita contava uomini d'affari, professionisti di grido, magistrati, chiunque fosse per qualche verso, anche oscuro, eminente cittadino).

Il cervo cominciò:

«Mi avete fatto fuori dal vostro giro. E va bene. Per incapacità, secondo il vostro metro di giudizio. E va bene...» Si rivolse al Bocchi, che sedeva in disparte, dignitoso: «Ma incapacità a che? Avrei dovuto, avrei voluto anzi, macchiarmi delle loro porcherie. È vero, giudice, lo giuro. Ma non ce l'ho fatta. Per onestà? Macché. Io sono e resterò una canaglia che della canaglia, purtroppo, non ha il genio...». Puntò il dito sugli anelli funebri: «Ma quello sfregio che c'entrava, eh? ... Dico a voi: che senso aveva?».

Fissarono gli anelli, il teschio. Senza ribattere. La prova – si confermò Giulio – che già conoscevano bene il lugubre potere del teschio. "Eccome se sono stati loro!" si esaltò, continuando:

«Be', sono venuto a ricambiare. A buttare un po' di fango in più, e personale, anche sui vostri matrimoni, già così affogati nella melma.»

L'unico a mostrare indifferenza, con una meditata mimica sul suo mangiare e bere, era il festeggiato, il Minotti. Nel silenzio profondo, il tintinnare delle sue posate, il suo ruminare.

Giorgio Corradi mormorò alla vicina:

«Questo è pazzo!»

«Sì, sono pazzo. E poiché sono pazzo, ecco qua!»

Giulio rovesciò sul tavolo il contenuto del sacchettino:

«Dieci fedi matrimoniali, munite non di teschio, ma di ciondolo con corna, per dieci delle vostre mogli che vi hanno resi cornuti, appunto, venendo a letto con me...» Rise, o meglio si illuse di farlo, perché gli uscì una smorfia insolente: «Come pegno di gratitudine per le delizie che mi hanno procurato».

Dalle fronti delle signore, dal contorno delle loro labbra dipinte, scomparvero per incanto le goccioline di sudore affiorate per la piacevolezza del cibo, le fantasie morbose e reciproche, le maldicenze. Il sudore si fece freddo. E Giulio era sicuro che sarebbe bastata una carezza su quelle donne che tanto l'avevano accarezzato, per provare la stessa, assoluta caduta di vita che il teschio trasmetteva.

Si mosse avanti e indietro. Sì, era in vena, mai stato tanto padrone di sé e di coloro che teneva in pugno, e gli venne in mente il Domatore Martin che soggiogava le sue fiere anche da invasato di sesso bestiale, e convenne che la "mente superiore", come l'aveva definita Margot, che aveva citato Balzac, non era affatto l'eccentrico che cerca di colpire facendo sfoggio di erudizione. Sapeva alla perfezione il fatto suo, e aveva centrato.

Ora, si disse, ora li tratto come bambini:

«Da chi comincio? Vediamo, vediamo...»

Si avvicinò alla coppia Bollati, e il Bollati reagì, a denti stretti:

«Se ti azzardi, t'ammazzo!»

E Giulio, di nuovo al Bocchi:

«Sentito, giudice? Uno dei tanti che, in questa città, vorrebbero ammazzarmi!»

Il piacere di creare tensione. Come aveva fatto Margot. Di poterla accrescere facendo solo pochi passi, spostandosi ora a destra, ora a sinistra. Lo stava imparando. Impagabile. "Suspense!" si impose, e rise fra sé. "Voi me l'avete inviata, malsana, coi vostri biglietti di auguri, gettando il sasso e nascondendo la mano. Io adesso ve la faccio bere a viso aperto come il fiele, goccia a goccia, fino all'ultima goccia."

I dieci anelli brillavano. Il rosso dei minuscoli corni di corallo accentuava il bianco neutro del teschio. Stessa luce per la beffa sua, per la trovata necrofila degli altri. Pari. Erano pari. Di scatto, il Minotti ghermì un anello con la manona suina, esclamando:

«Comincio io. Tanto lo so che mia moglie è troia, e non me ne frega un'ostia. Come non frega niente a voi, delle mogli vostre, perché lo sapete quanto me... E dunque che significano queste facce spaventate?» Afferrò il dito della moglie, vi fece scivolare l'anello: «Tieni, Andreina, infilati anche questo, così quel bamba la pianta con questa pagliacciata, e possiamo mangiare in pace!». E al Giulio: «Sei stato al centro dell'attenzione? Bravo. E ora spostati. Sparisci. Se no, ti spacco davvero, io, e non tanto per dire».

Strinse i pugni come martelli, il Minotti. Poi tornò al suo cibo. Risate intorno, più o meno soffocate. L'Andreina che piagnucolava come una cagna presa a pedate. Giulio approvò:

«Bravo, Minotti, sei di spirito. E auguri per il tuo compleanno. Auguri senza teschio...» Scandì, citando: «Sinceramente, da un amico». Si spostò a sollevare il bicchiere del Bocchi, che restò imperturbabile, e bevve un sorso. Quindi, accennando agli anelli: «Distribuiscili te, Bocchi, che rappresenti la Giustizia, e conosci vita, morte e miracoli di queste brave persone».

Finse di andarsene. Contò i passi. "Tocco finale di suspense" tornò a dirsi. Si fermò, si girò:

«Ah, dimenticavo... Se questo può esservi sembrato uno scherzo del cazzo, ed è il caso di dirlo... Per voi, cari amici sinceri, ho in serbo un altro scherzo, che del cazzo non è!»

Un inchino al Bocchi:

«Mi metterò a disposizione dei magistrati che hanno scatenato l'inchiesta che vede implicati anche voi. Le vostre porcherie non sono stato capace di farle, ma le conosco come le mie tasche. Dirò tutto, togliendovi dall'imbarazzo di penose confessioni. Sono altruista, vedete?... E poiché amate la lirica, canterò per voi come Pavarotti. Acuti, romanze, do di petto! Sarete costretti ad applaudirmi. Perché in questo, da melomani, siete onesti. Quando un cantante vale, non c'è cristo. Vale!»

Ci fu già un applauso, uno solo, di scherno. Ed era Cristina, la sua ex moglie, che batteva le mani. Contemporaneamente, Giulio incrociò lo sguardo di Luisa Corradi. E gli tornò il sospetto che si erano scambiati lui e Margot. Quello sguardo torbido, attraversato da un sorriso enigmatico, poteva significare:

"La *mente superiore* l'ho manovrata io. Io ho assoldato il persecutore sapiente."

Era propria di Luisa, e Giulio lo sapeva bene, la vocazione a farsi mandante. La ricambiò con un sorriso aperto:

«A lei, nessun anello con corna... Ne ha distribuite troppe al suo povero marito.»

E se ne andò.


E adesso era notte piena di primavera, e Parma era gatta amorosa che si strusciava a coda dritta contro ogni spigolo della notte, Parma felina che sapeva farsi perdonare col suo profumo di tigli, e il venticello che tornava: schietta luce nera, che brillava di lampade remote, di fari... E Giulio puntava il bolide verso il Pioppeto Rondini, gasato, e alzava le mani dal volante, le batteva sul cruscotto:

«Avresti dovuto vederli. Lì, come mummie. Che soddisfazione, Madonna!»

Margot, invece, chiusa nella sua disapprovazione. Che scuoteva la testa:

«Una bravata, Giulio. Inutile. Come se non ne avessimo a sufficienza di nemici.»

Ma non la stava a sentire. Era tornato ragazzone. Più ragazzone che mai. E lei, lanciandogli occhiate, conveniva che in questo caso la responsabilità era sua, se la riconosceva: "io l'incosciente che gli ho insinuato il gusto della sfida", senza tener conto che la sfida, vera, nasce dall'opinione che abbiamo di noi, e noi ne giochiamo la sorte a dadi. Il ragazzone, il cervo, era stato a suo modo coerente, senonché aveva di se stesso un'opinione ristretta: d'essere un dio a letto.

Tanto valeva compatirlo, come un apprendista che ancora non sa, e forse un giorno imparerà, chissà, ma intanto scambia una recita basata sulla conoscenza astuta delle altrui coscienze e dei tabù antichi – com'era stata quella di Margot al *Padreterno*, la notte di Carnevale – per una vanteria da spaccone.

Volava, Giulio, verso il Pioppeto Rondini, ed era inutile anche che lei gli ripetesse:

«No, stanotte non mi va di fare l'amore in mezzo ai pioppi. Stanotte mi fa paura, qui...»

«Paura di che?»

Lui doveva festeggiare quella che riteneva la sua vittoria, di nuovo bisognava capirlo, e logica voleva – la logica del cervo – che il luogo ideale per festeggiare fosse il pioppeto, dove si era rivelato col talento dell'amante le prime volte nella vita; dove anche loro due, spesso, si erano fermati per possedersi alla brava, e a Margot, sì, era piaciuto, perché la faceva sentire ragazzina, un po' incosciente, un po' esaltata.

Ma stanotte...

Sul Pioppeto Rondini, ardente e oscuro, passava una nuvola leggera che puntava alla luna, mentre due occhi avvezzi alla notte, al sentimento della notte, *due occhi...*

E questo era Giulio che parcheggiava, che afferrava alla nuca Margot, attirandola a incollare le labbra alle sue, che le forzava le labbra strette con la lingua, che faceva scattare all'indietro il sedile:

«Paura di che? Di qualche guardone? Ma che la vedano pure, questa grazia di Dio!»

E le scopriva le cosce fino agli inguini, divaricandole, per affondarci la testa, senza accorgersi che lei ansiosamente si guardava intorno, frugando nel buio, accorgendosi di qualcosa, e ora tentava senza riuscirci di stringere le gambe, di respingerlo; ma Giulio, almeno in quello, non si faceva respingere, non concepiva nemmeno l'idea di essere respinto... Il "piantala, Giulio, andiamo via, ascoltami, perdio!" gli arrivava come detto a un altro, perché si sentiva un vincitore, imbattibile, e slacciandosi i calzoni ecco balzargli in mente la figura trionfante di Martin, il domatore, e sorrideva tornando a identificarsi in Martin lucifero sessuale dell'inferno umano e bestiale: ah: la "mente superiore" come aveva visto giusto! Lui Martin e Margot la tigre, che tentava di graffiarlo: per provocarlo, pensava, evidentemente per gioco.

In quella notte segnata dal destino, Giulio, del domatore, provò anche l'eccitazione invasata, e il pene che si congestionò col sangue torbido che gli infiammava il cervello era una frusta, la frusta di Martin che schioccava nell'aria dei circhi, esaltando le platee con fantasie morbose, spingendo le tigri al salto attraverso gli anelli di fuoco...

Margot lo ebbe addosso, sopra, ma era diverso da ogni altra volta, e se l'avesse penetrata così la prima volta l'avrebbe odiato; non si muoveva dentro di lei con la sapienza di sempre, si muoveva come per scrollare via da sé le sottigliezze che poi diventano l'intensità del piacere; la penetrava alla cieca, con colpi di reni indegni della sua maestria, ottusi e inutili come la sua bravata al cenone del Minotti.

Non era più Giulio. Non era con Giulio, si disse, che stava facendo l'amore. E mentre la notte la stringeva coi tronchi fitti, i rumori ambigui, l'equivoco delle presenze infrattate, non pensò più a nient'altro, solo alla delusione, così imprevista, assurda... Pensò alla delusione sua, e di ogni donna, e che se una donna prova repulsione per quella lotta col godimento impossibile, è perché un uomo che non è un uomo, ma un povero imbecille, affonda dentro di lei, col corpo estraneo del suo membro, tutto il rancore che gli nasce dalla povertà della sua mente e della sua coscienza virile.

Margot si disse: è atroce quanto accade, torna in te, Giulio, non darmi questa paura, la paura che tu possa perdere la sola, piccola grandezza che possiedi... Non l'aveva mai detestato. Perché, proprio quella notte? Cos'era, a bagnarle la faccia? Possibile che fossero lacrime, dense, estranee anch'esse, non volute?... Lacrime prima del seme di Giulio, che le inondava le labbra, le guance; ma il suo piangere, ora, restava una barriera inflessibile fra lei e quel seme che sempre aveva accolto su di sé con una gioia selvaggia...

Poi Giulio aprì la portiera, scese dalla macchina, respirando a pieni polmoni l'aria della notte. S'allontanò fischiettando, a testa in su, al colmo della sua soddisfazione:

«Che luna, ragazzi» esclamò. «Che lunone!»

Aveva ancora i calzoni slacciati, il membro di fuori, e si

piantò davanti a un cespuglio per orinare, nel buio anche più cieco.

Margot lottò con se stessa per chiamarlo, gridargli, sotto la spinta dell'istinto, di non avventurarsi, di tornare indietro. Strinse la borsetta, individuò il contorno della calibro 22 che conteneva... Quel gesto che avrebbe ricordato, che l'avrebbe tormentata, in seguito, sul quale si sarebbero fatte tante congetture. Per difendersi e difendere Giulio da una minaccia che aveva afferrato nel buio? Oppure?...

Gli gridò:

«Giulio!»

Ma il cervo, il gallo cedrone, si sa, quando si inebriano di se stessi, dell'atto d'amore appena compiuto, non hanno possibilità di udito. Giulio continuò a fischiettare, a ripetersi:

«Ah, che luna da dio! Che stelle!... Come può essere bella la vita, Margot!»

Poi, quella pausa. Il fischiettare che cadeva di colpo. La figura di Giulio che si faceva ferma, ma in modo diverso: irrigidita sulle ombre, interdetta. Giulio che scrutava qualcosa simile a una metamorfosi che aveva dell'incredibile e si stava producendo fra i cespugli, di fronte a lui.

Nel Pioppeto Rondini, la sua voce alta, stupefatta, incrinò l'aria:

«Ma che pazzia è?!... Ma come, proprio tu?... Ehi, sto dicendo a te!»

Tre spari.

E Giulio cascò giù, come se si inginocchiasse di fronte alla sua stessa stupefazione così grande che non poteva contenerla, che usciva da lui, si faceva nuvola leggera, e luna piena, e notte tutta.

Morì come un cane. Centrato in mezzo alla fronte e nei testicoli. Ma morì anche come il cervo che era, perché il terzo sparo era stato più perfetto ancora, e l'aveva centrato, non a caso, nell'orecchio da cervo: come tanti, donne e uomini, avevano fatto nella vita sua, in modo che la pallottola gli lasciasse un foro...

E attraverso quel foro, ora, non era un raggio di sole a filtrare, ma un raggio di luna, e la testa rovesciata sull'erba ne riceveva un alone candido, come un soffio di luce, un segno di grazia che gli avesse concesso quel cielo di primavera.

## IV

## Primi eventi

Banalità dopo una morte violenta. Cinismo. Curiosità fine a se stessa. Tempi rapidi, bruciati.

Si completa la morte, il suo "più niente", con l'abusato, lo scontato. Altro "niente". La morte che perde il suo mistero. Mentre si intrecciano, si moltiplicano i misteri della sua causa. La morte che diventa un pianoforte solitario dove ciascuno vuol farsi esecutore, e suonare la sua musica, per far capire che all'uomo, e soltanto a lui, spetta calare il sipario. La morte da interpretare con le mille e una notte di commedie, drammi, farse.

Vivere una morte violenta per sopperire alla saturazione delle abitudini. La morte che non ha più il suo vento del mattino, il suo crepuscolo, le sue lune e le sue nuvole. Non esiste più il profumo della memoria. Non si può dire "addio", scrutando la giovinezza delle cose. La morte che rimbalza su occhi asciutti cercando inutilmente un velo sincero del piangere su pupille innocenti.

Nel respiro della terra, si tiene soltanto il fiato sospeso.

## Prime banalità

Telegiornali nazionali. Commenti a non finire dell'emittente cittadina. Inquadrature del pioppeto:

"Profondo sgomento ha suscitato l'omicidio dell'industriale Giulio Pagani, ucciso ieri notte, a colpi di pistola, in località Pioppeto Rondini."

L'immagine di Margot:

"Margherita Corradi, uno dei nomi più in vista della nostra città e prossima alle nozze col Pagani, si trovava sul luogo del crimine. Presumibile ora del delitto: le due di notte."

Il punto esatto dell'omicidio. La sagoma del cadavere, tracciata ovviamente col gesso dietro il cespuglio:

"Margherita Corradi si è sottratta alle domande dei giornalisti."

Ressa per intervistare Margot nel parco di Villa delle Gaggìe. Ovvio: fotografi, telecamere, microfoni che si tendono. Margot che si fa largo con rabbia.

I televisori accesi, nelle case. Ogni personaggio che ha avuto a che fare con Giulio, ovvio, fissa le riprese mosse, perché Margot si dibatte:

"Può ripeterci, esattamente, le ultime parole pronunciate dal Pagani prima di essere ucciso?"

"Perché quegli spari mirati per vilipendere, oltre che per massacrare? Quale ragione per tanta ferocia, tanto livore? Un assassino che sembra uscito da una caverna del Male. Da quale?"

Una furia, Margot, per guadagnare l'ingresso della villa.

"Possibile che non abbia ravvisato l'assassino? Era buio fitto, d'accordo, ma lei si trovava a distanza ravvicinata."

"Ammettiamo che non abbia visto in faccia l'omicida. Ma almeno un'ipotesi, un'idea ce l'avrà."

Margot si gira verso la telecamera e risponde alla domanda:

"Sì, ce l'ho. E vi assicuro che questa idea toglierà il sonno a tanti, in città. D'ora in poi, li voglio vedere come topi in trappola."

Il Bollati inchiodato al televisore. Dice alla moglie:

«Sono stato l'ultimo a minacciarlo di morte. E in pubblico.»

«Sei troppo impulsivo.»

«Per tutelarti... Perché, non avevi niente da nascondere?»

«Ho molto da nascondere. Come te, del resto. Come tutti.»

«E per tutti saranno guai. Margot ha ragione.»

«Per molti sarà la rovina.»

Cristina, l'ex moglie di Giulio, si sente vedova due volte. Di un uomo che comunque è stato suo marito. Del sogno, sempre accarezzato, di ammazzarlo.

Il Bordi, il Fornari, il Marchi, gli altri della Confraternita... Prendono coscienza di una dimensione del tempo che gli risulta sconosciuta; li fa galleggiare in una specie di assenza di gravità che turba chi, come loro, ha vissuto fino ad ora con la certezza che il tempo non gli sfuggisse fra le dita, ma fosse fermo, posseduto nel pugno.

Capiscono che il tempo è un elemento, come lo è il mare, e quel mare inconsumabile si compiace, sì, della propria pazienza, ma anche di alzare le sue tempeste, le peripezie che trasformano i naufraghi in funamboli.

In video, Margot raggiunge l'ingresso della villa:

"Lasciatemi in pace. Riferirò ogni cosa al giudice."

"Un giudice amico di famiglia."

"Cosa vuole insinuare?"

"Ciò che insinuano tutti... Che lei godrà di un occhio di riguardo."

L'immagine, in montaggio, del Bocchi:

"Incaricato delle indagini, il Sostituto Procuratore Luigi Bocchi, a cui si deve la brillante risoluzione di diversi crimini commessi, in particolare, nel mondo della nuova malavita, della nuova prostituzione e della droga."

Il Minotti, buttato in una poltrona. Vuota il bicchiere. Una bottiglia accanto, a terra. La moglie in piedi, la sua inquietudine fra l'ombra dell'ambiente e la luce del tele-schermo:

«Di' un po', Andreina... Ma almeno quel Pagani, a cui hanno giustamente massacrato i coglioni, ti faceva gode-re, eh?»

Infila la manona suina su per le gambe della donna, le solleva la gonna, scoprendo le natiche, che stringe; le stringe con crudeltà, le fa male:

«Il gioco la valeva, eh, quella candela che ti prendevi alle spalle mie?»

In video, la sequenza del cadavere di Giulio, sollevato dagli agenti, portato via. E il Minotti:

«Maledetto porco. Hai finito di seminare zizzania.»

Andreina e il suo piagnucolare da cagna presa a pedate:

«Potrei pensare che sei stato tu. Quando siamo usciti, hai chiamato un taxi per me e ti sei allontanato da solo. Ti ho chiesto dove andavi. Non mi hai risposto.»

«La mia testa non smette mai di avere idee, e le mie idee fruttano, e non hanno ore prestabilite per saltarmi in testa... È una vita che lo sai. Ciò non comporta che, per una vita, io sia andato in giro ad ammazzare gente... E poi, se anche fosse? Ora potrai trattarmi da cornuto con beata tranquillità, senza nessun pentito che canti...»

Le afferra il mento. La costringe a baciarlo. Le bacia la bocca bagnata dal piangere.


Un carro funebre che se ne andava per una Parma de-serta...

Lo circondava una solitudine che sconfinava dalle stra-de, dalle piazze, nell'invisibile dove si avvertivano le pre-senze che l'avevano decretata. In questo nulla, Margot, Fabrizio e Franca Gherardi procedevano con la sensazio-ne di essere inghiottiti, ridotti a ombre, e ogni cosa gli pa-reva sbarrata: le finestre, le porte, i negozi da cui si affacciavano, anch'essi come fantasmi, i curiosi senza un minimo d'anima, di partecipazione.

Solo il suono dei loro passi, ingigantito dal vuoto, rompeva il ghiaccio dell'indifferenza.

Era stata Margot a volerlo: che il carro attraversasse la città, pur sapendo che sarebbe andato come una barca alla deriva, verso una spiaggia ultima da cui la marea si ritirava. Ma non si trattava più di una sfida. Semmai di un ultimo atto: nemmeno di pietà, forse di una stanchezza amorosa che risaliva oltre, cresciuta da ogni profonda delusione subita, ed erano state tante, fin da quando lei era molto piccola, fin dai primi momenti in cui era riuscita a capire che stava accarezzando la testa di un padre infelice.

Se è vero che si vive oltre la morte e che a dividerci, da quella vita, è un fragile confine di analogie segrete, queste analogie portarono tutt'e tre alla stessa domanda:

"Ci rivedremo un giorno, Giulio, amico mio?"

Un velo tuttavia, il tremolio del sole sui vetri posteriori del carro funebre, sembrò a Margot di commozione, la commozione imperscrutabile delle cose. Una campana suonò, in lontananza, per i fatti suoi; ma anche quel suono le scese nel cuore, come una magia cristiana, come se la distrazione dell'umanità fosse stata beffata.

Margot pensò alle donne, alle tante che Giulio aveva reso felici con la generosità e la maestria da ragazzone e da cervo. Nessuna appariva, nessuna sarebbe apparsa. Forse non stavano nemmeno dietro le persiane accostate, per timore che i mariti, i fidanzati, gli amanti attuali potessero adombrarsi. Quanto seme buttato alle ortiche, si disse Margot, quanto seme di vita che ora non offriva neanche l'omaggio di un minimo segno vitale a quel feretro.

Fu allora che Margot mise in moto il piccolo registratore che le aveva consegnato la madre Giustina, l'ultimo, sofisticato congegno che aveva portato dal suo viaggio. Nel silenzio di Parma, coloro che si tenevano nascosti furono costretti ad ascoltare la luminosa cantabilità del "Credo", nella *Messa dell'Incoronazione* di Mozart, che induce a sognare la penombra, profumata d'incenso, dove tutti sono insieme, stretti in un abbraccio, mentre un'anima vola in su, forse verso il suo sublime, forse verso il suo nulla.

E anche Fabrizio ebbe una visione che si staccò, nitida, dal tumulto dei pensieri. Pensò che era stato bello spiare Giulio sugli argini mentre, camminando, Margot gli teneva la mano sulla spalla, non per appoggiarsi a lui, ma perché lui fosse tentato di appoggiarsi a lei, accettando quel segno di protezione.

*Dall'interrogatorio informale.*
*Sostituto Procuratore Bocchi. Margot. A Villa delle Gaggìe*

«Poiché sono io incaricato delle indagini, da questo momento le mie funzioni subentrano all'amicizia.»

«Giusto. E utile.»

«In che senso?»

«Voglio risultati.»

La pistola calibro 22. Passa dalle mani di Margot a quelle del Bocchi:

«Anche se l'arma del delitto è simile a questa, non disporrò la prova balistica della tua pistola. Non renderò nemmeno noto che la possedevi.»

Ironica, Margot:

«Per amicizia?...»

«Per due motivi. Primo: la pistola te l'ho fatta avere io, dopo che dei delinquenti entrarono in questa villa e tentarono di violentarti. E so bene che non saresti capace di colpire un elefante a pochi metri di distanza... Mentre con un'arma così instabile solo un eccezionale tiratore può centrare un corpo in mezzo alla fronte, ai testicoli, e soprattutto in un orecchio, intenzionalmente...»

«E il secondo motivo?»

«Quel Giulio, lo amavi. Come sai amare tu. Un po' per capriccio. Un po' per quello che era.»

...

Pausa. Gli uccelli delle voliere nel regno di Giustina. Profumo di alberi. Chissà perché, si chiede il Bocchi, sul filo di lama di certe circostanze, uno pensa a cose che, apparentemente, non c'entrano nulla... E il Bocchi pensa, senza ragione, che non esiste malinconia più sottile di quando ci si ricorda che è il compleanno di un'amante scomparsa da tempo, chissà dove, e si torna a salire le scale, ci si ferma davanti alla porta dell'appartamento, ora abitato da altri, in cui lei viveva, si suona il campanello, con l'impressione di riudire i suoi passi frettolosi, amorosi, dopo che aveva aspettato il nostro arrivo... Poi si corre giù, perché non si sa cosa dire al volto sconosciuto che si affaccia fra i battenti.

Il tempo si riduce. È il momento:

«Ma tu... Tu l'hai visto l'assassino, o l'assassina?»

«No. Ma credo di sapere chi è.»

«Dimmelo.»

«Mi daresti della pazza.»

«No. Se avessi le prove.»

«Le prove, le avrò presto... So come averle. E le avrò.»

«Sostituirsi alla Giustizia è pericoloso, Margot. L'indagine personale che ti proponi potrebbe spingere l'omicida a uccidere anche te.»

«Non accadrà. Non può accadere.»

«Ha già ucciso una volta. E io mi intendo di criminali. Perché ne sei tanto sicura?»

«Perché *io* sono *io*. E chi è stato, si guarderebbe bene dal farlo.»

...

Restano in silenzio. Poi, un sorriso di Margot. A doppio

taglio. Di seduzione. Di rassegnazione rassicurante. Margot con gli occhi fissi negli occhi del Bocchi:

«Bocchi...»

«Ti ascolto.»

«Davvero potrei essere stata io. Un tempo, anche tu mi accusavi di essere pazza. Mi hai sempre ritenuta capace delle cose peggiori.»

«Un modo di dire, Margot. Per intendere un carattere... Non facile, sempre azzardato, come il tuo.»

«È proprio da un carattere come il mio, Bocchi, che può esplodere la follia. Dovresti saperlo. Un atto di follia racchiude, nella sua fiammata, un lungo tormento del pensiero, dell'istinto. In una donna, poi... In quei secondi folli, la mente di una donna può vedere all'improvviso non più sopportabili, nemmeno per un istante, i difetti dell'uomo con cui sta... La debolezza di Giulio, ad esempio, con le contraddizioni e le superbie sulle quali proprio tu mi hai aperto gli occhi... Una donna può vedere quella debolezza come un'infamia, un rischio disastroso da cancellare. Allora si dice: devo ammazzarlo, non c'è altro mezzo, *devo*!»

«Un omicida, vero, io lo distinguo dagli occhi, è dagli occhi che si vede... Tienilo presente, mentre indagherai. Gli occhi.»

Pausa. Il Bocchi azzarda. Tende la mano. Dapprima incerta. Stringe la mano di Margot. Due mani che si stringono per un patto:

«Tu devi badare a una cosa sola, Margot. A una cosa fantastica: ora, insieme, possiamo avere in pugno questa città... Vendicarci, a nostro piacere. Come tu hai sempre voluto.»

«Anche degli innocenti? Del delitto, intendo.»

«Nessuno è innocente.»

L'innocenza della bellezza, intorno. Del fiore *Dori-ka*. L'innocenza degli occhi di Giustina, che s'affacciano: lucciole, due occhi che sanno bene che i morti amano ancora.

«Ma giurami che quando avrai anche la minima prova, me la comunicherai. Giurami che mi aiuterai.»

«Quando avrò le prove, quel giorno, io ti aiuterò, Bocchi. Eccome ti aiuterò. Non sai quanto. Te lo giuro.»


## A Palazzo di Giustizia

Nell'atrio, Fabrizio incrocia: il Bollati, il Bordi, il Fornari, il Marchi, il Conti, il Minotti. Evidentemente reduci dall'ufficio del Bocchi, che li ha interrogati. Il Minotti vede apparire Fabrizio e dà sfogo al suo risentimento:

«Alibi! Ma quale alibi?!»

Gli altri tesi, senza parole.

«Il Bocchi sta rompendo i coglioni a mezza città, con l'alibi.»

Fabrizio tira via. Viene afferrato per un braccio:

«Guarda che l'alibi è capace di chiederlo anche a te, che di Giulio eri come un fratello.» Il Minotti si gira verso gli amici: «Cosa abbiamo fatto dal momento dell'uscita all'ora del delitto? Ci siamo grattati le corna con le nostre rispettive signore, ecco cosa abbiamo fatto. Vero, cari complici?».

Fabrizio sale lo scalone. Il Commissario Balbo. Agenti. Trascinano verso il basso Walter Carboni, il Ras, *Jetbag*: "buste imbottite" di denaro, e non solo a strozzo. Franca Gherardi rincorre il gruppo, non degna Fabrizio di uno sguardo:

«Franca... Ma che ci fai qui? Che ti prende?»

Fa per trattenerla. Reazione violenta del Carboni. A stento trattenuto, cerca di scagliarsi su Fabrizio. Gli grida:

«Guarda che quella è una ragazza pulita. Se tenti anche tu di metterla nei guai, t'ammazzo com'è stato ammazzato l'amico tuo, che con lei si è comportato da porco ipocrita!»

Il Carboni sputa in faccia a Fabrizio:

«E si meritava quella fine. Se la meritava tutta, quella fine!»

Nell'ufficio del Sostituto Procuratore.

Il Bocchi e Fabrizio stanno ascoltando una delle telefonate fatte spavaldamente dal Carboni, che sapeva benissimo di avere il telefono sotto controllo. Telefonata registrata anche dalla segreteria di Giulio Pagani:

"Che fai, non rispondi? Non ti interessa sapere come intendiamo farti fuori?... Ti piace andare fra le puttane e i guardoni, eh, la notte? In quel posto schifoso, a fare le tue porcherie in macchina. Cosa sei, un esibizionista? Da esibizionista ti sei comportato anche col denaro tuo, ti piaceva mostrarlo, come il tuo cazzo, ma non valeva niente, era un trucco... E che fine fanno gli esibizionisti che provocano i guardoni, eh?... C'è il guardone che scappa, e quello che invece ti spara nei coglioni!"

Il Bocchi spegne il registratore:

«Mai sentito la voce del Carboni? Queste minacce?»

«No. Perché avrei dovuto?»

«Dopo che Giulio Pagani ti ha abbandonato... Dico bene: *abbandonato*?»

«Sì.»

«Bene. Tu ascoltavi, ovviamente, la segreteria telefonica.»

«Certo. E cancellavo i messaggi. Lui era sparito. E si trattava, per lo più, di donne che lo cercavano, lo ossessionavano.»

«Hai detto: *per lo più*. Significa che, secondo logica, c'erano anche messaggi d'altra natura. No? Le minacce del Carboni stavano sul nastro. Tu cancellavi tutto senza ascoltare? Ammettiamolo. Ma allora come facevi a sapere che si trattava, *per lo più*, di donne che davano la caccia al tuo amico del cuore?»

Nessuna risposta.

*Dall'interrogatorio di Fabrizio Minardi*

«Ti credevo sincero, Fabrizio. E sinceramente interessato a scoprire l'assassino del tuo Giulio...»

«Lo sono.»

«La reticenza non è sincerità, fino a prova contraria... Di che natura erano i tuoi rapporti col tuo amico del cuore?»

«Amicizia.»

«C'è amicizia e amicizia. Non capisci, eh?... Allora, vediamo: quando il Pagani ha lasciato la casa dove vivevate insieme, tu ti sei sentito, in qualche modo, tradito, fatto oggetto di un'ingiustizia?»

Nessuna risposta.

«Ci sono testimoni che ti hanno udito affermare: "Mi ha lasciato solo come un cane. Da un momento all'altro. Bella riconoscenza"... L'hai detto o no? Sto parlando a te!»

«Insomma, si cercava di andare d'accordo su ogni decisione da prendere. Fin dagli anni del liceo, pensi. Con Giulio si divideva... intendo che stavolta...»

«Stavolta, Margot Corradi non si poteva dividere.»

Reazione di Fabrizio. Si alza. Il Bocchi lo rimette seduto. Una forza insospettabile, nel Bocchi:

«Quelle donne che telefonavano così insistentemente... Come giudicavi le donne che Giulio si faceva, magari una diversa ogni notte: ragazzine, mature, sposate, molte libere fino ai limiti del rischio?»

«Giulio poteva benissimo andare con chi gli piaceva.»

«Ma gli piacevano tutte, Fabrizio! Le assecondava tutte. Ti chiedo: cosa provavi per loro? Apprezzamento, forse? Invidia? Perché sceglievano il tuo amico del cuore come mezzo di piacere? Oppure disprezzo, visto che lo consideravano un pupazzo con cui trastullarsi, senza provare, *per lo più*, alcun sentimento?...»

«Gli succhiavano il cervello, a quel disgraziato. Dopo di che, amen.»

«Quindi, le odiavi.»

«Come le avrebbe odiate lei, al posto mio. Perché a Giulio volevo bene. E lui si buttava via. E a volte compiaceva tipi ripugnanti.»

«Esatto. E per Giulio... Rettifico: per quella parte di Giulio che, come dici tu, si buttava via, compiaceva tipi ripugnanti, cosa provavi, eh? Di nuovo: stima per lo stallone o, anche in questo caso, disprezzo, a volte odio?»

«Potevo rinfacciarglielo, il suo buttarsi via. Ma come succede fra amici. Logico. Altrimenti che amicizia sarebbe? Un'amicizia senza sentimento, no?»

«Sentimento, ecco il punto... Un sentimento, consentimi, che veniva ferito, volgarmente umiliato, quando il Pagani ti costringeva ad aspettare fuori casa, la notte, o a scivolare in camera tua da ladro, affinché non disturbassi i suoi squallidi intrattenimenti. In quei casi, lui faceva con te ciò che le donne facevano con lui, ti trattava come una pezza da piedi, e forse, chissà, provava il gusto sadico di estrometterti, sapendo bene che tu stavi lì, a pochi passi, ad ascoltare, a subire le sue prodezze, o porcherie, mettila come ti pare.»

...

«Questa è una città in cui anche i muri e gli alberi hanno occhi e orecchi. E molti ti hanno visto far da palo fra gli alberi... Per cui, uno che fa il guardone...»

«Non ha nessun diritto di insultarmi!»

«Perché, come lo chiameresti, tu, uno che liberamente sopporta, provandone eccitazione, di essere testimone delle oscenità altrui?... Dunque dicevo: uno che fa il guardone a casa propria, non può accadere che lo faccia anche altrove, che so, magari in un pioppeto, provando rancore e insieme morbose pulsioni sessuali mentre spia l'amico del cuore da cui, in quei momenti, viene rifiutato, schernito?... Ti chiedo: è possibile?»

«Io non ho mai fatto il guardone in nessun pioppeto. Per il resto, tutto è possibile a questo mondo...»

«Non tutto. Le cose migliori, ad esempio, in cui noi speriamo tanto, in cui riponiamo il meglio di noi stessi, spesso si rivelano impossibili. E la speranza che avevi tu, e ci soffrivi, era che Giulio lasciasse perdere, una volta per tutte, quel mare di sgualdrine, per amare te, solo te... Avanti, ammettilo: è così?»

«Giulio mi amava.»

«Ma con troppe eccezioni.»

«Ma si rende conto? Lei mi sta prospettando come un omosessuale innamorato di Giulio. Mentre anche a me piacciono le donne. Che ci creda o no.»

«Ci credo. Come credo che anche dalle donne, dal loro mondo che detesti, forse inconsciamente, diciamo così, ti senti estromesso. E questo, vedi, configura non un caso di omosessualità vera e propria, ma un caso, ben più sottile e complesso, di una misoginia anomala che nell'omosessualità psicologica può sconfinare...»

«Le assicuro che se mi capitasse di innamorarmi di una donna... Che se a una donna capitasse di innamorarsi di me. Io...»

«Saresti un amante più focoso del Pagani, lo so. Lo so perfettamente.»

«Può dirmi cosa c'entra tutto questo col delitto?»

«A mio parere, c'entra. E non poco. A tempo debito, lo capirai.»

Fabrizio suda. Sudore freddo da interrogatorio poliziesco. Il Bocchi è arrivato a segno.

...

«Un'altra domanda. Conosci quella Franca Gherardi?»

«Così. Di vista.»

«Già. Di vista... Era amante, contemporaneamente, sia del Carboni che del Pagani.»

Fabrizio reagisce:

«Quando stava con Giulio... Insomma, è una ragazza che ha una coscienza. E con quella, no, non lo tradiva...»

«Vuoi che ci mettiamo qui a tentare, per ore, di risolvere il rebus della sgualdrina che tale è con la vagina, ma fa salva la coscienza?... Rebus classico. Te lo risparmio. Comunque, per conoscerla solo di vista, sai parecchio di lei, persino della sua coscienza. Hai avuto a che farci spesso? E in quali occasioni?»

«Non ricordo. Come faccio a ricordare?»

«Ti ricordi, almeno, l'occasione in cui il Pagani fu pestato a sangue dal Carboni, e fu proprio lei, la Gherardi, a portarti a casa il tuo amico del cuore ridotto come uno straccio?»

«Appunto. Avete arrestato il colpevole, il Carboni. Allora, che cazzo volete da me?!»

«Il tuo cazzo risparmiamelo... Il Carboni resta, per ora, l'indiziato numero uno. Con una lista di precedenti da sbalordire. Ma, vedi, è un noto millantatore. Ha fatto quelle telefonate di minaccia pur sapendosi sotto controllo. Di conseguenza, può aver propalato le sue fantasie omicide per sentirsi Ras, come viene chiamato... Poi qualcuno ha preso la palla al balzo e le ha messe in atto al posto suo, per incastrarlo. Ha un alibi di ferro per la notte del delitto. Il suo arresto serve alla solita routine: calmare un po' le acque. Ma dovremo rilasciarlo entro pochi giorni.»

Fabrizio ritiene concluso l'interrogatorio. Si alza. Il Bocchi aggiunge:

«Un'ultima cosa. Hai presente le parole che Giulio ha gridato prima di essere ucciso?... Ha dato del tu all'assassino. Ritieni che questo particolare possa escludere alcuni sospettabili? Un esempio: Luisa Corradi. Giulio, in pubblico, le dava del lei. Ma in privato?... Sto parlando a te: in privato?»

Fabrizio si lascia trascinare dalla sua stanchezza. Dalla stanchezza nel disgusto:

«In privato non poteva che darle del tu. Quella Corradi se l'era fatto, Giulio. Era stata fra le prime ad approfittare della dabbenaggine sessuale...»

«Del tuo amico del cuore. Che meraviglia, vero? Dev'essere sgradevole amare fino alla passione ambigua un uomo del genere. Non invidio il tuo passato affettivo, Fabrizio. È stato un inferno. Una continua tortura. Sbaglio?»

Fabrizio, sfinito, fa segno di no. Il Bocchi non ha sbagliato:

«Margot sapeva di Luisa Corradi?»

«No. E poi sono cose di tempo fa. Prima che Giulio si mettesse con Margot.»

«Ti dispiace informarla?»

«E come? Io non ho frequentazione...»

«La frequenterai.»

Il Bocchi torna ad occuparsi delle sue carte:

«Puoi andare. Per ora.»


Franca Gherardi seduta su un gradino. Le braccia allacciate alle ginocchia. La testa fra le gambe, per vedere solo nel buio di un'angoscia che torna. A intervalli, puntuali, l'angoscia, la paura tornano nella vita di Franca. Una vita così. Il Palazzo di Giustizia la preme alle spalle come un vulcano.

Fabrizio capisce che lo stava aspettando:

«Mi dài uno strappo a casa?»

In macchina, per rompere il silenzio:

«Perché quel Bocchi ce l'ha con te?»

«Tutti i moralisti inflessibili fanno pagare agli altri quello che vorrebbero, e non possono, fare loro.»

Una risposta che Franca ha buttato lì. Non convinta. Mentre Fabrizio insinua:

«Non ti ho tradito.»

Ma in cosa? Forse nessuno dei due lo sa. O è un'allusione a qualcosa che lei ignora? Esita a chiarire, Franca. Lascia il dubbio sospeso. Sono anni che lascia dubbi sospesi sul suo destino. Meglio sarebbe restare in silenzio; evitare persino, da parte di Fabrizio, la domanda:

«Credi davvero che Giulio possa averlo ucciso lui, quel Carboni?»

«La notte dell'omicidio stava con me. Prima noi due soli. Poi con altri amici.»

Franca è sincera? "Alibi di ferro" ha affermato, con sicurezza, il Bocchi. Ma può essere di ferro un alibi del genere?

«E fra me e il Carboni, quella notte, c'è stata una litigata pazzesca. Perché con lui volevo chiudere. Ti giuro... Io non mi sono mai prestata ai ricatti di nessuno. Mi credi?»

Fabrizio fa del suo meglio per leggerle negli occhi:

«A questo punto, devo pur credere a qualcuno. Specie a chi ha gli occhi puliti come i tuoi. Almeno quelli...»

«Si stanno servendo di Giulio per dare corpo, un corpo morto, alle loro mille viltà. Continuano a sparargli addosso. Comunque sia, è stato l'unico che mi ha trattato con un po' di umanità, e stimava ciò che sono veramente... Mi consigliava, mi incoraggiava. Per me, vale solo questo.»

Sotto casa.

«Non sali?»

«Perché dovrei?» chiede Fabrizio.

«Devi.»


«Siediti» lo invita Margot.

Fabrizio ubbidisce sorpreso da quel tono amabile, che lo coinvolge in un'intimità, più ancora che dallo scoprire Margot in casa di Franca:

«Siediti con noi.»

Fabrizio rivede una scena: Giulio, pestato a sangue, trasportato dal Capannone del Carboni, che chiedeva acqua disteso nel suo letto, acqua per favore, e distingueva confusamente chi gli stava intorno, e a tratti confondeva la figura di Franca con quella di Margot. Chiamava Margot col nome di Franca e viceversa... Margot gli legge nella mente:

«Abbiamo amato lo stesso uomo. Ma la vita divide, la morte unisce. Abbiamo scoperto che possiamo aiutarci a smascherare chi ha ucciso Giulio.»

«Vuoi unirti a noi?»

L'ha chiesto Margot. Franca lo ripete.

«Io? A che potrei servirvi?»

«A molto, Fabrizio. Ora non puoi capirlo. I fili della trama devono sciogliersi. Allora ti sarà chiaro.»

Franca ha versato nei bicchieri. Bevono. C'è intorno la pace che solo le donne complici possono animare con un'armonia sapiente. Nel piccolo appartamento ordinato, pulito. Fabrizio fissa Margot, Franca, non ne perde un gesto. Si chiede: che hanno in mente? Ma non è tanto questo a sollecitargli i pensieri. È che scrutando le due donne che furono di Giulio, e che tengono a loro volta gli occhi puntati su di lui, l'immedesimazione con l'amico, che ha provato mille volte, torna a possederlo.

Fabrizio *si sente* Giulio. E da qui l'immaginazione che si mette in moto...

Gli piaceva spiarle, nella villetta, quando si rivestivano a fianco del letto dove Giulio, dopo gli amorosi giochi, borbottava frasi di saluto continuando a dormire. La stanza era al buio. Ma una finestra con le tende tirate scopriva un rettangolo pallido che era l'alba. Gli piaceva quel momento, prima che se ne andassero, mentre nell'ombra delle loro figure sazie, appagate, per quel soffio di luce crescente affioravano i lineamenti, le forme.

Muovevano le mani sul corpo, per riprenderne il possesso abituale, destinato alle battaglie di ogni giorno. Le calze infilate, le dita che le stringevano appena sopra il ginocchio, un piede sulla sponda del letto, il corpo nudo piegato su quel gesto da nulla che pure gli scorreva nel sangue, perché nei loro occhi, fissi su Giulio addormentato, si leggeva un ultimo desiderio: che il tempo si arrestasse.

«Fidati di me, Fabrizio» insiste Margot.

«Fai le cose che ti diremo di fare.»

L'immaginazione, ancora, trasforma queste parole in altre che avrebbe voluto udire rivolte a lui, quando invece le rivolgevano a Giulio:

"Tu sai fare felice una donna."

E dopo stava a sognare, solo, nel suo letto che era solitario fin da quando non l'amico, ma suo padre, nella stanza accanto licenziava le amanti di turno.

Il sogno, di nuovo, ora... Di averle entrambe per amanti, Margot, Franca.

«Unisciti a noi.»

Tutto torna alla realtà. E Fabrizio promette che ci penserà. Anche se si sente spiazzato dai fatti che stanno accadendo. Anche se la proposta lo lascia di fronte a troppi enigmi.


Era così bella, e assurda date le circostanze, quella corsa in macchina, che Fabrizio provava il rammarico di non averne goduto mai. Il tettuccio abbassato. I capelli delle due donne al vento. Erano profondamente tristi; ma l'atmosfera possedeva un'allegria, tutta sua, che loro tre erano costretti a subire. Margot e Franca avevano chiesto di entrare, per l'ultima volta, nella villetta dove avevano vissuto momenti felici.

E ora volavano per la campagna che a Fabrizio ricordava le piane di Delo, di Mykonos: le raggiungeva, le percorreva non appena gli era possibile, in rapidi viaggi strappati al lavoro, perché le riteneva le più suggestive del mondo. Quelle piane mentre il tramonto annunciava la notte attica, e lui andava alla ricerca delle fontanelle millenarie che riproducono ciascuna un proprio dio greco. E un giorno avrebbe voluto insegnare, a un figlio, come ci si ferma a bere quell'acqua sacra, come si crea il cavo delle mani per non farne cadere una goccia.

Trovarono la porta della villetta aperta. Ogni stanza invasa dalla Polizia. Una gran confusione di roba a terra, di cassetti aperti, alcuni trascinati sul pavimento. Le finestre, spalancate, sbattevano al vento.

Fabrizio non ravvisò subito l'uomo di spalle, che dava disposizioni agli agenti, sia quelli che frugavano fra le carte e i documenti, sia gli altri, piegati sulle ginocchia, che spargevano i "cimeli" amorosi di Giulio, lasciati o dimenticati dalle tante donne...

E Margot, Franca, costrette a fissarli.

L'uomo si girò, ed era il Bocchi. Li salutò distrattamente, senza distogliersi dalle sue direttive. Un'occhiata a Fabrizio, a Margot. E quindi, a Fabrizio:

«Te l'avevo detto che vi sareste frequentati. Prima del previsto, vedo.»

Il Bocchi e gli agenti udirono Margot che, andandosene insieme a Franca, si rivolgeva a Fabrizio:

«Ormai, qui, hanno finito di distruggere. Anche i ricordi. Da me, ci sono tante stanze. Anche tanti ricordi, intatti. Ed è bello, ora, di primavera.»

Lo stava invitando a Villa delle Gaggìe. Anche per pochi giorni, a sua discrezione. Qualora si fosse ritrovato nella morsa del tutto perduto e del nulla presente. Quell'invito, si disse Fabrizio, che un giorno era stato fatto a Giulio. Forse con lo stesso tono di voce. C'era una punta di seduzione, che Margot non mascherava, che anzi dichiarava a voce alta.

Non si chiese il perché. Preferì fantasticare, ancora, che

fosse ciò che, secondo la logica della realtà, non poteva essere: per il puro piacere di averlo accanto a sé.


Come poteva definirsi Villa delle Gaggìe?

Simile a un mare che incanta, per un subacqueo che può spingersi nelle sue profondità, verso i fondali cristallini, abitati da pesci con colori seducenti, pesci anche ignoti, e ogni fondale con una sua parte di mistero. Così si era detto Fabrizio, superando la cancellata:

«Fabrizio Minardi.»

Era stato introdotto. Come se fosse atteso. E ora sedeva nel salone. Avrebbe voluto dire a Margot, che gli sedeva di fronte: "Eccomi qui. In attesa degli eventi. Come mi hai chiesto. Senza sapere in cosa posso servire. Se è davvero questo che pensi: che io ti possa servire". Non avrebbe osato aggiungere: "Col mio fantasticare assurdo, mi è sembrato di leggere, nel tuo invito, il desiderio di avermi come ospite senza uno scopo, se non il nostro piacere reciproco".

Invece stava zitto. Sedeva teso, muto. Non formulava nemmeno ipotesi sulle vere intenzioni di Margot. Non più. Costringeva il cervello a rifiutare ipotesi. Come si era imposto quando aveva buttato quelle quattro cose nella piccola valigia, dopo essersi svegliato di soprassalto, nel cuore della notte, ed era stata una forza fuori di lui a decidere per lui: una fuga dalla villetta. Si era sbattuto la porta alle spalle, non si era voltato indietro, era corso via.

Abbandonando la loro casa, Giulio aveva potuto concedersi il privilegio di un aspro conflitto. Lui no, non poteva ancora concedersi scelte razionali nelle decisioni che contano, solo un comportamento impulsivo.

Margot lo fissava sorridendogli, sembrava interrogarlo con quel sorriso, e confermargli: "Sapevo che saresti venuto". Fabrizio ricambiava, ma i suoi sorrisi erano stentati, mentre beveva con lei, scrutava il parco della villa attraverso le grandi finestre; la pioggia, le stravaganti fioriture, il regno di Giustina, laggiù, le sue voliere gremite di uccelli che si ammucchiavano per ripararsi dall'acquazzone:

«È bello qui. Avevi ragione.»

Poi la voce di Giulio, alle sue spalle.

Fabrizio si girò di scatto. Non si era accorto del gesto di Margot che azionava col telecomando il videoregistratore, facendo apparire, su uno schermo grande quasi quanto la parete, la figura di Giulio, che parlava in una confessione registrata:

"Ti lascio questa confessione, Margot, da usare nel caso mi facessero qualche brutto scherzo..." il ridere dell'amico, la maniera, tutta sua, di giocare con la possibilità della tragedia, spavaldo e al tempo stesso infantile. "Nel caso accadesse, mettine a conoscenza anche Fabrizio. Registro nomi, circostanze, documenti a prova, testimoni. Fai in modo che sappiano che tutto ciò è nelle tue mani. Saperlo, renderà la loro vita un inferno..."

Margot bloccò la registrazione. Restò fisso, nel teleschermo, il corpo di Giulio, si spezzò un'altra sua risata, da cui l'idea della morte era così lontana. Fabrizio sedeva al centro del divano azzurro. Agli occhi di Margot, la sua immagine si fuse con quella dell'amico che sembrava abbracciarlo alle spalle, e lei commentò:

«Fisicamente... Eravate stranamente simili.»

«Davvero tu puoi togliere il sonno a molti, Margot?»

«Lo sto facendo. Mi sto già prendendo vendette... Verranno tutti a baciarmi i piedi, Fabrizio.»

«La morte di Giulio, dunque... Voglio dire: ti è servita.»

Avrebbe voluto formulare con più chiarezza la sua allusione d'accusa. Margot non rispose. Fabrizio aggiunse:

«Io so di quella pistola. Giulio me ne parlava. Mi ripeteva: Margot tiene nella borsetta una calibro 22. Chissà perché. Mi sembra così lontano da lei tenere un'arma.»

La pioggia si accaniva contro i vetri. Margot leggeva negli occhi di Fabrizio:

«Ormai tutti dubitano di tutti. E mi fa gioco. Quando la melma del fondo si smuove, vengono a galla i pesci...»

«E tu, Margot, di chi dubiti?»

«Io so chi ha ucciso.»

«Perché non lo denunci?»

«Anche il Bocchi mi ha fatto la stessa domanda. Rispondo anche a te... Primo: perché non è ancora il tempo, e voglio che la melma continui a smuoversi, i pesci ad affiorare. Secondo: le prove, Fabrizio. Chi ha ucciso, ha una mente diabolica, tarata. Bisogna essere più furbi di lui, o di lei.»

«Il Bocchi sospetta anche di me.»

«Strano, vero, Fabrizio? Tu e l'omicida siete all'opposto, ma avete delle affinità. La tua ingenuità e il tuo candore sono ambigui, contorti... Ed è questo tipo di ingenuità che mi serve.»

Fabrizio rinunciò a capire. Anche questa rinuncia lo faceva sentire coinvolto: esporsi, mettersi in gioco. La sua esistenza, finora, una stasi, un senso di viltà. Giulio non si preoccupava troppo delle conseguenze: agiva, bene, male, agiva, era il suo stile di essere vivo.

Margot si alzò, andò ad accarezzargli i capelli. Il ventre di Margot contro la sua fronte. Il cuore gli martellava. Era la risposta, la prima, che dava a una donna che lo degnava di attenzione. Margot indossava una vestaglia. Le tempie gli martellavano come se trapassassero il velo di stoffa, quel velo da nulla. Nel grande teleschermo, tornarono Giulio, la sua voce:

"Abbiamo vissuto giorni indimenticabili in questa villa, vero Margot? Se Fabrizio, così geloso di te, sapesse che questo è un piccolo paradiso per uno come me, come lui... Essere il solo ospite in queste stanze, nel parco, nella sua luce così particolare... E tu desiderata da tanti, da troppi. Quale privilegio." Giulio che sorrideva. La sua affettuosa ironia. Fu Fabrizio a impadronirsi del telecomando, a spegnere. Tutto gli appariva precostituito. Una trappola? Si chiese: Margot è sincera? O cos'altro? Si rendeva conto di conoscere talmente poco della femminilità, mentre Margot insinuava:

«Anche tu eri, a tuo modo, innamorato di Giulio. È questo che il Bocchi non può capire: ci si può innamorare di un amico senza, per forza di cose, essere volgarmente omosessuali. Un giudice non potrà mai capire il morbido meccanismo dell'amore.»

«Come fai a sapere che il Bocchi, quando mi ha interrogato...»

«Mi dice tutto, Fabrizio. Dopo ogni interrogatorio, mi informa.»

«Per quale ragione?»

«Sa perfettamente che sono io la chiave di volta. Che senza di me non risolverà mai questo caso.»

Un'ora dopo, la pioggia era cessata. La visione del parco spingeva a convenire: è la sera con la luce più limpida dell'anno... In un altro luogo, *due occhi*, uno sguardo avvezzo alla notte, a ciò che la notte s'inventa anche per due occhi che appaiono neutri, stavano vedendo ciò che Margot e Fabrizio fissavano nello stesso momento, ascoltando una giornalista televisiva:

"Continuano le indagini sul delitto Pagani. Ma ancora nessuna svolta, nessun risultato concreto. Nel tardo pomeriggio, è stato rilasciato Walter Carboni, fino ad oggi l'indiziato numero uno. Il Sostituto Procuratore Luigi Bocchi ha sottoposto a un primo interrogatorio Luisa Corradi e Cristina Mazza, l'ex moglie del Pagani, divorziata da un anno..."

La sequenza del Carboni che usciva dal carcere di San Francesco.

Margot scrutò la piccola valigia di Fabrizio. Fece strada su per lo scalone interno. Lui la seguì, docile, continuando a respingere gli interrogativi che lo assillavano. Margot lo introdusse in una camera del primo piano:

«Era la camera di Giulio...»

Svanì quella successione di piccoli eventi.

Fabrizio continuò a reggere la valigia, immobile. Lasciò che Margot gli chiudesse la porta alle spalle.


Le voliere si spalancarono. Uccelli di ogni specie volarono via. Il cielo su Villa delle Gaggìe ne fu gremito. Colori, infinite sfumature. Fabrizio, stupefatto, restò con la testa all'insù.

«Tornano.»

Era Giustina, sopraggiunta alle sue spalle.

Da due giorni, incuriosito e sospettoso, Fabrizio si aggirava nel parco. Aveva scoperto il regno di Giustina. Si era lasciato conquistare da quella piccola donna arguta, che ogni volta gli lanciava qualche cenno sulla magia delle cose. I suoi occhi penetranti, ma per la loro leggerezza trasparente, gli lasciavano una sorridente quiete, la complicità della saggezza.

Stavano entrambi con lo sguardo in aria, e il cielo a poco a poco si sgombrava degli uccelli che volavano verso il profilo di Parma:

«Tornano» confermò Giustina. «Sono uccelli giovani. Gli lascio vivere la loro libertà, i loro giochi, per qualche ora. Poi, rientrano nelle voliere. Soffrirebbero se non potessero dimostrarmi, con l'ubbidienza dei loro ritorni, quanto mi sono affezionati e fino a che punto non potrebbero sopravvivere senza di me.»

Fabrizio esclamò, d'istinto:

«Già, gli affetti... Per viverli, bisogna capirli.»

Giustina lo prese sottobraccio:

«E allora ascolta...»

Muovendosi con lui a piccoli passi per il parco, gli raccontò che l'affetto più grande l'aveva avuto da un Crociere, il principe dei nomadi, che arrivava dalle foreste dell'Asia settentrionale. Il Crociere viene comunemente detto "Becco in croce", avendo il becco le punte incrociate che gli permettono di estrarre i semi dalle pigne delle conifere. E lei, Giustina, non aveva forse avuto in croce, per anni, quel brandello d'anima? E con quell'anima in croce non aveva forse estratto i semi della speranza dalla vita?

Un giorno, il Crociere volò via. E Giustina pensò: mi ha tradito. Si disperò, mostrando le mani vuote, lamentando che se i semi erano stati pochi, la colpa non era sua, ma dell'inverno che non finiva mai. Invece, dopo due mesi, ci fu un tonfo soffice contro i vetri della finestra, che si aprì dolcemente: Giustina vide spuntare, fra i battenti, le punte incrociate del becco del volatile, poi si insinuò il suo capo, che scrutò intorno... Sembrava scusarsi, il Crociere, con l'amata padrona che aveva pensato sul suo conto una cosa sbagliata: che lui avesse agito per disamore. No, era sparito per una ragione opposta; perché, volando basso su un tetto di Parma in un bel tramonto, gli era capitato di trovarsi a tu per tu con una femmina della sua specie, e ne aveva avuto un batticuore, e anche la femmina l'aveva avuto, essendo proprio un capriccio di Dio che due Crocieri di sesso differente si incontrino sulle tegole di una città così lontana dalle loro foreste, calda, tuttavia, di un sole con dentro i languori remoti della terra natale.

Si erano innamorati follemente e avevano vissuto, nei cieli di Parma, una storia capace di smemorare anche il Crociere più affezionato a una piccola donna che sembrava, ugualmente, provenire da una patria sconosciuta. Dopo aver volato afflitto qua e là per la stanza, il Crociere si posò sulla spalla di Giustina. Il corso delle cose riprese...

Fabrizio chiese ragione di questo racconto. E Giustina gli spiegò:

«Perché, nella sua favola, è simile alla storia che stiamo vivendo, anche se ci appare così diversa, piena di oscurità e di delitto. Un giorno lo capirai.»

"Un giorno, un giorno", reagì fra sé Fabrizio: tutti gli ripetevano la stessa cosa, che un giorno avrebbe capito. Ma quando sarebbe venuto questo giorno? Giustina aggiunse:

«E perché tu sei un sognatore che sta imparando a tenere i piedi per terra, dove crede di tradurre in realtà i suoi sogni impossibili. Ma anche la terra è un sogno, Fabrizio. Un sogno che ci viene imposto. E tenere i piedi per terra significa accettarne le mille sorprese.»

Venne sera. Fabrizio tornò alle voliere. Tutti gli uccelli erano rientrati. Era uno di quei momenti privilegiati dell'esistenza che sembrano preludere al Paradiso, ma sono più preziosi, perché accadono sulla terra: quando il sole va calando e allunga le ombre. Fabrizio e Giustina scrutarono il sonno degli uccelli ubbidienti che sognavano, e insieme vivevano, la pace addormentata dell'eternità, che si trasmette a chi è vigile e non riesce a dormire. Aveva ragione Giustina: c'è una pietà comune ai cieli e alla terra. Nel grande silenzio, se ne sentivano scrutati, quasi uno sguardo fisso su di loro abbracciasse il parco.

All'orecchio di Fabrizio arrivò una musica, una malia d'Oriente, che racchiudeva la melodia della vita quando la sentiamo tornare, cancellando in noi il timore di esserne esclusi per sempre, di non poter più rispondere, col nostro ritmo, alla bellezza del suo. Da dove veniva quella musica? Da uno dei tanti piccoli registratori, aggeggi elettronici, di cui Giustina faceva collezione? O dall'aria? O dal cominciare a capire come si debbono tenere i piedi per terra?

«Sto cominciando a capire» confermò Fabrizio. «Questa emozione...»


Si era alzato presto, il Bocchi, e la prima mattinata era stata propizia. Aveva passeggiato per il Lungoparma, aveva individuato la primavera nelle acque del piccolo torrente che divideva le due parti della città: l'Oltretorrente, appunto, dalla Parma borghese. L'aveva respirata a fondo, la primavera. La telefonata che ogni giorno faceva a Margot aveva sortito l'effetto voluto. Ma quando raggiunse l'ufficio, puntualissimo come al solito, trovò sulla scrivania un appunto del Procuratore Capo: "Da me, subito".

Peccato, si disse il Bocchi, una giornata così bella che si guasta. Lo irritavano terribilmente le piccole fatalità contrarie che, imprevedibili, dissolvono le grandi atmosfere. Il Procuratore Capo lo squadrò con severità:

«Inaudito aver rilasciato quel Carboni! Com'è assurdo che lei continui a menare il can per l'aia quando gravi indizi pesano anche su quei cornuti che Giulio Pagani umiliò proprio sotto i suoi occhi... Quel Minotti, per esempio, che sappiamo essere un violento.»

Oltre che un tuo nemico personale, che però ti tiene in pugno, pensò il Bocchi, mentre rispondeva:

«Per arrivare al bersaglio, un'inchiesta deve procedere a cerchi concentrici. E poi mi consenta: o è colpevole il Carboni, o lo è il Minotti, o chi per lui...»

«Mi meraviglio di lei. Ignora, forse, che esiste l'associazione per delinquere? Il Carboni potrebbe essere stato pagato per uccidere.»

Mi hai guastato una giornata così bella, imbecille, lo insultò mentalmente il Bocchi, mentre spiegava:

«Questa indagine, le assicuro, è molto particolare. E le riserverà una grande sorpresa finale.»

«Guardi, Bocchi, che dovrà essere una gran sorpresa davvero, un'autentica bomba. Altrimenti...»

«Lo sarà, un'autentica bomba! L'ho mai delusa nelle mie inchieste?»

Scosse la testa, convenendo fra sé: un Procuratore Capo che non si accorge di una meravigliosa giornata di primavera. Questo, sì, è inaudito.


Dov'era stato il Carboni dal momento del suo rilascio? Non si era fatto vivo nemmeno con una telefonata. Sembrava aver approfittato della decisione del Sostituto Procuratore per scomparire. Certo, godeva di protezioni, disponeva di mille nascondigli, ma perché non farsi vivo con lei? Quel pomeriggio, Franca Gherardi se l'era ritrovato in casa senza preavviso, torvo di rancore e di stanchezza, la barba lunga. Indossava una giacca nera e aveva l'aria di una perduta supremazia: il turbamento gli cancellava l'arroganza, i suoi occhi, di solito pronti ad afferrare anche il minimo dettaglio, puntavano lontano, verso un pensiero fisso, estraneo al presente.

«Sei stanco da morire, vero?» gli disse Franca. «I tuoi occhi sono arrossati e lucidi. Come se avessi la febbre.»

«Ce l'ho» confermò lui, distrattamente.

Franca non aveva nessun impegno ad uscire. Tuttavia prese a cambiarsi d'abito. Lo fece intenzionalmente e con maliziosa lentezza, affinché il suo corpo insinuasse alla luce la sua nudità, il che aveva sempre incendiato quell'uomo dall'aspetto di gitano, facile ad accendersi alla sola vista di un seno scoperto. Il trafficare di Franca con la biancheria intima, poi, lo faceva uscire di testa. Il Carboni, in effetti, prese a parlare, ma senza rivolgersi a lei, come se rispondesse al punto lontano dove teneva inchiodato lo sguardo:

«Certo che volevo farlo ammazzare, il tuo Giulio. E proprio nel modo in cui è stato ammazzato. Ma il fatto è che non l'abbiamo ammazzato noi!»

Franca lo sorprese, calcolando la dolcezza del tono di voce:

«Ti credo.»

«Come mai, per la prima volta, credi a uno come me?»

La ragazza gli si avvicinò, calcolò anche l'intensità della carezza sulla sua barba biondiccia, ispida, accorgendosi che puzzava come una bestia braccata, che evidentemente non si lavava da giorni:

«A vedermi nuda» gli spiegò «andavi sempre giù di testa, e avrebbe potuto cascare il mondo, non te ne fregava più niente di niente, solo di sbattermi su quel letto... Ora, per spiegare le tue ragioni, il mio corpo non lo vedi nemmeno.»

Il Carboni si lasciò andare sulla sponda del letto, prendendosi la testa fra le mani, concentrandosi di nuovo sul suo interlocutore fantasma:

«Qualcuno era a conoscenza del mio piano. E l'ha messo in atto, per incastrarmi... Se sapessi chi, lo scannerei con queste mani!»

Franca gli si sedette accanto. Sapeva come muovere le dita intorno ai suoi inguini:

«Puoi farlo. Puoi vendicarti.»

«E in che modo?»

«Aiutaci a incastrare questo qualcuno.»

«Aiutare chi?»

«Chi sta dandosi da fare per stanarlo, quel serpente...»

Il Carboni ritrovò uno dei suoi scatti da balordo all'erta. Girò la testa, adesso era a lei che parlava: la fissava negli occhi, finalmente:

«Io resto un gran brutto pesce, Franca. E tu lo sai. Potrei mentire, recitare una parte. Sai anche questo. Mi hai sempre accusato di essere un volgare attore mancato... E vi avverto da amico. Chiunque si stia dando da fare insieme a te, se fossi in voi non mi fiderei.»

«Dobbiamo rischiare. Nessuno conosce la feccia, i segreti vergognosi di questa città meglio di te.»

# V

S'incrociarono in un corridoio laterale, il Bocchi e il Procuratore Capo.

Sembrò a caso. Ma al Bocchi fu subito chiaro che l'altro, senza darlo a parere, l'aveva aspettato in quella zona appartata, detta "degli archivi", dove non lo si vedeva mai. Strano. Il suo Superiore aveva l'abitudine di lasciargli un brusco biglietto di convocazione sulla scrivania e, dopo averlo ricevuto per pochi minuti, bruscamente lo trattava. Con i soliti "tuttavia...".

Il Procuratore Capo aveva il vizio di insinuare i suoi "tuttavia..." persino dopo le inchieste risolte al meglio, oltre che nel giudizio sui propri collaboratori, sulla vita in genere. Quel Bocchi, ad esempio... Certo, come magistrato non si discuteva: negli anni, aveva affinato la sua tecnica giudiziaria con un intuito psicologico d'eccezione, inflessibilità, un'ironia che andava a segno, e non c'era Sostituto che, più di lui, conoscesse il Gran Libro dei crimini. Avendo assimilato i tortuosi percorsi compiuti dall'uomo che esce dall'ombra per assassinare e poi scompare nel nulla, la sua figura poteva apparire enigmatica ma, in quanto tale, risolveva gli enigmi.

"Tuttavia..."

Tuttavia, rifletteva il Procuratore Capo, certi aspetti del Bocchi proprio non li capiva: come spiegare i sistemi di indagine che andavano contro logica, e come spiegare il fatto che un giudice talmente brillante mai una volta aveva manifestato ambizione a far carriera secondo i suoi meriti? Mentre i colleghi sgomitavano, lui neanche un colpetto di gomito. È nella natura umana la giusta ambizione e chi non la pratica, specie nel mondo d'oggi, diventa, più che enigmatico, sospetto. Specie agli occhi di un Procuratore Capo che, la sua carriera, se l'era giocata fra sponde buche e birilli degni di un tavolo da biliardo, con qualche colpo maestro di stecca, e usando spesso la stessa come lancia di guerra...

"Il Signor 'Tuttavia'."

Così, fra sé, lo definiva il Bocchi, che leggeva nei pensieri del Superiore, e ne sorrideva, ritenendolo, fra i simulatori, patetico e più fanciullo, perciò incastrabile, di tanti altri: ovvio nell'adoperarsi per stare a galla; ovvio nell'assecondare in segreto certi vizi (si vantava uomo di fascino) che poi sono, essi stessi, ovvietà. E cos'era, la sua arroganza, se non una maschera dell'insicurezza, dovuta al fatto che il suo potere in una Procura di provincia stava in balìa di altri e più consistenti poteri?

Camminarono per il corridoio appartato e il Procuratore Capo, per la prima volta, sembrava esitare:

«Io l'ammiro, vede, Bocchi... Lei sa che l'ammiro.»

«Per la verità, lo apprendo in questo momento. Ma non è mai troppo tardi.» E fu lui ad anticipare: «Tuttavia...».

«Tuttavia, nel caso Pagani, credo che stiamo sollevando un gran polverone... Gli indiziati, gli indiziabili, se mi consente, dilagano.»

«Se lei dice di ammirarmi, dovrebbe sapere che io mi lascio condurre non solo dalle peculiarità di un delitto, ma da una concezione generale.»

«Capisco perfettamente.»

«Mi scusi, come fa a capire perfettamente se del mio metodo non abbiamo mai parlato? Dirò di più: se, fra di noi, non abbiamo mai parlato di nulla? Lei, mi consenta, quando dà le disposizioni, sembra un lampeggiatore...»

«Parliamone, tuttavia...»

Il "tuttavia" sottintendeva: facciamo in fretta. Invece il Bocchi, con intenzione, la prese alla larga, e divagando sui massimi sistemi. Visto che il Superiore, per raggiungere il suo scopo, simulava quel giorno una pazienza incondizionata, si sarebbe preso la soddisfazione di vendicarsi di quando (sempre) se l'era sbrigata con lui in pochi minuti:

«Io parto da una concezione drastica della Storia. La civiltà occidentale è al tramonto, un tramonto irreversibile. Da qui, un senso di resa, di fallimento nella società. Il crimine opera indisturbato in un mondo che non gli si oppone più perché ha dimesso gli intenti, è al lumicino, e si batte affannosamente per un futuro in cui non crede... Mi segue?»

«La seguo con molta attenzione.»

In realtà, l'attenzione del Procuratore Capo si esprimeva di sguincio, con occhiate oblique all'orologio. Il Bocchi assaporava quel piacere di tenerlo in scacco, pensando "Adesso mi ascolti, uomo di fascino dei miei stivali":

«Per cui, come può intendersi, oggi, il delitto?»

«Lo sta chiedendo a me? Come vuole intenderlo: come uno che fa fuori un altro...»

«Non è così semplice. Si tratta di una forma di recupero delle pulsioni primordiali, per le quali l'umanità, come del resto ogni individuo allorché si sente prossimo alla fine, avverte una nostalgia fatale... Per citare i poeti: "La nostalgia dell'alba della vita e della morte"... Ossia di un tempo in cui si viveva e si uccideva in nome di una legge scritta non nei codici, ma nel gene: la legge della caverna, della foresta... Ecco, l'assassino incarna, con linearità e precisione, questa legge...»

Il Procuratore Capo non ascoltava nemmeno. Intento a far apparire casuale anche quell'inoltrarsi su per una scaletta interna. Il Bocchi sapeva bene dove portava. Chiese, con sottile perfidia:

«Sono chiaro?»

«Be', proprio chiaro non direi. Ma mi fido. La realtà che lei espone è giusta.»

«Giusto sarebbe che nessuno uccidesse nessuno» lo corresse il Bocchi con un sorrisetto. «Ma il punto è un altro... Mentre l'assassino spicca e ha la coerenza, il coraggio di esporsi alla condanna del suo misfatto, gli altri, la maggior parte dei presunti onesti, nascondono il richiamo delittuoso dell'origine nella vita di ogni giorno, senza avere la coraggiosa follia di macchiarsene le mani, lo traducono nelle malvagità quotidiane in cui si mimetizzano. Assassini, a modo loro, perché inetti, codardi...»

«Vero, tuttavia... Non bisogna generalizzare, eh, Bocchi?»

«Io non generalizzo. Mi riferisco a quelli che lei definisce gli *indiziabili*. Se sono tali, significa che qualche macchia ce l'hanno. Perciò sono loro, loro, che per vie traverse ci portano alla scoperta dell'assassino, essendo una centrale di informazioni e verità più o meno ripugnanti... Ecco perché io tendo a moltiplicare il numero degli indiziati, facendo in modo che ciascuno si senta l'unico responsabile...»

Il Bocchi trattenne per il braccio il Procuratore Capo, lo fissò negli occhi:

«Far leva sulla loro paura, sul fanatismo della paura, oltre che sulla loro viltà... La viltà rende negative anche le virtù. Se poi si provoca, in ogni indiziato, l'istinto di sopravvivenza, la convinzione di star subendo un'ingiustizia o d'esser vittima di un tranello infernale, quanti scheletri escono volando dagli armadi, quanti!»

Il Procuratore Capo, stupefatto:

«Perché mi guarda in questo modo? Come se anch'io fossi un indiziabile?»

«In astratto lo è, con tutto il rispetto. Come lo sono io. E chiunque abbia a che fare con la melma di questa società... Ma per finire il mio discorso: il miglior risultato si raggiunge mettendo a confronto gli indiziati fra di loro. Finché l'uno non arriva a detestare l'altro, a vederlo come una minaccia mortale... Questo è l'essere umano, e questo va fatto. L'uomo non l'ho inventato io, ed evitare d'inventarlo sarebbe stato il vero capolavoro.» Anticipò di nuovo: «Tuttavia...».

Il Procuratore Capo si sforzò di sorridere:

«Tuttavia il capolavoro, ahimè, è stato compiuto.»

E aprì, come a caso, la porta di fronte alla quale si erano fermati.

Entrarono in uno stanzone che era un regno della polvere. Un filo di luce cadeva dalla finestra sul fondo. La polvere aveva coperto ogni cosa, ma dal suo grigiore sembrava sprigionarsi un percettibile sarcasmo nell'avvolgere pile di fascicoli.

I fascicoli dei casi insoluti. Il Procuratore Capo esclamò:

«Guardi. In certi casi noi solleviamo grandi polveroni, mettendo a rischio l'intimità anche di persone che saranno pure indiziabili, ma che col delitto non c'entrano... E poi, spesso, il nostro polverone si traduce in questa polvere funebre, dell'oblio...»

«Si sta riferendo al caso Pagani?»

«Nessun riferimento, tuttavia... Ci rifletta. Cosa pensa di fare?»

«Continuare dritto per la mia strada. Lei ha paura di questo caso, vero?»

«Diciamo che lo temo.»

«Per una ragione specifica? Vuole dirmela?... Se esiste, me ne metta a parte. È meglio. Resterà nel mio riserbo di magistrato, si capisce.»

Il Procuratore Capo chiuse gli occhi. Era lui, ora, a stringere il braccio del Bocchi. Come sul punto di confidarsi. Lottò con se stesso, non trovò il coraggio. Quando riaprì gli occhi, il Bocchi vi lesse davvero un'ombra di paura. Poi scrollò la testa e disse:

«Nessuna ragione specifica. Tuttavia...»


Il Bocchi continuò, più che mai, dritto per la sua strada.

Nei precedenti interrogatori, secondo il suo metodo e per stratagemma, aveva messo via via a confronto Luisa Corradi con Cristina Mazza, Franca Gherardi e una serie di indiziati minori. E già queste presenze avevano spiazzato la donna, fiaccandone l'arroganza. Il Bocchi non aveva dubbi che Luisa fosse coinvolta con precise responsabilità, fermo restando che si può essere mandanti in molti modi: diretti e indiretti.

Nel terzo interrogatorio, Luisa avrebbe avuto, seduti ai lati, i figli Giorgio e Maurizio. Il magistrato sapeva bene di muoversi in un terreno minato. La "Corradi" superava i quattromila miliardi di fatturato globale, di cui oltre il cinquanta per cento realizzato fuori dai confini; contava quasi tremila dipendenti e stabilimenti sparsi ovunque.

Era Luisa Corradi che il Procuratore Capo voleva tutelare? O chi altro? Se stesso, forse? Probabile, visto il turbamento che aveva manifestato. Ma in che senso? Per quale connivenza? Inutile, per ora, porsi domande del genere.

Per ora, il Bocchi doveva semplicemente inchiodare chi di dovere insinuandosi per il verso giusto. E il verso giusto era uno solo, quello opposto all'influenza del pubblico potere, ossia la sfera intima, personale, che indirettamente coinvolgeva anche Margot, e da cui Margot poteva avere certi vantaggi.

Pane per i denti del Bocchi. Nel muovere le pedine dei segreti intimi non lo batteva nessuno.

*Dal primo interrogatorio di Luisa Corradi.*
*Con Cristina Mazza*

Il Bocchi, a Luisa Corradi:
«Lei conosce la signora Cristina Mazza, qui presente?»
«Non ho questo piacere.»
«Dunque, non sa niente di lei.»
«So quello che sanno tutti.»
«E cosa sanno tutti?»
«Preferirei non raccogliere. Sono chiacchiere.»
Il Bocchi, a Cristina Mazza, con un sorriso:
«Le dispiace se la signora Corradi raccoglie?»
«Faccia pure.»
«Raccolga, per cortesia!»
Luisa Corradi:
«È considerata in città... Mi spiace usare questa parola, ma la usano tutti: una *macchietta*. Perché non ha mai perso occasione di ripetere: "Non avrò pace finché non l'avrò visto morto"... Giulio Pagani, ovvio, il suo ex marito.»
Il Bocchi, a Cristina Mazza:
«E lei, signora, conosce la qui presente Luisa Corradi?»
«Fin troppo bene. Ho avuto modo di conoscerla, i primi tempi del mio matrimonio, in due circostanze assai poco piacevoli.»
«Spiacevoli per chi?»
«Per entrambe.»
«Se io le chiedessi di descrivermi queste circostanze, lei acconsentirebbe a circostanziarmi i fatti, fornendomi nel caso prove plausibili?»
«Assolutamente sì. Ma, se fosse possibile, non alla presenza della signora.»
Luisa Corradi era stata invitata ad uscire. Il Bocchi aveva registrato, in ogni dettaglio, le due circostanze "spiacevoli".

*Dal secondo interrogatorio di Luisa Corradi.*
*Con Franca Gherardi*

Il Bocchi, a Luisa Corradi:

«Lei conosce la signorina Gherardi Franca?»

«La sua domanda non vale nemmeno risposta. Io ho sempre evitato con cura certa gente.»

«Cosa intende per: certa gente?»

«Quel Pagani, lo sanno tutti, si vantava un grande amatore, un conquistatore irresistibile di femmine. In realtà, conquistava soltanto...»

«Soltanto?»

«Se proprio insiste...»

«Insisto.»

«Sgualdrine da quattro soldi.»

Franca Gherardi non aveva battuto ciglio. Con appena una smorfia di sorriso. Il Bocchi le aveva chiesto:

«Perché non reagisce? Dato il mio ruolo e data la circostanza, potrebbe risultare una diffamazione perseguibile...»

«Ho sentito, sì. Ma non ho niente da replicare semplicemente perché la signora qui presente ha ragione.»

Il Bocchi intrecciò le dita, vi appoggiò il mento. Il gesto abituale, per compiacersi, quando l'interrogatorio faceva scattare per forza d'inerzia il meccanismo che aveva preordinato:

«Ragione? In che senso?»

Conosceva perfettamente la risposta.

«Nel senso che anche la gentile signora, che qui tanto s'inalbera e insulta, ha intrattenuto, voi dite così no?, rapporti carnali con Giulio. Mi scusi, sempre per adeguarmi: col Pagani Giulio. Perciò è sgualdrina da quattro soldi, esattamente, visto che quei quattro soldi li diede al Pagani stesso, al fine di convincerlo ad andare a letto con lei... Peccato di gioventù... Gioventù del Pagani Giulio, s'intende.»

La Gherardi aveva un'ironia di buona pasta, convenne il

Bocchi: cominciava a piacergli. Mentre Luisa Corradi volava fuori dall'ufficio, un grido scheggiato da rapace, le ali bruciacchiate dal primo sparo andato a segno:

«Le prove!»

Malediva, dal corridoio, la Giustizia e il suo Palazzo.

E il Bocchi, candido, alla Gherardi:

«È in grado di fornire queste prove?»

«Non c'è problema.»

E le aveva fornite. Come in precedenza, sullo stesso punto, le aveva fornite Fabrizio Minardi. Poteva apparire un dettaglio di minor conto. Ma non lo era affatto.


*Dal terzo interrogatorio di Luisa Corradi.*
*Con i figli Giorgio e Maurizio*

Luisa Corradi aveva rimesso in sesto il furore. Partì all'attacco, per impedire al Bocchi di precederla con le sue domande capziose. Avrebbe dimostrato ai figli che una Corradi è sempre una Corradi; gli avrebbe dato, ancora una volta, una lezione di autorità. Così credeva, almeno. Un gioco da ragazzi, invece, prevedere reazioni simili, e il Bocchi si era imposto di lasciarla fare e dire fino al momento cruciale, il cui effetto a sorpresa aveva calcolato al millimetro:

«Perché sta andando per tante piste? Valutando aspetti marginali che, col delitto, non hanno nulla a che vedere?»

«Forse perché sono un incapace.»

«È ciò che penso, infatti. Il caso è lampante. Margot era là con quel figlio di puttana. Aveva con sé una calibro 22. Particolare che lei ha omesso, con cura, di rendere noto. Margot era là, e che vede, eh? Silenzio stampa anche su questo. Un arbitrio. Una violazione del nostro diritto a sapere!»

«Il diritto a sapere è morale, più che giuridico. Prima di giudicare il mondo, cerchiamo di conoscere come il mondo è fatto. Non lo dico io, è Einstein che lo sostiene.» Si rivolse a Giorgio: «Non lo crede anche lei?».

Giorgio rispose con una battuta che non poteva non sollecitare una risatina del Bocchi:

«Un tempo ci davamo del tu...»

«Il tempo passa. Cancella persino vite umane, pensi un po'.»

E Luisa Corradi, senza ascoltare:

«Lei e Margot siete d'accordo per distruggere me e la mia famiglia, la nostra onorabilità. Visto che pretende la verità, eccola, la verità!»

«E io non la nego affatto. Se lei intende distruzione morale, ovvio, per cui torniamo al punto. Distruggere una persona può essere, sì, un arbitrio. Dimostrare come una persona si è distrutta da sola, significa impedire che l'Essere sprofondi nella propria notte senza una salvezza... Anche questa è una citazione opportuna.»

«La smetta con le sue citazioni del cazzo.»

«Non è del cazzo, per usare il suo forbito linguaggio. È di Sartre: *Verità ed esistenza*. E poi, se permette, i metodi dell'inchiesta li stabilisco io. E ogni metodo è buono, cara signora, se serve ai fini della Giustizia...»

«La vostra giustizia personale!»

«Forse. Le riconosco anche questo. E allora?»

Il Bocchi, intanto, pensava: niente consente momenti ineffabili come l'interrogatorio di una persona dissoluta, in quanto tale sciocca; niente è più impagabilmente gioco del cinismo, quando è giustificato.

«Allora diciamo che lei non sa più vedere. Non vuole vedere...» Luisa Corradi si batté le dita sugli occhi: «Lei non ha più questi!».

Di nuovo, il grido scheggiato da rapace. Mentre il Bocchi, con una tranquillità anche più ostentata:

«Ecco. Brava. Ha detto giusto. Ma, nella sua foga, non del tutto. Citerò ora un classico: Omero. Sono, infatti, co-

me Polifemo. È solo un occhio che mi manca. Il sottoscritto non ha più un occhio di riguardo per nessuno. E
poi, mia cara Luisa...» il Bocchi tenne presente di essere
un attore, e riuscì a farsi più piccolo, più meschino dentro
la poltrona. «Sia detto in modo confidenziale, a tu per tu,
per compiacere suo figlio Giorgio... Che vuol pretendere
da uno come me che, ai tempi in cui ci davamo del tu, lei
definiva un inetto, un impotente, un sagrestano?... Un uomo che non era un uomo, con il pisello, e diciamo pure
cazzo, visto che il suo linguaggio è questo, bendato come
la Giustizia di cui sono servo?»

Nell'ufficio, un silenzio che si tagliava col coltello.

«E non mi dica che non è vero. In questa città, dovrebbe
saperlo, lei che vive di maldicenze: anche i muri parlano. E
anche i suoi figli lo sanno perfettamente. Fu proprio Maurizio, che è il più sincero, a riferirmelo. Vero, Maurizio?»

Il giovane sbirciò la madre, chinò la testa.

E il Bocchi ricordò... Ricordò le sensazioni fisiche
dell'aspra amarezza provata quando ambiva a Margot, e
per questo veniva deriso con offensive idiozie; quando le
chiacchiere da marciapiede di Luisa Corradi l'avevano
spinto a camminare, appunto, lungo i marciapiedi rasente
il muro, con un nodo in gola di umiliazione e solitudine,
mentre pensava a Margot e si trascinava sulle spalle quel
sogno come un peso estenuante, un sogno reso impossibile anche dalle malignità che lo ferivano a morte. Allora, lo
consolava soltanto ripetersi: viene sempre il momento, il
momento, ecco l'ineluttabile sapore della Giustizia...
Quel sapore che ora si gustava in bocca, concretamente,
con la sottile voluttà dei suoi veleni che possono essere
dolcissimi...

«Cosa mai pretende da uno di cui lei andava dicendo...
Vede, cara signora? Sto citando lei, adesso, lei che è un altro classico, non letterario, umano, del volgare disprezzo... Cito le sue parole: "Mi metterei la corda al collo,

amiche mie, piuttosto che andare a letto con quel sagrestano. La Giustizia, almeno, ha la spada, ma lui? La Giustizia, almeno, soddisfa il diritto, ma lui credete davvero che ce l'abbia il diritto che soddisfa?"... Atroce anche questo: ritenersi spiritosi senza riuscire a far ridere... Ebbene, ora glielo confesso: quel diritto non ce l'ho. Perciò non mi chieda soddisfazione, non posso dargliela.»

Luisa Corradi batté la mano sulla scrivania:

«Lei si sta lasciando trascinare da rancori personali!»

Il Bocchi, sulla scrivania, batté il pugno:

«È vero. Ma anche le sue insinuazioni sono personali.»

Si scrutarono, Giorgio e Maurizio. Cercarono, invano, lo sguardo della madre. L'avevano avvertita: la tua guerra è persa in partenza, li avrai sempre contro sia Margot che quell'uomo che hai sbeffeggiato, solo per il gusto di farlo, poi, perché invece di ricorrere a battute penose sarebbe bastato parlargli con un po' di verità e di rispetto; ma tu sei così, sarai sempre così, non cambierai mai... E lei aveva reagito: "Non osate! Io sono io. Ho sempre imposto la mia volontà. E agisco per il vostro bene!".

Luisa Corradi annaspò:

«Ammesso e non concesso, il privato che la riguarda, non riguarda il delitto.»

«Non si può mai dire, cara Luisa... Comunque, siamo qui per chiarire il privato che riguarda lei, e che invece col delitto può averci a che fare, eccome... Se non avesse fatto il diavolo a quattro col suo solito delirio arrogante, già saremmo arrivati al punto.»

«Di che vuole accusarmi? Di essere andata per lucciole? Per fratte?»

«Per lucciole, forse. Dato che certe cose si fanno al buio. Per fratte, no. Presumo, infatti, che lei si sia sempre servita di letti comodi e confortevoli. E per ora non l'accuso di nulla. Mio intento è d'informare i suoi figli di ciò che lei sa perfettamente, ma ha tenuto nascosto, menten do, per comprensibile vergogna. Non solo: per calcolo ben meditato. In tal modo violando quel diritto a sapere che invoca...»

E con una mossa che preveniva ogni replica, bruciava le esitazioni, mise una cartellina nelle mani di Giorgio Corradi:

«Tua madre è stata l'amante di Giulio Pagani.»

Quel ritorno al "tu". In nome della comprensione affettuosa:

«Tieni. Qui ci stanno le testimonianze, le prove... Giulio Pagani e Luisa Corradi, due ipocriti reticenti della stessa specie, due che hanno mantenuto il segreto di squallidi rapporti carnali e delle loro conseguenze: il primo per non alienarsi l'affetto di Margot, la seconda perché, respinta, alimentava un odio che prescindeva dagli interessi economici e dagli affari. Un odio che, a quegli interessi e affari, si è aggiunto, usandoli come alibi... E leggi anche tu, Maurizio.»

Lessero. Il nome di Cristina Mazza, che agli inizi del suo matrimonio aveva avuto diverbi feroci con Luisa Corradi, quando ricattava con ogni mezzo Giulio, che non voleva più saperne; i nomi di Franca Gherardi, di Fabrizio Minardi, una serie di altri nomi, di circostanze, persino due denunce di Giulio alla Polizia, per azioni persecutorie... Più esattamente, lessero quanto riuscirono a leggere perché, d'improvviso, la vista gli si confuse, e l'impulso fu di piangere, abbandonandosi a tutta la debolezza che la madre gli aveva insegnato, il pianto dell'umiliazione che fa crollare i deboli ingannati.

«Tu...» esclamò Giorgio «che sei riuscita a convincerci che era giusto vederlo morto.»

«Che sei riuscita a convincerci che sarebbe stato per il nostro bene.»

Il primo fu Maurizio. Si alzarono di scatto. Uscirono dall'ufficio. A Luisa Corradi, con gli occhi fissi nel vuoto, costò un enorme sforzo alzarsi a sua volta, per rincorrerli. Da un momento all'altro, si era invecchiata di tutti gli anni che, fino ad allora, aveva dissimulato; i puntelli, gli artifici usati per costruire al suo volto e al suo corpo una falsa apparenza di gioventù, crollarono dentro di lei. Ebbe l'impressione che la sua maschera la graffiasse a sangue, crollandole in quel vuoto da cui la coscienza era sparita da un pezzo.

Il Bocchi si ritrovò solo.

Immaginava cosa sarebbe avvenuto, nei giorni a venire, a Palazzo Corradi. La rivelazione si era abbattuta su Giorgio e Maurizio con un effetto devastante. Più devastante che se il Bocchi avesse accusato Luisa Corradi di aver ordito l'assassinio di Giulio Pagani. In questo caso, sarebbero seguiti l'incredulità, persino la solidarietà, il chiudersi a testuggine della famiglia, il battersi con uno stuolo di avvocati. E invece no, solo il vuoto; un vuoto e un silenzio che se da un lato accreditavano la possibilità del delitto, dall'altro avrebbero trasformato lo stesso Palazzo Corradi in un sepolcro.

Anche se non amava riconoscersi meriti, il Bocchi si concesse un peccato veniale d'enfasi compiaciuta: sì, il suo era stato un colpo d'ala. Lo rallegrava l'idea di comunicarlo a Margot. Aveva ripagato se stesso, ma, in larga parte, soprattutto lei. Poteva considerarsi un altro atto d'amore del Bocchi.

Chiunque si fosse trovato a fare il calcolo dei suoi errori e colpe, non avrebbe potuto negargli di aver combinato anche qualcosa di buono nella vita. Come nessuno poteva negargli di possedere una mente... Il Bocchi evitò, anche con se stesso, di definirla con un aggettivo. Certi aggettivi, si disse da buon giudice, si pagano.

Si rituffò nelle carte del Caso Pagani.

E nei giorni che seguirono, agli occhi di chi lo abitava, Palazzo Corradi lo fu: un sepolcro.

Un silenzio suggellava le bocche, velava gli sguardi dei figli Giorgio e Maurizio. Nei saloni, nei corridoi, quel silenzio sembrava rendersi visibile, affacciandosi con le sue maschere allucinate. Sui mobili preziosi, persino sul pianoforte, esso pesava come una coltre impalpabile, come se mai si fossero alzate nell'aria le voci delle serve, il loro canticchiare al mattino mentre toglievano la polvere; come se mai nello strumento fosse esistita la consolante possibilità della musica. Persino gli uccelli che attraversavano le grandi vetrate emettevano suoni a cui mancava la gioia del suono reale, ossia della vita, e se si rendevano udibili era per l'eco con cui il vuoto delle tombe risponde agli uccelli dei cimiteri, ai passi di chi i cimiteri percorre.

Palazzo Corradi, un sottosuolo.

Le sue purissime linee architettoniche come brandelli interrati. Tutto ricordava la stratificazione dei cunicoli, delle voragini. Ogni cosa era una fonte di stanchezza che passava nei corpi degli abitatori. Sembrava fermo il respiro delle piante.

Anche il giardino prediletto di Luisa Corradi appariva sepolto nell'abbandono. Le lampade erano le stesse, ma perché, la notte, le luci sembravano più rade, simili ai fari di un mare che nessuna nave solca più?

Dopo giorni di isolamento, Luisa Corradi si mosse nel Palazzo. Cosa fu a spingerla? *La visione dell'ancora.*

C'era un'ancora antica e preziosa, nel piccolo salone. Si favoleggiava che fosse appartenuta a un re dei Fenici, che aveva avuto la follia della crudele conquista, dell'opulenza e dell'oro, nonché il mito di se stesso. Scrostata dai sedimenti millenari, dalle alghe, si era infatti rivelata d'oro, e Luisa l'aveva voluta accanto a sé: fissarla quando il sole sembrava rendere omaggio alla sua imponenza e bellezza, facendola brillare come un grande cuore, di cui aveva la forma – il simbolo del grande cuore della ricchezza –, la spingeva a sognare i favolosi viaggi compiuti dalla nave sul cui fianco l'ancora aveva rimandato ai cieli immensi i raggi dorati che riceveva dal sole, i raggi che sembravano invadere la volta celeste, le acque, nonché le terre conquistate. E l'ancora, calata dai Fenici trionfatori, era stata il sigillo di quelle conquiste.

Sollevando lo sguardo, quel giorno, per la prima volta, la vide il simbolo di ben altro: delle finzioni stesse che Luisa aveva alimentato negli anni. La vide non già una sigla di trionfi, ma un povero, ottuso mezzo di cui si erano serviti i barbari, la vide con le ammaccature provocate dall'urto delle tempeste, vittima degli uragani e della vanagloria umana. Allora le si avvicinò, l'accarezzò per la prima volta con un senso di pietà, finì per abbracciarla, nella sua sconfitta che ora finalmente comprendeva, come una figlia della sconfitta comune; anzi, come se stesse abbracciando se stessa, col peso degli abissi che l'avevano ingoiata nella melma. I millenni... Le cose morte nella profondità dei millenni.

Il vero tempo non ha logica. Altrimenti è illusione del tempo.

Questo pensiero la illuminò, sia pure con una luce ancora fioca.

Quando cominciò ad aggirarsi anche una grande pace la sfiorò: fu sul punto di avvolgerla, ma per ora la sfiorò soltanto. Muovendo passi incerti, si rese conto di essere meno di quell'ancora, dei frammenti sepolti che gli archeologi avrebbero riportato alla luce scavando nella crosta terrestre di un mondo futuro. Si muoveva in un regno delle ombre, di fantasmi. Tagliando i rossi e gli azzurri delle pareti, il sole diventava nero; uno spirito defunto, in cui rifluiva anche il suo, galleggiava in quel crepuscolo e il sole nero la divideva dalla vita vera con un raggio denso che era una sbarra di confine.

Oltre le mura del Palazzo, suonavano le campane di Parma.

Allora si accorse, sempre per la prima volta, dell'immagine sacra, in un quadro dimenticato in un angolo, che si avvicinò ai suoi occhi come una voce lontana si fa d'improvviso vicina all'orecchio. Si accorse che, in un angolo, esisteva Dio... Si disse, sorpresa lei stessa: sono pronta. Deviò su per uno scalone e, meravigliata soprattutto di non provare terrore, puntò lentamente verso il grande specchio, anch'esso incorniciato d'oro, anch'esso prezioso, che in quegli anni era stato il suo giudice e testimone, il suo doppio.

Ogni mattina, prima di ogni altra cosa, si accostava a lui, e a lungo si fissava, per avere una conferma positiva della finzione che era stata il suo unico scopo. Si fissava, con uno sguardo implacabile anche nel minimo dei suoi tratti, per potersi dire: "Ecco, anche per oggi è tutto perfetto in me, *sono ancora giovane*, ed è l'apparenza che vale".

I suoi errori, le sue arroganze, le sue menzogne, le sue perversioni al femminile, non erano nate affatto – ora lo capiva con una lucidità estrema – da una natura indegna, ma dal terrore di non trovarsi più davanti, come alleato, complice, amante, il vero solo amante, quello specchio che la compiaceva, rassicurandola: "Sei ancora giovane, Luisa...". La sua natura non era indegna. Era semplicemente accaduto che lei l'aveva affondata in se stessa, con la spontaneità delle emozioni e dei sentimenti originari, perché anche gli esseri umani sono come il mare, e obbediscono alle leggi del mare.

E tutto questo per il terrore del terrore che s'immaginava di provare superando, di fronte allo specchio, il *confine* che separa la vita giovane dalla vita che si avvia alla morte. Perciò – lo riconosceva – era stata carogna in una misura avida, persino ridicola nei suoi eccessi. Il terrore è un padre esasperato, non può che generare esasperazioni.

Lo specchio fu a pochi passi da lei. Luisa teneva gli occhi bassi, perciò lo vide distintamente, tracciato a terra a pochi passi dai suoi piedi, lo vide e non solo, ne avvertì la sensazione fisica, bruciante come una scia di fuoco: era il *confine*...

Chiuse gli occhi. E senza provare nulla, compì i passi necessari a scavalcarlo. Ecco, l'aveva alle spalle ormai, e la forza che l'aveva spinta fuori dal suo isolamento, dopo aver abbracciato l'ancora, esplose in lei con la sua pienezza, fino a farla sentire liberata da ogni catena demente, fino a farla sentire felice.

Più che fissarsi nello specchio, lo sfidò.

Si scrutò il volto senza trucchi e finalmente lo amò, lo amò perché lo sentì suo, perché con la sua verità le riportava alla luce, la luce della ragione, la sua vera natura, come l'ancora non più manovrata dall'effimera follia del re dei Fenici. Le procurò addirittura commozione far correre lo sguardo sui capelli bianchi, la pelle pallida, le labbra esangui, le rughe ricomparse, che più non si nascondevano vili, ma si ricomponevano nella loro naturale simmetria.

Si sentiva forte come non era mai stata, persino degna della stima degli altri, compresi i suoi figli. Anche loro, come i suoi infiniti amanti, li aveva assoggettati al suo terrore. Avrebbe riguadagnato il loro affetto; anzi, l'avrebbe guadagnato per la prima volta. E le venne da piangere.

Il senso di pietà che l'aveva accarezzata, soltanto, percorrendo il corridoio e salendo lo scalone, tornò a possederla, e fu pieno. Così come tornava, e fu piena, una grande pace.


Nei giorni precedenti, Luisa Corradi si era proposta di recarsi da Margot, per chiederle di intercedere a suo favore col Bocchi. Si era detta: non sarà un'umiliazione per me, perché si tratterà di un altro dei miei atti di ipocrisia, e il frutto di un'ipocrisia ben calcolata e recitata non può umiliare nessuno. Al contrario: umilia soltanto chi si lascia sedurre dalla finzione. E ci crede.

Ora, anche questi propositi non avevano più senso. Ci sarebbe andata, sì, da Margot, ma con la mente e il cuore ripuliti da ogni crosta. Ci sarebbe andata, persino, col dolore che per la prima volta provava per il dolore altrui, di cui era stata causa. Non si trattava di redenzione. Le redenzioni non esistono. Ora capiva anche questo: che ogni eccesso, nel bene e nel male, non è che il dritto e il rovescio di un contronatura. E il contronatura è patologia. L'umanità consiste nel coesistere con se stessi senza patologie di sorta.

Luisa Corradi era semplicemente guarita da una malattia.

Riconobbe che doveva essergli persino grata, al Bocchi. Era stato lui ad affondare il bisturi per la guarigione. Chissà se ne era consapevole. Forse sì, convenne. Era troppo intelligente; in certi casi, come quello che l'aveva coinvolta, troppo cinico. E il cinismo del terapeuta a volte è indispensabile, per guarire.

Strana figura davvero, questo Bocchi.


Margot aprì la porta della camera da letto. Come quando tornava dai suoi viaggi, trovò Luisa Corradi in piedi, a spalle girate, che fissava il parco.

Le spiegazioni erano superflue. Margot conosceva la ragione che aveva spinto la matrigna. La anticipò:

«Non spendere parole. So perfettamente perché sei qui. E cosa vuoi chiedermi.»

L'altra si voltò. Margot restò sconcertata. Certi cambiamenti di un essere umano, specie di certi esseri umani, si percepiscono prima ancora che la persona si esprima. Luisa Corradi le chiese:

«E tu, cosa vuoi in cambio?»

Margot glielo disse.

«Solo questo?» si stupì Luisa.

«Solo questo.»


E così Giustina entrò, sottobraccio a Margot, a Palazzo Corradi.

Stupefatto, il portiere seguì con lo sguardo le due donne che salivano lo scalone d'ingresso.

Nella camera da letto che era stata di Marco Corradi, l'uomo che Giustina continuava ad amare come la prima volta che le loro vite si erano incrociate, come la notte in cui lui l'aveva messa incinta di Margot, Luisa Corradi e i figli Giorgio e Maurizio stavano in piedi da una parte, con l'aria di non dare fastidio, ma serenamente.

Usando la grazia e l'accortezza di chi regge un bene prezioso, Margot condusse la madre Giustina al letto in cui Marco era morto, senza che Giustina potesse assisterlo, in cui aveva trascorso le sue notti insonni per i tormenti degli inganni subiti, della solitudine. La mano di Giustina si tese come se sulla coperta fosse disteso un corpo vivo, che le sorrideva, che le faceva un cenno per farle capire:

"Finalmente sei venuta. Finalmente hanno lasciato che tu venissi."

Giustina accarezzò dolcemente il cuscino. Vi depose un bacio.

A questo punto, com'era stato concordato con Margot, Luisa Corradi avrebbe dovuto dirle: "Le chiedo scusa. E mi dispiace per lei". Invece pensò che era più giusta una variante:

«Dimmi, ti prego, che ti dispiace per me.»

Giustina si girò. Ma non pronunciò quella frase. Si limitò a scuotere la testa, con un sorriso remoto, come aveva fatto con il Crociere quando era tornato da lei, dimostrandole di non averla tradita. Chiese, invece:

«Apri la finestra, per favore.»

Ci fu un moto dei tre Corradi, che fece capire come tutti avrebbero voluto aprirla, quella finestra. Ma fu Maurizio che precedette gli altri. Giustina si affacciò, respirò i profumi, i colori della primavera ormai esplosa con tutti i fiori, in tutte le piante. Ne valutò la visione con un intenso sguardo da esperta, mentre la camera, con la stessa progressiva intensità, veniva inondata dalla luce che saliva dal giardino.

Commentò semplicemente:

«Hai un bel giardino, Luisa. Chi ne ha avuto tanta cura non può avere un'anima completamente perduta.»

E fu tutto.


Il Bocchi si sedette al tavolino, nella sua stanza da letto, alla luce di una piccola lampada. Annotò una frase di Edgard Allan Poe:

"Non crediate che io stia qui semplicemente per svelare un mistero."

Aggiunse:

"È un mistero che sta per svelare noi."


Al Bocchi accadeva spesso nelle indagini complesse. A una prima fase che, come si è detto, lo vedeva orientarsi tatticamente in più direzioni, seguiva una seconda, che gli faceva saltare i nervi. Spuntavano personaggi imprevedibili, mitomani, psicopatici, che si autoaccusavano: se non di tutto, di qualcosa. Gli psicopatici, ovvio, erano i più insidiosi. La loro fantasia, contorta ma perspicace, poteva simulare verità a tal punto plausibili che bisognava spremersi il cervello per farne crollare i castelli.

Stavolta, era spuntato lo Slavo.

Tale Mirko Javornik si era presentato spontaneamente

al Bocchi stesso, affermando di aver ricevuto mandato di uccidere il Pagani. Mandato che non aveva avuto il coraggio di eseguire. Le cronache giudiziarie di Parma avevano già registrato un episodio del genere. Nel caso Tamara Baroni-Bubi Bormioli. Un cameriere disoccupato, Gianluigi Fappanni, era comparso dal nulla in una caserma dei Carabinieri, un pomeriggio di domenica, deponendo sotto gli occhi di un allibito ufficiale una pistola e dichiarando: «Mi hanno incaricato di ammazzare la moglie del Bormioli, la marchesa Maria Stefania Balduino Serra. Questa è l'arma che mi è stata consegnata. Ma non me la sono sentita».

L'avevano preso sottogamba.

Invece diceva la verità. Il Fappanni aveva tentato il suicidio dopo un'altra confessione pubblica, resa in un'aula della Statale di Milano, durante la quale aveva fornito prove certe sia dell'incarico ricevuto, sia di essere stato assoldato dai servizi segreti del SID. Il Bocchi, dunque, si era imposto pazienza con lo Slavo. A fiuto, quel fiuto che non l'aveva mai tradito, era chiaro che Mirko Javornik con l'esecuzione del crimine non c'entrava per niente, tuttavia sorprendenti risultavano le sue rivelazioni su certi retroscena, fino ad allora ignorati, di coloro che indicava come mandanti.

Tornavano a galla i nomi di Luisa Corradi e, a sorpresa, di Attilio Minotti. Dalle informazioni dello Slavo, un ex insegnante, pregiudicato per traffici illeciti coi paesi dell'Est, la figura del Minotti usciva ben diversa dallo stereotipo accettato da tutti, Bocchi compreso: il grasso, il volgare, l'amorale per civetteria, in simbiosi con i suoi prodotti suini. Niente affatto. La scontata armatura nascondeva un individuo all'opposto: uno dalla mente sottile, che per anni aveva ingannato con una doppia vita anche gli amici più stretti, capace di finezze di perversione, fornito persino di una buona cultura mascherata nel comportamento abituale, aggregato a una setta occulta, o loggia deviata, che si era staccata dalla massoneria ufficiale, perciò depositario di segreti di varia natura.

I dovuti accertamenti avevano garantito che Mirko Javornik affermava il vero.

Il Bocchi, di conseguenza, doveva tornare daccapo su tre punti:

– La posizione di Luisa Corradi, se in effetti aveva registrato la svolta psicologica prevista, risultato senza dubbio apprezzabile dal punto di vista umano, nonché favorevole a Margot, in fase d'inchiesta restava un rebus.

– Il Minotti, con la cosiddetta (dalla *vil razza*) "banda dei cornuti", era la prova di quanto possa spiazzare (anche il più disincantato dei giudici) quella sorta di immunità che nasce dal beffardo luogo comune della gente:

"La dissolutezza della provincia, si sa... Un Papa può anche condannarla, ma a ben vedere... Ragazzate!"

Niente di più falso, nel caso specifico. E le rivelazioni sul Minotti venivano a far luce su interrogativi ai quali il Bocchi non era mai riuscito a dare risposta: quante volte, infatti, si era chiesto in che modo un uomo ritenuto in sostanza innocuo avesse il potere di intimorire, fino a tenerlo in pugno, il Procuratore Capo. Ora, poteva intuirlo. E capiva anche che, con buone ragioni, il Procuratore Capo insinuava, e insisteva in via riservata, che sì, probabilmente, quel Minotti poteva entrarci con l'associazione per delinquere...

– Di conseguenza, un altro particolare, trascurato, lo inquietava. Concludendo la bravata contro gli "amici" che l'avevano tradito, Giulio Pagani aveva lanciato un'esplicita minaccia: "Le vostre porcherie non sono stato capace di farle, ma le conosco come le mie tasche. Dirò tutto, togliendovi dall'imbarazzo di penose confessioni".

Le parole di uno sbruffone, buttate lì ad effetto, ecco come erano state prese. E se invece?... Se la minaccia, la ventilata rappresaglia avevano basi concrete? In questo caso, le *porcherie* andavano rivalutate: per chi davvero le conosce e proclama di servirsene come di armi, esse non consistono nel "verba volant". Vengono ben impresse su carta o su nastro: in dossier, in registrazioni. Vengono, soprattutto, conservate gelosamente...

Dove le aveva nascoste il Giulio Pagani?

Il Bocchi s'impose, per ora, di non pensarci. Doveva lasciar campo alle riflessioni, per far chiarezza in se stesso, così da evitare altri errori di valutazione. "Un mare di ambiguità!" esclamò. "Segreti a scatole cinesi." Niente era tutto bianco e tutto nero. Niente e nessuno. Tutto reversibile. Non gli era mai capitato un imbroglio del genere, dove tutti potevano essere innocenti e colpevoli. *L'innocenza ambigua*, che è fra le colpe peggiori.

Il Caso Pagani poteva fregiarsi di questo titolo che calzava alla perfezione coi tempi che stava vivendo non solo Parma, non solo quel dannato paese che è l'Italia... D'altra parte, non era stato proprio il Bocchi a formulare la teoria che stava alla base della sua vita e della sua missione? Non era stato proprio lui a scrivere e a recitare nelle sue conferenze: "La civiltà occidentale è un corpo disfatto e moribondo, che si inventa false apparenze e ipocrisie per tirare gli ultimi respiri... Sta morendo di cancro. E il cancro è il Tutto e il Contrario di tutto che presto salirà al potere"?

Il Bocchi diede ordine che Mirko Javornik fosse tratto in arresto perché risultava implicato in un caso di corruzione di minori. Lo fece col dispetto per quell'uomo che gli aveva buttato all'aria parecchie carte, e senza indagare oltre sui motivi che l'avevano spinto a sbucare dal nulla.

Quindi convocò il Commissario Balbo. Gli disse di tenersi pronto per l'indomani mattina. Il Commissario chiese chiarimenti.

«Una perquisizione. Delicata. Per ora, non posso dirle di più. Ho una notte davanti, capisce?»

Il Commissario si attenne, in silenzio.

«Una notte conta, sa? Stanotte farò chiarezza nella mìa mente con le opportune riflessioni, in me stesso con certi, opportuni ricordi. Lei usa servirsi dei ricordi, Commissario?»

«Cerco di evitare. Sono spiacevoli.»

«Non sempre, caro amico. A volte, certi ricordi fanno quadrare il cerchio. E possono rivelarsi utilissimi nel nostro mestiere.»


Si preparò la cena da solo. Lo faceva spesso.

Mangiò in cucina, ripetendosi: "Domani. Con quella perquisizione...". Poi arrivarono le ore che più amava. Le ore verso la notte. Quando poteva concentrarsi nel suo isolamento affettivo.

Il Bocchi abitava in un piccolo attico che dava sul Lungoparma, nel punto in cui il torrente specchiava le albe e i tramonti. Un attichetto sospeso all'incrocio fra la parte più ricca e antica della città, col Duomo, il Battistero, e l'Oltretorrente popolare. Affacciandosi alla terrazza, poteva respirare, sulla sinistra, quell'aria della passione che, nei secoli, aveva provocato regicidi, fermenti rivoluzionari; sulla destra, l'aria che, incarnandosi nella gente con lo spirito del Correggio e del Parmigianino, era stata definita "molle, ridente, amara", e aveva fatto delirare Stendhal.

Era stata sua madre, di nome Delfina, a inoltrarlo le prime volte nella terrazza per insegnargli i significati del colore cangiante, sull'intonaco dei palazzi, che rappresentava l'anima parmigiana: giallo per lo più, e anche verdino, rosa grigio. Una madre che dicevano pazza, mentre era umanissima. Era morta da vent'anni, proprio quando lui si avviava alla carriera di magistrato, e da allora, ad attrarlo in terrazza, erano stati i passeri e i rondoni per i quali Delfina sbriciolava il pane, con la cantilena:

"Segreti... Segreti..."

Perché segreti sbriciolava Parma, con la sua stessa arguta pazienza.

Quando si facevano le ore piccole, sgombrata la cucina dai resti della cena, il Bocchi metteva le musiche preferite, specie i Corali di Bach, la cui soffice linea di fraseggio, unita alla trasparenza della polifonia, lo portava a convenire: questo è il sentimento che provo per me. Poi si sedeva al tavolino dello studio, accendeva la lampada e prendeva appunti, non più di lavoro, ma personali. Alternava gli appunti a letture e riletture.

Quella notte, la figura della madre, che sempre lo assaliva con un'intensità struggente, gli tornò sollecitata più dalla ragione che dalle emozioni. L'interrogatorio di Mirko Javornik, e i conflitti che gli aveva provocato, lo spinsero a ricordare due episodi talmente profetici da chiarirgli le idee senza più incertezze.

Un giorno, mentre ascoltavano insieme i Corali di Bach, Delfina, nell'augurargli un luminoso avvenire di giudice, lo aveva avvertito:

«Dovrai tenere presente che il crimine è anche rappresentazione, teatro. Su quella scena, chi può distinguere, con assoluta certezza, se è giudice o giudicato? È il dilemma, fin dalla caduta degli angeli ribelli... Il delitto fonde le altezze di chi lo indaga con gli abissi di chi lo commette.»

"Tua madre è una povera pazza" gli avevano ripetuto quando ancora era ragazzo. E ascoltando quelle parole, il cui senso non aveva capito, un dubbio, per la prima volta, gli aveva attraversato la mente. Un dubbio di cui, in seguito, aveva provato un lungo rimorso. Perché lui, in assoluto, era in grado di affermarlo: la mente di Delfina, a dispetto di chi non capisce, era una mente superiore. Tuttavia le aveva chiesto:

«Perché mi dici questo?»

«Perché il mestiere di punire può diventare terribile di

fronte all'ambiguità dei colpevoli. E verrà un giorno che questa ambiguità rischierà di travolgerti...»

In un'altra occasione, Delfina, già malata, costretta a letto, aveva sollevato stancamente una mano, indicandogli un piccolo libro posato sul comodino. Un'edizione antica, in carta povera. L'autore era Torquato Accetto, strambo spirito vissuto a cavallo fra il Cinque e il Seicento. Il titolo: *Della dissimulazione onesta*. Gli aveva spiegato che l'Accetto, ingiustamente ignorato, avrebbe potuto passare per un illuminato pensatore del nostro tempo, e presto, come tale, sarebbe stato riconosciuto (in effetti, negli ultimi anni, la sua opera era stata rivalutata in Europa, un'edizione recente l'aveva riproposta in una collana editoriale prestigiosa).

Le loro mani si erano intrecciate intorno al volumetto, e Delfina:

«Qui sta la profezia del dramma che tutti stiamo per vivere, che ci annienterà... Ascolta.» Aveva letto una frase sottolineata a tratti di penna: "La dissimulazion è una industria di non far vedere le cose come sono. Si simula quello che non è, si dissimula quello ch'è".

Molti altri passi erano stati sottolineati:

«Ti consegno questo libro affinché tu lo tenga caro e lo consulti spesso. È stato il mio specchio e la mia consolazione quando tutti mi accusavano di essere pazza... Proprio loro, i simulatori! Essi, sì, possono farti impazzire!... Ma, almeno, la follia non è mai simulazione... Di me dovrai ricordare, soprattutto, che ti ho capito. Nelle tue luci e nelle tue ombre, di cui sono stata la creatrice. Amare significa capire. E capire significa non già elogiare o perdonare, a seconda dei casi, ma immedesimarsi, con la nostra gioia o il nostro dolore, in chi si ama a tal punto da far nostre le sue ragioni, anche quando esse possono abbattere e travolgere gli argini della norma...»

Quindi, con un filo di voce:

«Continuerò a capirti anche dopo la mia morte, là dove sarò, se quel luogo dissimulato da Dio esiste, e se anche Dio esiste, e non è una Dissimulazione onesta... Pure lui...»

Il Bocchi sfogliò le pagine dell'Accetto, geniale profeta del male maledizione che avrebbe avvelenato le soglie del Duemila. Si rendeva conto che il giorno, di cui anche Delfina era stata profeta, era arrivato nella sua vita. Rilesse: "La dissimulazion è una industria di non far vedere le cose come sono. Si simula quello che non è, si dissimula quello ch'è".

Una frase che rifletteva, con inesorabile esattezza, tutti i personaggi del caso Pagani. Nonché la sua morale.

E dal commento del curatore (il Nigro) lesse:

"... Secolo di teatrali bugiardi è il Seicento, al finger sempre pronto e nell'ingannare accorto... E di teatrali falsari: con Jago, falsario dell'amicizia nell'*Othello* di Shakespeare; con il Don Giovanni di Tirso de Molina e di Molière, falsario dell'amore; e con il Tartufo, ancora di Molière, falsario della devozione. 'Mentire senza vergogna' è coazione a ripetere... 'Io non sono quel che sono' proclama Jago che, gran fabbro di calunnie... a dismisura fa montare un fazzoletto rubato in 'vela' di passione e un lenzuolo nuziale in sudario...

"Le maschere rendono invisibili: impenetrabili, elusivi e sfuggenti... Ipocriti. Impostori e traditori, talvolta. E falsari, comunque: coscienze instabili; lacerate, se oneste; altrimenti tenebrose, vischiose e gaglioffe: biecamente impaludate e avvolpinate, tra furberie e attentati."

Il Bocchi si disse: "Questo è davvero il mio Vangelo". E ancora: "Noi non siamo affatto alle soglie del Duemila, ciechi che non siete altro. È il nostro secolo il vero, teatrale Seicento!".

Col libretto infilato in tasca, la mattina successiva, il Bocchi spiegò al Commissario Balbo che se le registrazioni o i dossier di Giulio Pagani esistevano, non ci voleva un genio per capire dove fossero finiti:

«A Villa delle Gaggìe.»

«Concordo con lei.»

«Non possono che trovarsi là.»

Il Commissario stava per avviarsi, quando il Bocchi si ricordò che Torquato Accetto si era definito: "Commediante tragico del proprio moraleggiare". Attribuendo a se stesso la definizione, aveva aggiunto, a quel "tragico", due aggettivi: "ironico, fantasioso". "Commediante ironico, fantasioso e tragico del proprio moraleggiare." Il vero attore sa, infatti, che più la situazione è tragica più deve scaricarsi coi fulmini dell'ironia, altrimenti si rischia l'eccesso in negativo, l'eccesso svuota il dramma con l'enfasi, si è fantocci in balìa degli oscuri eventi che non vengono dominati.

La perquisizione a Villa delle Gaggìe, in quella mattinata schietta, era per il Bocchi, se non proprio una tragedia, una fonte di angoscioso rammarico. Perciò, tanto per cominciare, si concesse lo svolazzo di uno sfottò, ordinando al Commissario:

«Uno stuolo di agenti.»

Il Commissario fece notare:

«Mi scusi, dottore, ma non bastiamo io, lei e un paio di uomini? Quello non è un fortino di delinquenti. O almeno, credo.»

«Lo credo anch'io.»

«E allora?»

«Allora le ripeto: uno stuolo di agenti!»

Il Commissario era rimasto a bocca aperta, senza capire. Gli capitava spesso, col Bocchi, di restare a bocca aperta, senza capire.

Ma con che sottile diletto il Bocchi, arrivato sul luogo,

aveva scaricato il proprio rammarico disponendo tutt'intorno alla villa una messinscena dell'ironia, una presa in giro dell'ottusità con cui i tutori della legge applicano i soliti procedimenti polizieschi.

Le piante e le fioriture di Giustina erano al massimo del loro splendore. Il Bocchi ordinò agli agenti di piantonare in coppia le orchidacee luminose, la tenera *Fatsia japonica*, il vigoroso rododendro Britannia, le rose dette di Madame Hardy, le rose Thelma, e via via, persino i cespi del fiore *Dori-ka*. Esclamando:

«I parassiti che si annidano malvagi sono potenziali assassini!»

Il Commissario non aveva osato supporre: "Questo è pazzo!". Al contrario, aveva convenuto: "Che mente superiore! Questo, evidentemente, sa il fatto suo. E certo deve avere uno scopo che noi comuni mortali non possiamo comprendere".

In effetti, l'unico scopo era in grado di comprenderlo solo lui, il Bocchi, che era mortale, certo, ma non comune... La messinscena riuscì paradossale e gaia. Ineffabile visione: gli agenti che si ritrovavano, nel venticello, coi berretti impennacchiati dai petali multicolori. Un messaggio che il magistrato mentalmente lanciava a tutti i personaggi avviluppati nell'intricato imbroglio del delitto Pagani. Come a dirgli: complicate pure la faccenda quanto volete, ma sappiate che io vi sto prendendo per i fondelli... Una rosa, o il *Dori-ka*, che paiono così semplici, hanno una complessità che vale mille volte gli arbusti delle vostre miserabili macchinazioni.

Che gusto prendermi gioco di voi!

Giustina fece sbucare la testa dall'intrico delle sue piante. Incuriosita e, nel suo candore, anche rallegrata che tanti ragazzi in divisa si dessero al divertimento di respirare ora questo, ora quello tra i profumi delle sue fioriture.

E il Bocchi, prima di entrare nella villa, la salutò altrettanto allegramente con un gesto:

«Buongiorno, Giustina. Come andiamo, eh?»

* * *

Fabrizio arriva a Villa delle Gaggìe. Parcheggia fra le auto della Polizia. Si precipita dentro. Gente che si muove con una rapidità che ha qualcosa di irreale. Ombre nei corridoi. A terra, in cassette di metallo, i frutti della perquisizione. Risate. Disposizioni.

Dalla porta del salone, l'intermittente chiarore del grande teleschermo, *la voce* di Giulio... Frammenti della sua confessione registrata: nomi, circostanze, citazioni di documenti... Nastro mandato con diversa velocità di manovra. Fabrizio si insinua, stordito. Al centro, in piedi nel semibuio e di spalle, il Bocchi. Un agente al videoregistratore. Il Bocchi conferma al Commissario Balbo:

«Eccolo, il nastro. Sapevo che l'avremmo trovato qui. Sequestratelo.»

Figure portano altre videocassette: scivolano, inserite. Verifica: *veloce*, *blocco*, *normale*. I passi di Fabrizio, silenziosi. Ma il Bocchi li avverte. Non si gira. Sa, tuttavia, che Fabrizio è entrato. Segue un tempo di occhi fissi, inchiodati. Occhi a tratti appannati. Il sudore della tensione. E un velo di liquido diverso, col martellare del cuore. Il Commissario domina il disagio:

«Anche questi, dottore?»

Il Bocchi ordina:

«Fuori!»

Gli estranei, ammutoliti, costretti ad uscire. Devono restare solo loro tre: il Bocchi, Fabrizio, il Commissario che si sostituisce, al videoregistratore, con più decisione.

Immagini spinte. Sesso registrato (rubato?). A tutto schermo, Margot che scuote la massa dei capelli, calcia le scarpe sulla moquette, via ciò che indossa. Le mani di Giulio le afferrano la gola, la guidano. Margot che bacia Giulio nei capezzoli, nel ventre. Cade in ginocchio. Margot e il sesso di Giulio... Nastro *veloce*, per l'imbarazzo di chi lo manovra. Montaggio con spazi bianchi, bagliori di luce bianca. Qui, niente figure. Solo voci. Di nuovo le figure, le immagini oscene.

Dall'atteggiamento di Margot, si ha l'impressione che la videocamera operi nascosta, a sua insaputa... Fabrizio, con i muscoli tesi, sposta lo sguardo sulla nuca del Bocchi, che abbassa la testa, si riprende con uno scatto all'indietro. Fabrizio cerca di afferrare ciò che l'altro sta provando dal respiro profondo con cui commenta certi passaggi. Indignazione? Dolore? Difficile sopportazione professionale?... Un dolore, tutto suo... *Lento*: l'improvviso ticchettio di un paio di tacchi che si avvicinano. Le immagini svaniscono in un tratto neutro. Ma è la voce di una ragazza che entra in campo. Le sue frasi, spudorate. Appare per un attimo. Tipo snello, seno abbondante. Dai suoi lineamenti, dalla bocca troppo carnosa, una sensualità perversa, ma ostentata, recitata. Il Bocchi continua a dare disposizioni:

«Blocca!»

Scruta la figura, il tatuaggio sulla spalla destra. Ha identificato la ragazza?

«Veloce.»

... fino al grido, acuto. Il grido di Margot? Giulio, sul lato destro, ostenta la sua erezione. È distaccato, ride, padrone della scena, ne è il regista. Eccolo, nel pieno di sé, da *falsario*, non solo dell'amore, del sesso. Il debole, eroe dell'ambiguità (che possibilità di citazioni perfette, dalla *Dissimulazione*)... Istinto di farlo a pezzi, in quelle immagini... Non sono pensieri, nel cervello del Bocchi, ma pulsioni, a strappi, figurate, neutre, come nei nastri. Una grande pietà per Margot, che non sa di essere registrata dalla videocamera; di essere inserita, probabilmente, in un montaggio a posteriori di sequenze disgustose.

C'è molto – del Caso Pagani, del suo senso, della sua insensatezza – in quelle immagini estorte all'incoscienza di Margot.

Mentre un'altra videocassetta viene sostituita, il Bocchi, senza girarsi, si rivolge a Fabrizio:

«Benvenuto al cinema a luci rosse...»

A Fabrizio, le parole che gli escono sembrano di un altro:

«Margot potrebbe tornare a momenti.»

«Sarebbe perfetto. Ma sappiamo, purtroppo, che non tornerà fino a stasera.»

Il nuovo nastro. *Veloce. Normale.* Musica a tutto volume. Musica sostituita da parole impastate. Fantasmi che entrano, escono. Una, carina, capelli neri, a caschetto, che si ripropone... Il Bocchi:

«Qui... Vai adagio.»

La penombra, Fabrizio percepisce la penombra. Con la sensazione che la penombra percepisca, a sua volta, il tumulto della sua ansia che lentamente decresce, lasciando emergere un'eccitazione che gli annebbia la mente. Anche la vergogna, una vergogna per se stesso, scompare, per favorire la sua sfrontatezza nel guardare. Egli torna il Fabrizio che arrivava in macchina, la notte, scendeva, guardava... La sopportazione del desiderio. Poi, con i sensi deliranti, egoisti, fissava attraverso le tapparelle semiabbassate della finestra, l'ultima a sinistra, la finestra accesa della villetta, con la luce della lampadina rosa... Oppure penetrava silenzioso all'interno. Ascoltava dietro la porta della camera di Giulio. E non provava più vergogna.

Non ha vergogna un cane preso a calci che s'accuccia, la colpa è di chi lo prende a calci, lo costringe ad accucciarsi, per farsi testimone dell'indecenza altrui, la sua eccitazione è un guaito che anche volendo non potrebbe smettere, un guaito che ha dentro di sé persino un dolore...

Simile a quello, ora, del Bocchi... Simile al lamento di Margot, dallo schermo, prima dell'orgasmo: ma è lei, nei fotogrammi neutri, o è un'altra?

Il Bocchi lo scuote, gli sta dicendo:

«Guardali, Fabrizio: la tua Margot, il tuo Giulio... Il tuo amico del cuore aveva questo vizietto, di filmare le sue imprese... Solo con Margot? Solo con lei, o insieme ad altri? Perché questi montaggi sono un artificio ricattatorio... Tu dovresti saperlo, no?»

Il Bocchi, per Fabrizio, non è che un estraneo che lo deconcentra. Il Bocchi che aggiunge:

«Perciò qualcuno, coinvolto, può aver temuto il ricatto, no?»

... Un'altra cassetta. *Veloce*. Finché... La voce di un uomo che non è Giulio. Da fuori campo. Mentre l'espressione di Margot... È chiaramente inserita in un montaggio, a stacco sleale, vile, questa Margot distesa, che aspetta sul letto, con un'espressione di disgusto dissimulato, e poi quasi disperata, quel velo liquido imprecisabile, anche nei suoi occhi... La voce dell'uomo:

"Cristo, come sei bella!"

Il braccio dell'uomo, che si mantiene fuori dall'inquadratura, attraversa il campo visivo, allungandosi per sfiorare... A montaggio: il sesso di Margot, un lampo, intoccato... Giulio che riappare e invita l'altro ad avvicinarsi. Di nuovo la voce dell'altro:

"Sei pazzo, Giulio."

Si è accorto della videocamera? Ne ha avuto il dubbio? O cos'altro, da parte di Giulio, l'ha messo in sospetto? "Non vuole risultare. In nessun modo. Non può"... Una risata di Giulio. E l'"uomo che non risulta":

"Mi fido, Giulio."

"Con me, ti devi fidare."

Il Bocchi:

«Torna *sulla voce* di quell'uomo.»

Mentre dice a se stesso: la vigliaccheria dei vermi che strisciano e hanno terrore di apparire. Vili del genere sono peggio di un assassino!

"Cristo, come sei bella!... Sei pazzo, Giulio... Mi fido, Giulio."

Una *voce* che il Bocchi riconosce. Più l'ascolta, ripetuta, più ne è sicuro. Sa a chi appartiene. La sorpresa più sconcertante, fra tante squallide visioni. Gli sguardi del Bocchi e del Commissario si incrociano. Anche al Commissario la voce è suonata familiare. Il Bocchi non gli conferma l'identificazione. Stavolta, è lui che "non può, non deve". Improvvisa, a caso, una giustificazione menzognera:

«Le voci dei maiali si assomigliano tutte. È la circostanza che rende simili i toni di voce... Mi capisce? Quindi, ci si trova facilmente ad equivocare. Una semplice voce registrata non è probante in giudizio.» Alludendo, con intenzione: «Siamo intesi?».

Il Commissario, agli ordini, obbedisce anche a quell'ordine di lasciarsi convincere. Ma, nel suo sguardo, il Bocchi legge la stessa allibita desolazione che deve trapelare dai propri occhi. Chiede che la cassetta gli venga consegnata. La infila nella sua cartella di giudice. Quindi:

«Blocchi. Ma lasci acceso.»

La registrazione resta bloccata sulla visione di Margot in ginocchio di fronte all'idolo eretto di Giulio. Il Bocchi esce trascinandosi Fabrizio. Gli stringe il gomito nel punto in cui il sudore ha impregnato la stoffa leggera della giacca:

«Vieni.»


Camminavano nel parco. Giustina li scrutò e, a vederli da lontano, sembravano due amici che si confidassero, mentre i giovani agenti salivano con allegria sulle auto, si allontanavano lanciandosi risate, e sembrava anche che un venticello brioso scendesse, inseguendoli, dalla grande macchia delle piante che li avevano inebriati.

La bellezza del parco, sfumata nelle foglie, rendeva più pulito, se non limpido, qualcosa di profondo sia nel Bocchi che in Fabrizio. E il Bocchi chiese:

«Non hai niente da dirmi?»

«Mi ha già interrogato» Fabrizio scosse la testa «e interrogandomi, ha detto tutto lei...»

«Già» ammise il Bocchi, accettando il rimprovero. «Tu lo sapevi, vero, di quelle cassette?»

«Lo sapevo.»

«Cosa sapevi?»

«Che da qualche parte dovevano essere.»

«Soltanto?»

Fabrizio afferrò, rispose a sua volta con una domanda:

«Mi sta chiedendo se Giulio le ha usate? Se, con quelle, ha davvero ricattato qualcuno?»

«Sì.»

«Mi permette?»

«Certo.»

Si comportava almeno in apparenza come un amico, il Bocchi. Molto diverso dal giorno in cui aveva interrogato Fabrizio per provocarlo, estorcergli quella rivelazione su Luisa Corradi, solo per questo, ma il ragazzo non poteva saperlo:

«Allora?»

«Lei sta indagando sull'assassinio di Giulio, e con un'abilità che le riconosco. Ma del Giulio...» ironicamente «di quello che continua a rinfacciarmi "il mio amico del cuore", e lo era, si è fatto un'idea sbagliata... Mi correggo: un'idea in parte giusta, in parte sbagliata. Perciò, mi scusi, la verità non potrà mai raggiungerla.»

Il Bocchi mascherò una reazione. Capì che il ragazzo stava dicendo la verità:

«In cosa avrei sbagliato, sentiamo...»

«Torniamo alle cassette. Sono un punto importante, fondamentale, sa?»

«Ti ascolto.»

«Giulio, in effetti, fece quei montaggi. E quei montaggi erano destinati a ricattare...»

«In che modo?»

«Non lo so. Sinceramente. Giulio mi diceva tante cose. Ma altre non me le ha mai dette... Mi confidò soltanto che qualcuno l'aveva messo in mezzo. Per rovinare Margot, e non solo lei...»

«Rovinare, in che senso?»

«Questioni d'affari, presumo. Le solite canagliate fra concorrenti, gente che si scanna, con ogni mezzo... Erano i primi tempi che frequentava, sì, insomma, se la faceva con Margot... Che se la faceva con lei come con tante altre. Lo sa benissimo.»

«Continua.»

«Ma poi si legò a Margot, cominciò ad amarla, alla maniera sua... Ad amarla, comunque.»

«Quale maniera?»

«Non è facile da spiegare. Per esempio, accadde qualcosa...»

«Cosa accadde?»

Per un istante, era tornato imperioso, il Bocchi. Era tornato giudice. Subito, cancellò quel tono:

«Scusami. Vai avanti.»

«Accadde, ecco, che Margot rimase incinta. E Giulio, dopo essersi torturato, la costrinse, o la convinse, ad abortire.»

«Già. Un *falsario*, in genere, non diventa padre di nulla. Smentirebbe se stesso.»

«Diciamo un debole. Non è così che lei lo ha sempre definito? E giustamente.»

«Giustamente.»

«Margot ne soffrì moltissimo. Diventare madre, per lei... Sarebbe stata la sua salvezza. Credo che i suoi sogni si trasformarono in nuovi incubi di autodisprezzo, o in sogni della pietà. Della pena... Pena per Giulio e, attraverso di lui, per se stessa.»

Bocchi fu colpito dall'acutezza di Fabrizio. Non l'aveva supposta. Un altro errore che la sua perspicacia era costretta a registrare:

«E perché Margot rimase con Giulio? Secondo logica, avrebbe dovuto ribellarsi, liberarsene... Avrebbe dovuto detestarlo a morte, Giulio!»

Fabrizio lo scrutò negli occhi, con un mezzo sorriso:

«Certi sentimenti non hanno logica. Proprio lei dovrebbe capirlo... Ma forse è la sua estrema lucidità che...»

«Vai avanti.»

«Margot non se ne liberò perché capì che Giulio, in quella circostanza, soffrì quanto lei... Solo, in un modo diverso. Soffrì da cane, sì, ma come può soffrire un debole... E soprattutto da questa sofferenza, da questa disistima che provò per se stesso, nacque, per Margot, quello strano ma intenso sentimento di cui le ho parlato. Si trovarono, entrambi, a lasciarsi andare, due complici della stessa tragedia: Margot, che la debolezza la capiva, fino a dominarla, a disporne da padrona, Giulio che ne era vittima... Dovrebbe esserle chiaro, almeno questo.»

Il Bocchi continuava ad accusare colpi:

«Sì. Questo mi è chiaro.»

«E allora dovrebbe esserle chiaro che, per un rimorso e un autodisprezzo che si erano trasformati in amore paradossale, mai e poi mai Giulio si sarebbe servito di quelle cassette, mai e poi mai avrebbe ceduto al ricatto miserabile di ricattatori...»

Al Bocchi uscì un grido:

«Chi?!»

«Le ho detto che non lo so... So soltanto che la pagò.»

«In che senso?»

«Mandò al diavolo chi cercava di manovrarlo, di indurlo ad atti abbietti in cambio di favori, di grandi favori, mi creda... E quei favori, ovvio, gli furono negati. Fino a distruggerlo.»

Erano arrivati ai cespi del *Dori-ka*. Il Bocchi ne annusò i globi bianco-oro. Disse:

«È il fiore chiamato *Ruota della verità*. Lo sapevi?»

Sì, Fabrizio lo sapeva. Glielo aveva insegnato Giustina. Proprio lei, che gli aveva insegnato anche fino a che punto si può sbagliare sull'istinto d'amore che prova un volatile, un Crociere. E il ragazzo ne approfittò per raccontarlo al Bocchi... Forse era il profumo intenso di quel fiore, si disse il giudice, o forse... Forse, per la prima volta, era il profumo di una verità che gli penetrava nel cervello e, stordendolo, gli chiariva certe ostinate zone d'ombra... E questo fiato di luce gli veniva da quel ragazzo in piedi davanti a lui, a cui non avrebbe dato due soldi, che aveva scambiato per un immaturo guardone, quel ragazzo che nell'aspetto assomigliava a Giulio, quasi una controfigura di Giulio, che lui poco prima aveva turbato costringendolo a essere testimone di visioni morbose...

Sbatté gli occhi, il Bocchi. Per liberarsi da un incubo improvviso.

Era come se Giulio, ritornato vivo, gli fosse apparso davanti, e stesse lì, a fissarlo, col suo mezzo sorriso un po' triste, col potere di spiegare la realtà che è sempre complessa ma, in certi casi, lo è fino all'assurdo. Un potere che è soltanto di chi, questa realtà, ha subìto e sofferto, fino a rimetterci la vita... Perché altrimenti è impossibile dare un senso a situazioni in cui gli esseri umani perdono, appunto, il senso delle cose, della norma.

Il Bocchi intuì che Fabrizio non aveva ancora finito. Intuì ciò che gli restava da aggiungere. Chiuse gli occhi e mormorò:

«Avanti. Dimmela...»

«Cosa vuole sapere, ancora?»

«Quella che ritieni la tua conclusione.»

E Fabrizio disse:

«Io credo che l'assassino, chiunque sia, e qualunque sia la ragione che lo ha spinto ad agire, abbia commesso un errore... Un errore fatale, che sarà la sua condanna... Giulio non avrebbe mai fatto del male a nessuno, non si sarebbe mai rivelato un pericolo per nessuno, e nemmeno era degno di rancore mortale da parte dei meschini: aveva reso cornuti individui che da sempre sapevano di esserlo... "Era un debole vero, perfetto nella sua sciagurata natura", e uno così "non è niente perché è tutto e il contrario di tutto, è vile e insieme spavaldo, si crede un padreterno e insieme si porta frustrazioni terribili"...»

«Basta!» lo interruppe il Bocchi. «Queste sono parole mie, tu ti stai servendo di parole mie... È con queste esatte parole che, fin dalla prima volta, ho definito quel Giulio Pagani a Margot!»

«Lo so. Perché Margot, proprio lei, me le ha riferite. E con le sue parole, se permette, insisto: "Uno così pretende l'onestà e si fa complice dei disonesti, vorrebbe essere primattore e insieme si compiace, fino all'autodistruzione, del suo sapersi un relitto"...»

«Basta...»

Ma il Bocchi lo disse mormorando, ora, col respiro che gli sembrava venir meno, come se tutto in lui si contraesse, una contrazione che impediva persino che il profumo del *Dori-ka* gli penetrasse nei polmoni.

Fabrizio mosse la mano. Ed era lui adesso a stringergli il gomito, ad accorgersi che, in quel punto, il sudore aveva inzuppato la stoffa leggera della giacca:

«Giulio, un nulla... Che io e Margot abbiamo amato, anche noi a modo nostro... Persino quei documenti registrati, diciamo compromettenti, ma che in realtà non contengono che scontate corruzioni altrui, persino quelli sarebbero rimasti dov'erano, dentro quel videoregistratore...»

E il Bocchi, inseguendo un pensiero lontano:

«Un assassino stupido, dunque...»

«No, al contrario. Un assassino troppo intelligente. Col destino dei troppo intelligenti. Quando agiscono con la coscienza di esserlo, possono cadere in balìa dei loro complessi peggiori.»

«Spiegati.»

«Un assassino che si è creato degli alibi per uccidere... Forse è questo... E così, pur senza esserlo, si è ridotto a un maniaco.»

Fabrizio si staccò dal Bocchi. Si allontanò con le mani intrecciate dietro la schiena, fissando l'erba che calpestava. Quando il Bocchi raggiunse l'automobile, il Commissario Balbo, che lo stava aspettando con la portiera aperta, esclamò:

«Ma cos'ha, dottore, non si sente bene?»

«Niente. Una vertigine. Ora passa... È passata.»

Il Commissario dovette sostenerlo, mentre si sistemava nel sedile. E pensare che, quel giorno, tutto era cominciato con la piccola beffa di una messinscena paradossale e gaia...

«Lei lavora troppo, dottore. Lei se la prende troppo a cuore.»

«È vero» mormorò il Bocchi «è vero. Ma solo quando se la prende a cuore, e prova, riprova, cerca, uno come me, un giudice, può sbattere contro la verità, là dove meno se l'aspetta.»

"Un altro enigma che capisce solo lui" si disse il Commissario. Aveva ragione. Quell'enigma – per ora – non era tale solo per il Bocchi, ma presto, molto presto, sarebbe stato chiaro a tutti.

Per usare un'espressione di Fabrizio: terribilmente chiaro.

\* \* \*

Il dilemma tenne il Bocchi inquieto soltanto per una notte.

Si chiese: affrontarlo subito l'"'Uomo di cui aveva riconosciuto la voce" mentre il nastro scorreva, il verme che aveva avuto terrore di apparire e, mantenendosi fuori dall'inquadratura, aveva teso la mano per sfiorare, nel montaggio falsificato, il sesso di Margot? Oppure pazientare, per tenerlo sulle spine?

Una sorpresa sconcertante, certo, che non si sarebbe mai aspettato. Ma anche una grana imprevista. E grossa. Come giocarsela, dunque, la carta che poteva mettere a rischio, oltre che la sua persona, la sua stessa carriera? Si convinse: doveva agire di sorpresa. Un colpo a sorpresa, compiuto da maestro beffardo. Se gli fosse riuscito, si sarebbe presa un'altra impagabile soddisfazione. Ma non subito. Il Bocchi avrebbe fatto passare qualche giorno; anzi, per qualche giorno si sarebbe defilato.

Per consentire a Margot di riflettere su se stessa. Era molto importante che, prima della stretta finale, Margot fosse lasciata libera di tirare le fila di quella che, fino ad allora, era stata la sua vita.

# VI

... Margot e la notte...

Margot azzerò il videoregistratore. Nel grande teleschermo, restò un quadrato neutro, come di nebbia. Quella nebbia trascinò in una lontananza di nulla la visione di lei in ginocchio di fronte all'idolo eretto di Giulio. I piccoli abissi del tempo, pensò, dov'è difficile far precipitare, insieme alle cose che si dissolvono, la loro memoria.

Fabrizio era salito nella camera che era stata di Giulio. Lei non aveva mai provato tanta solitudine.

Si affacciò alla finestra aperta. La notte era bella. Arrivavano i rumori sommessi della città, distesa nel suo profilo oltre il parco, che dormiva, per quanto agitata, come lei non riusciva a dormire. Si sentiva naufraga in un oceano che aveva, in quei rumori, la sua risacca remota: un'estranea – persino a se stessa – che da tempo, troppo tempo, non veniva più accarezzata dalla vita. Mai aveva provato, altrettanto forte, il bisogno che qualcuno, non importa chi, fosse lì a farle compagnia, a condurla – per un sortilegio di emozioni comuni – lungo quelli che chiamano i sentieri dell'anima: "e chissà cosa sono" si disse "chissà se esistono".

Ma anche la sua fisicità era orfana; anch'essa una barca di naufraghi, sfasciata su una spiaggia ignorata dal mondo. Mentre gli occhi, la bocca, le mani, tutto di sé, venivano spinti, da una forza misteriosa, al desiderio di un contatto.

Pensò al mistero. Pensò che quell'idea vaga di mistero, e la necessità che ne provava, coincidevano col profilo della città addormentata. Avrebbe voluto gridarlo, come i prigionieri vittime di una guerra assurda, buttati contro i brandelli delle case devastate dalle esplosioni, col proprio sangue, col sudore, con le lacrime. Avrebbe voluto confidare alla notte che lei cercava con tutte le forze di non perdersi in quel deserto in cui forse già si era persa: un deserto di uomini e donne che, dopo l'assassinio di Giulio, stava tenendo in pugno, costringendoli a specchiarsi nelle loro coscienze. Per un alibi, forse. L'alibi di ripagarsi, via via, di ingiustizie patite... Stava ripagando se stessa, e la memoria di suo padre Marco, come si era proposta all'inizio della storia... Come aveva cercato di fare quando Giulio era vivo, e servendosi di Giulio vivo, allo stesso modo in cui, ora, si serviva di Giulio morto.

Aveva un senso? Certo, lo aveva. Ma c'erano momenti, notti come quella, in cui il senso del ripagarsi (la parola "vendetta" le ripugnava) finiva per smarrirlo, riconoscerlo inutile. Allora si chiedeva: che sto facendo, se nessuno di quegli uomini e di quelle donne che vado prendendo di mira, conoscendone i segreti, nessuno di loro, è in grado di conoscere a sua volta qualcosa, anche una minima parte, di ciò che veramente sono, della mia coscienza, di ciò che ho capito della vita?

Scosse la testa, ironizzò sulle sue riflessioni. Quegli uomini, quelle donne, equivocando, la vedevano soltanto come un idolo eretto di fronte a loro, minaccioso e temibile in quanto complice, vero o presunto, di un giudice: del Bocchi che, approfittando di un'inchiesta su un delitto, forse intendeva dimostrare a Margot di adorarla, di averla sempre segretamente adorata...

Il "forse"... Il "chissà".

Come, nella visione appena cancellata nel grande teleschermo, lei, in ginocchio, dava l'impressione di adorare l'idolo di Giulio... Rise con amarezza della similitudine. Perché non era adorazione. Margot se lo ricordava bene: quando si era trovata in ginocchio ai piedi di Giulio, dell'idolo aveva cercato di capire se la sua potenza nasceva dall'amore o da calcoli meschini, da un desiderio leale oppure dall'arroganza vendicativa, dall'intenzione – appunto – di ripagarsi di troppe frustrazioni personali.

Sola... Con mille domande.

Avrebbe mai potuto guarire, lei malata di un male probabilmente irrimediabile: la sua sciagurata gioventù di sprechi?

Sola... Con mille perché.

Perché, nonostante tutto, aveva ancora quella voglia di gridare, di ballare, di innamorarsi, di stupirsi, di divertirsi, di scoppiare d'allegria, di versare lacrime di gioia, di nuotare all'infinito, di sentirsi più che mai una persona, una donna?

Era il perché più grande, a cui non sapeva dare risposta.

Girò lo sguardo verso il regno della madre Giustina. In fondo al parco, le piante addormentate sotto la luna sprigionavano una limpidezza che sembrava illuminare il buio come una luce...

Corse fuori. A piedi nudi, come si trovava.


... Si addentrò dove i tronchi erano più fitti, dove le foglie, anch'esse più fitte, potevano sfiorarle la faccia, e i rami, via via, stringerla nel loro abbraccio, togliendole a tratti il respiro, sostituendo al suo il loro respiro... Un respiro fatto di linfa segreta, di scorza, di radice profonda, di buio fresco di vento, di cielo con dentro quell'idea, ancora vaga, di mistero che l'aveva sollecitata...

Mentre gli arbusti le graffiavano le braccia nude, e più s'addentrava più la colpivano, con una miriade di minime pugnalate, attraverso il velo da nulla della vestaglia che

indossava, fu quel respiro a penetrarle nel cervello, ine-
briandola. Le piante offrirono, insieme a un'euforia, l'illusione, portata al massimo, che fosse giustificata la voglia di vita che Margot non sapeva spiegare.

Allora, per contrasto, ricordò... Gli anni in cui, per stor-
dirsi, per dare alla propria voglia di vita un'illusoria giustificazione, non era ricorsa (non aveva potuto) alle piante
della madre Giustina, alla loro magia... Esse potevano
esporsi al cielo fiere della loro forza e meraviglia, vantarsi
dei nomi fantasiosi e pieni di grazia con cui erano state
battezzate, erano il simbolo stesso della natura che crea...
Invece lei era stata indotta a servirsi di piante – anzi, nemmeno, della loro polvere – clandestine, vergognose di sé,
surrogati vili della forza naturale, costrette all'umiliazione
di passare per polvere, a definizioni farmacologiche fred-
de, di una freddezza da obitorio. La gloria delle piante ridotta ad alcaloide: alcaloidi estratti dalle foglie di coca,
dall'oppio, lattice che cola come sangue dalle incisioni
praticate nelle capsule immature di organismi sezionati
come cadaveri... Senza la minima brezza di cielo.

Margot si faceva largo, barcollava per una felicità vege-
tale. E il presente era fitto di tronchi, di tentacoli arborei,
di fiammate fiorite: i tronchi i tentacoli le fiammate della
verità... La memoria, invece, era poltiglia di piante crema-
te ad acidi, piante che erano *simulazione* e *dissimulazione*
stupefacenti... Come, a cospetto della verità, lo erano gli
uomini e le donne di cui Margot stava facendo giustizia
sommaria servendosi di un delitto.

Proprio allora, in quegli anni, Margot aveva conosciuto
che anche in natura esistono la simulazione e la dissimulazione.

E proprio in quegli anni era cominciata la sua gioventù di
sprechi. Tutto, il peggio, era cominciato allora. Dal giorno
in cui, spinta dallo squallore della solitudine, per la prima
volta aveva disposto lo specchio di fronte a sé. E attraverso

lo specchio che rifletteva il suo volto come murato, aveva disposto le strisce bianche delle piante che, simili a certi esseri umani, sono simulazione e dissimulazione...

Era stato il "fratello" Giorgio a iniziarla.

Quando a Palazzo Corradi erano molto giovani, e Margot divideva, con lui e Maurizio, le prime avventure fuori da quelle mura soffocanti, con una voglia sconsiderata di emozionarsi, per reagire all'autorità severa di un luogo che spegneva le emozioni.

A Giorgio aveva dato retta per inseguire una comunicazione che, con i due fratelli, non era mai esistita. Per trovarne almeno un surrogato in una loquacità che si opponeva al silenzio, in un ridere sconnesso che comunque era già qualcosa contro l'ambigua malinconia con cui li aveva soggiogati Luisa Corradi, di cui intuivano la vita frantumata in tante vite occulte e in conflitto. Luisa Corradi che, per compensare quelle vite, imponeva un'educazione di ferro.

Giorgio aveva insistito:

«Proviamo. Provate con me. Provate con me l'illusione... Potremo almeno dirci di esserci illusi per un motivo.»

E il *gioco* era cominciato. Con loro tre che si toglievano, reciprocamente, le tracce bianche dalle narici. E quei gesti, fatti di scatto, ridendo, gli sembravano davvero una forma di complicità affettuosa. La prima che potevano condividere... A Margot, dopo, veniva voglia di ballare, magari al centro del giardino. E Giorgio e Maurizio erano i suoi spettatori. Sinceramente l'ammiravano, con l'ammirazione esaltata che li spingeva ad applaudire. Ballava bene, Margot. E, nel ballo, si dimenticava di sé. Cercava di assorbirle in ogni fibra del cervello, le strisce, con tiri lunghi dallo specchio che Giorgio le reggeva sotto gli occhi... Poi riprendeva a ballare, con una vertigine, nei giri su se stessa, che scambiava per gioia, una vertigine che le dava la certezza di esprimere la gioia.

Si era abituata a spazzare lo specchio con la cannuccia per le bibite, o con le mille lire avvolte, anche quando era sola. Quando rivedeva i piccoli lampi che afferrava negli occhi del padre Marco, durante i pranzi fatti di silenzio, che Luisa Corradi dominava stabilendo a capriccio cos'è un errore di comportamento a tavola, mentre il marito se ne stava zitto, per non provocare brevi diverbi o non farsi togliere la parola. E se interrompeva il suo mangiare a testa bassa sul piatto era, semmai, per allungare la mano e chiedere a Margot con una carezza:

«Com'è andato l'esame, eh?»

«Trenta e lode.»

«Sei brava... Tu sei brava in tutto.»

Quindi fissava Luisa. In quei casi, quei soli, pronto ad ammazzarla, se replicava. E Luisa si guardava dal replicare.

Aveva cominciato ad esagerare, Margot. E Maurizio le toglieva lo specchio da sotto il naso:

«Basta, adesso.»

Giorgio si metteva a litigare con Maurizio:

«Che ci rimane?... Proponi qualcosa tu. Idiota!»

Un senso della bellezza, ormai distorto, accarezzava i desideri più nascosti di Margot, la illudeva che potessero esaudirsi.

«Siamo esasperati, non drogati» cercava di convincerli Giorgio.

«Esasperati lo siamo stati sempre» replicava Maurizio.

«Certo. Ma questa, almeno, è un'esasperazione felice. E nulla è dipeso da noi. Qualcuno, piuttosto, avrebbe dovuto insegnarci a essere un poco felici ricorrendo soltanto alla vita.»

Persino i primi rapporti sessuali di Margot erano stati condizionati da quel *gioco*, il solo che avessero mai fatto uniti... Si rendevano conto di non aver mai giocato insieme, pur avendo trascorso insieme anche una parte dell'infanzia. Ma come si poteva giocare visto che Margot, dentro Palazzo Corradi, rappresentava "il corpo estraneo"? Ora si dicevano, coi gesti, senza usare parole: "Stiamo giocando, finalmente, come avremmo dovuto fare da bambini". E quando si trovavano nascosti in un angolo del giardino, lo specchio, una volta ripulito, rifletteva il cielo fra i loro volti, e le piccole nubi bianche al posto delle strisce bianche appena sparite.

I primi rapporti sessuali di Margot... Quel gioco aveva consentito di sopportarli, di trasferirli come fuori da se stessa... Margot adolescente, inquadrata dalle occhiate sordide degli uomini attempati che, insieme alle mogli, arrivavano a Palazzo Corradi dalle case della buona società, invitati alle cene esclusive, ai ricevimenti... Margot che a sua volta imparava a inquadrare, in quelle occhiate, l'ipocrisia, le simulazioni della concupiscenza, il fondo doppio, triplo, quadruplo dell'avidità... Uomini che, nei dopocena, erano capaci di conversare con suo padre Marco, fingendosi umili e servili, simulando attenzione e deferenza per l'imprenditore potente che li ospitava, e poi, all'improvviso, si inventavano un pretesto...

Uscivano, percorrevano rapidi i corridoi, salivano di corsa lo scalone, spalancavano la porta della camera di Margot, le dicevano con l'ansia nella gola: «Non dire niente a tuo padre, anche se è un ingenuo che non si accorge mai di nulla, perché altrimenti saremo noi a dire che sono tutte invenzioni tue, e tu sei un corpo estraneo qui dentro». Un corpo estraneo...

La imbrattavano.

E dopo che gli uomini se n'erano andati, lei si ritrovava una ragazzina sola nel cuore più silenzioso dell'universo, perché le strisce bianche trasformavano in quel cuore remoto la sua camera. E nello specchio infarinato, si vedeva con una coscienza già adulta, che accumulava rancore e disprezzo, mentre si ripeteva: "Un giorno, io vi ucciderò. Un giorno, vi costringerò a strisciare ai miei piedi. Tutti!...".

A Giorgio ricorreva specie dopo aver fatto visita alla madre Giustina, che allora viveva fuori città, nella casa di campagna dove Margot era nata. E a Giorgio, in quei casi, capitava di trovarla poi accasciata nel gabinetto, col sangue che le colava dalle narici (dal cervello, pareva a Margot)... Il fratello cercava di rianimarla, di trascinarla via, le affondava con tutta la forza la mano sotto il seno, per arrestare il cuore che andava a mille; ma non ce la faceva, allora chiamava a soccorso Maurizio, e Maurizio lo insultava gridandogli:

«Lo vedi? È tutta colpa tua, incosciente!»

E poiché non riusciva ad aiutare Margot, per cercare di riuscirci, anche Giorgio ripuliva con rabbia lo specchio, e per dispetto dava pugni al muro, malediva le sue deboli forze. E anche Maurizio, per inveire contro di lui, per l'impossibilità di soccorrere ora non una ma due persone care, affondava a sua volta la faccia nello specchio, vedendosi i tratti infarinati di un pagliaccio, un pagliaccio stravolto, con gli occhi rossi, che non sapeva a chi e in quale direzione rivolgersi mormorando: «Mio Dio...».

Così si ritrovavano tutt'e tre ad abbracciarsi, ma l'abbraccio non gli riusciva, scivolavano via da quell'abbraccio comune, cadendo in ginocchio, sbattendo l'uno contro l'altro, tutti col sangue che colava dalle narici, impediti nel fondersi in un abbraccio amoroso, intestarditi a raggiungerlo, mentre l'abbraccio si riduceva a un viluppo, a una lotta che li trascinava qua e là, da una parete all'altra, e poi sul pavimento, o con le mani strette al bordo della vasca da bagno, a vedere il proprio sangue che cadeva a piccole gocce dalle loro narici, quelle gocce sul fondo della vasca...

E ciascuno ripeteva all'altro:

«Ci sono qui io. E ti voglio bene. Ci credi che ti voglio bene?»

Giorgio a Margot e a Maurizio. Maurizio a Margot e a Giorgio.

E Margot avrebbe voluto rispondere: "Ci credo".

Ma non ce la faceva. Ce la faceva solo a fissare il suo sangue che le cadeva a gocce, e ad amare quel sangue perché le veniva dalle vene della madre Giustina, e a dispiacersi a morte perché quel sangue, che stravedeva come sacro in quanto apparteneva alla madre, per una causa miserabile le scolava dalle narici, non dal cuore, rosso di un rosso sporco, non immacolato, lo stesso colore in cui affogavano le pupille dentro i suoi occhi che parevano indemoniati...


... Margot era arrivata nel profondo del parco.

Spinta anche da quel dolersi, nei ricordi, da quel recriminare.

Vide una luce. Dapprima, le sembrò di vederla, la scambiò per un inganno ottico provocato dall'ebbrezza che le veniva dalle piante. Invece, era davvero una luce: un riflesso azzurro che usciva da una finestrella, un azzurro stemperato e clemente, simile a quello delle colline nelle mattinate chiare. Sulla destra di una porta che immetteva in una piccola cappella.

Margot sapeva che, nel regno di Giustina, esisteva anche un ambiente che la madre aveva trasformato in cappella. Ma non c'era mai entrata. Aveva rispettato, sempre, certi segreti di cui Giustina era gelosa. Stavolta entrò e si trovò di fronte a un Cristo di ridotte dimensioni, le dimensioni di un neonato, pensò, posto al centro, su un basso altare.

Sulla fronte del Cristo, la corona si piegava, ma non era di spine, bensì di minuscoli fiori che sfioravano occhi spalancati nella contentezza e ridenti, anch'essi di un azzurro cangiante, come le lampade votive. Nella cappella dominava il profumo di tutte le piante che la circondavano, come se tutte, in quella notte, concorressero, coscienti, a far dono del loro profumo a quel luogo nascosto, eletto, nel cuore della loro imponente distesa. Sorprendenti le immagini degli angeli e della divinità che Giustina aveva fatto dipingere sulle pareti lungo le quali correva una scritta: "La felicità non è l'eccezione, ma la norma a cui siamo destinati. Essa sta nella nostra terra, nella nostra natura, oltre che nel mistero dei cieli".

Quegli angeli non si potevano capire senza sapere che, lungo le rive del Po, un tempo erano esistiti i *Cantori di pietà*, che dipingevano le sacre figure con sembianze di animali. Li spingevano la tenerezza, un po' stramba, con cui veniva vissuta una fede libera, e una carnale arguzia padana che era allegrezza dello spirito. Perciò un Gesù Portacroce aveva il capo rosso e il becco di un picchio. Una santa, sul fondo e con la veste blu, aveva la testa di una gatta dolce, in estasi perché accarezzata nella gola. E un altro Gesù saliva al Padre, nella Resurrezione, dal fondo limaccioso del fiume, sostenuto da un nodo di anguille gaudiose...

Margot avvicinò il volto alle lampade votive. Dopo tanti anni, si ritrovava di fronte a Dio. E capiva che, pur avendola ignorata, non si era mai spenta, in lei, la ricerca di Dio, di un Dio. Questa ricerca inconsapevole l'aveva spinta nei suoi viaggi verso i luoghi deputati del mistero. La piccola cappella di Giustina, che la circondava come un ventre materno, quasi davvero le mura fossero fatte di protettiva carne, era un luogo del mistero, forse il più puro, che era sempre stato lì, a portata, mentre lei attraversava i cieli e i deserti e le metropoli per raggiungere i Laghi delle visioni tibetane, o gli enigmi di Ramsete II e dell'Iside egizia, o i presunti paradisi terrestri di Bali, della Malesia.

Si inginocchiò davanti al Cristo.

Uscì dalla cappella, abbandonandosi di nuovo all'abbraccio delle piante...


Com'era chiara la sua mente...

Tornando verso Villa delle Gaggìe, si ripeteva: "L'enigma ci affascina". E riflettendo sui tanti segreti, anche miserabili e banali, che erano emersi a causa dell'assassinio di Giulio, capiva l'importanza di quel punto: che l'enigma si liberasse dal fango, come il Cristo dipinto nella cappella, che, nella sua Resurrezione, si faceva portare in alto da un trionfo di anguille felici. Che l'enigma, una volta riscattato, acquistasse il profondo significato, non già di un mistero, ma *del* mistero.

Si disse anche, chissà perché: il Bocchi... Qual era il rapporto del Bocchi con Dio?

Provava il bisogno di un atto di umana generosità.

Da compiere. Sia pure a modo suo.


Margot stava salendo da Fabrizio.

L'aveva spiato fin dalla notte del suo arrivo, per capirlo. Fin da quando il ragazzo aveva scoperto il pigiama di Giulio che lei conservava disposto con cura sul letto, e lui si era tolto il suo, per indossare quello.

...

Fabrizio si girò di scatto. Margot era alle sue spalle. Lo scrutava. Poi si mosse, avanzò fino a sfiorargli il corpo. Fu il riflesso automatico del ricordo di Giulio... Giulio che emergeva da un fondo remoto, agli occhi di entrambi.

Le uscirono parole, un soffio:

«Eravate sempre così uniti, come se foste una persona sola. Lasciati accarezzare...» Ma non aggiunse: "Fabrizio". Aggiunse: «Giulio».

E Fabrizio:

«Quante volte... Ti ho visto, come ti prendeva... Quando venivi da noi. Non oggi. Oggi, quelle immagini sono state un supplizio, un'umiliazione anche per me.»

«Ti ringrazio.»

«Allora, invece, io ero felice... Di vederti... Di come Giulio ti faceva fare l'amore.»

Margot gli accarezzò la testa. Due forme diverse di un'esasperata immedesimazione in Giulio, spingevano allo stesso equivoco, e Giulio non era, in quel momento, un fantasma fra di loro: era Margot, il corpo di Margot e, dall'altra parte, Fabrizio, il corpo di Fabrizio.

Margot sorrise quando il ragazzo, imitando il gesto con cui Giulio cominciava a far l'amore con lei, le fece scivolare un seno fuori dalla vestaglia, e ne baciò, maldestro, il capezzolo bruno. Sorrise di quell'imperizia, ma fu spinta ad assecondarla, perché le pareva di avere fra le braccia un Giulio innocente, un Giulio smarrito, e perciò più amabile, in quei labirinti dove era stato sempre, nella realtà, un dominatore carnale del suo filo di Arianna. Fabrizio succhiava il seno con l'avidità ottusa, impellente, priva di calcolo sensuale, che è, appunto, di una creatura appena nata alla vita... Mai aveva amato Giulio come ora, nell'innocenza di Fabrizio...

Le parole del ragazzo che con mani tremanti, sudate, le sollevava la vestaglia lungo le cosce, i fianchi:

«"Così, subito" ti diceva "da vestita. È così" diceva "che mi piace"...»

Margot fece stendere Fabrizio sul letto. E si stese con lui. Il ragazzo continuò:

«In quella casa, tu sapevi che ti guardavo, ti ascoltavo. Ma non per spiarti. Non con volgarità, voglio dire, ma per dar corpo alle mie fantasie di congiunzione, per offrirti il meglio di me stesso, che altro non potevo fare che dar corpo ai miei sogni... Lo sapevi?»

«Sì» mentì Margot.

«Se lo sapevi, allora perché?... Perché, quando te ne andavi, non mi degnavi nemmeno di uno sguardo, come se non esistessi?»

Fabrizio appoggiò la testa sui seni dove aveva mosso malamente la bocca, facendole persino male, con un morso involontario. Aggiunse, con rammarico:

«Solo una volta, Giulio ti ha appoggiato la testa qui, così... Solo una volta ti ha mostrato gratitudine e ti ha detto: "Come ti batte il cuore"...»

Margot capì che ora, davvero, Fabrizio le stava offrendo il meglio di sé, non più con la fantasia, con parole e atti concreti. Perciò non si sorprese quando udì:

«È vero che ti sei liberata di quel bambino che avevi sempre sognato di avere, perché Giulio si tormentava, perché ti ha costretta ad abortire?»

«Sì.»

«Io... Io non l'avrei fatto. Io vorrei essere padre.»

Le fu chiaro, anche, che l'identificazione con l'amico, in Fabrizio, subiva il primo strappo. Non sarebbe più stata una mania, ma semplicemente un caldo ricordo. Allora fece scivolare le dita verso il sesso del ragazzo, che doveva liberarsi dei giochi malati della mente... Sarebbe stata una notte simile a quelle quattro stelle inquadrate dalla finestra, sperdute in un'immensità che le ignorava. Tuttavia restavano loro il solo segno che un'immensità esiste.

Margot avrebbe dato ciò che poteva, di sé, la sua tecnica d'amore e l'amore ribelle che le tecniche altrui aveva combattuto, per aiutare un giovane uomo a uscire dall'ambiguità, anche se si trattava dell'ambiguità del corpo vissuto come ossessione. Che almeno uno, lui, potesse dire di se stesso: *non sono ambiguo.*

Non aveva mai iniziato all'amore nessuno.

Il sesso del ragazzo, stretto dalle sue mani... Tornò a pensare a un bambino quando lo si sostiene per insegnargli a camminare, a star ritto sulle gambe – ne sorrise, col suo distacco solerte, affettuoso – mentre quel sesso cominciava a risponderle, a tendersi verso di lei, come si tende una pianta per nutrirsi di luce e ogni cosa ciecamente risponde alla legge della natura. Di nuovo si disse: sono ancora capace di dare la vita, non un banale piacere, la vita... La ottenne in un'erezione piena.

Poi quei gesti di iniziazione finirono per cancellarle i pensieri, i propositi, procurandole un'eccitazione, morbosa e limpida, che non aveva mai provato con nessuno. Quando lo condusse a penetrarla, fissò la visione dell'innocenza che, scomparendo dentro di lei, si sarebbe trasformata in coscienza virile. Attirò il corpo di Fabrizio quasi con violenza, perché quella coscienza nascesse con tutta la forza possibile.

Fu abile, augurandosi che Fabrizio imparasse l'alfabeto del buon amante, ed ebbe un moto di gioia quando vide, negli occhi del ragazzo, accendersi per la prima volta una luce di malizia. «Stammi dentro» ripeteva dolcemente, e Fabrizio era così giovane e incorrotto che poteva spendere il suo seme, e tornare a spenderlo, e ancora... Rimasero abbracciati, e il seme giovane scivolava caldo nel suo ventre, un'energia, potentemente creativa come ogni energia agli inizi della creazione...

Un pensiero la illuminò: pensò che sarebbe stato bello, per quanto folle, restare incinta grazie al seme di quell'uomo che stava trattando con la dedizione che si riserva a un figlio, che faceva l'amore con lei come un figlio si comporta con una madre che lo sta iniziando... Un uomo figlio che si era addolorato perché un amico, con la sua infantile paura, le aveva impedito la maternità, che le aveva dichiarato, come primo desiderio:

"Io vorrei essere padre."

Lo teneva, per impedirgli di uscire da lei, mentre s'immaginava madre, una madre che portava per mano il figlio che aveva sempre sognato di avere, lo guidava stringendo la sua piccola mano sudata attraverso il parco, insegnandogli cosa significavano quelle quattro stelle sperdute nell'immensità che le ignorava, e che significato aveva quell'immensità...

Allora si accorse che stava piangendo, mentre si diceva: "Dio, in questo momento che gli altri direbbero assurdo, in questo momento, di nuovo, so che esisti. E allora perché, se esisti..." Margot si servì delle parole con cui Fabrizio l'aveva rimproverata poco prima. "Perché non mi hai degnata di uno sguardo, come se io, invece, non esistessi?... Dio mio, perché?"

Fabrizio staccò la faccia dalla sua e chiese:

«Perché piangi?»


Fu una di quelle notti che, davvero, possono cambiare una vita.

E quando alle stelle si sostituì la prima luce, Margot fu sicura. Il Fabrizio addormentato, un po' buffo con la testa così, infilata sotto il cuscino, che le stringeva la mano forse per non perdere un puntello ai suoi nuovi sogni, era un altro... Un uomo che non avrebbe più fatto l'amore guardando l'amore degli altri, riconoscente – per l'offerta di quelle visioni – sia al maschio che alla femmina. Avrebbe fatto l'amore guardando negli occhi la compagna a cui si sarebbe legato con un affetto coerente.

Fabrizio, alla coerenza, alla fedeltà, era votato.

\* \* \*

Il Bocchi trovò sulla scrivania l'appunto del Procuratore Capo: *"Da me, subito!"*. Sorrise: "Meglio così. Altrimenti, avrei dovuto chiederglielo io: *da lei, subito*". Pensò anche: "È un'altra mattinata splendida". Di giornate così gliene aveva guastate parecchie, il suo superiore: "Oggi, la giornata gliela guasto io. E lui, di certo, non dirà più: 'Tuttavia...'". Con questo fine, aveva indossato un abito grigio perla, si era messo uno strano fiore all'occhiello (lui che amava accoppiare i suoi umori personali ai fiori).

Si trovò di fronte a un uomo che, senza guardarlo in faccia, mascherava l'inquietudine con scatti d'intolleranza:

«Le do tempo da oggi alla fine del mese. Poi, l'inchiesta passa di mano. Lei non si sta dimostrando all'altezza.»

Un maldestro tentativo di sconcertarlo, partendo all'attacco per primo. Il Bocchi rispose, aggiustandosi il fiore:

«Perché aspettare? Me la tolga immediatamente questa dannata inchiesta che mi costringe, di continuo, a sollevare sassi e a trovarci sotto i vermi. Così mi sentirò più leggero e, visto il sole che c'è, potrò farmi subito una bella passeggiata.»

Drizzò gli orecchi, il Procuratore Capo: quell'allusione, ben calcolata nel tono, ai sassi, ai vermi...

«Che intende dire?»

«Ciò che ho detto. Che sono felice di lasciare a un altro la patata bollente. Sono curioso di vedere che faccia farà, il poveretto, scoprendo a raffica verità nascoste e disgustose.»

Ora si fissavano negli occhi, i due. O meglio, il Procuratore Capo cercava di tener fermi gli occhi negli occhi dell'altro, ma senza riuscirci:

«Andiamo, Bocchi. Dicevo così, per spronarla. Sa benissimo che di lei mi fido.»

Il Bocchi rivide, come se stesse scorrendogli davanti, la sequenza nel nastro trovato per caso a Villa delle Gaggìe; il montaggio sleale, vile, che metteva a contatto Margot, distesa sul letto, la sua espressione di disgusto, e poi quasi disperata, con la mano dell'uomo che si teneva fuori dell'inquadratura, che faceva soltanto udire la sua voce:

"*Mi fido, Giulio.*"

Perciò pregò il Procuratore Capo:

«Vuol ripetere, per cortesia?»

«Mi fido di lei... Mi fido... Quante volte devo ripeterglielo?»

«Così è sufficiente. Grazie.»

Il Bocchi sempre col suo sorrisetto. Non c'era bisogno della riprova. *La voce era quella...* L'aveva capito fin dal primo istante. E anche il Procuratore Capo aveva afferrato, fin dal momento in cui gli era stato detto, in un certo modo, che la perquisizione a Villa delle Gaggìe aveva dato risultati sorprendenti. Levò di tasca un pacchetto di sigarette, non ne accese nessuna, buttò il pacchetto sulla scrivania. Il Bocchi lo vedeva, per la prima volta, pallido, teso, con gli occhi rossi di chi non ha dormito. Lo udì mormorare, quasi scusandosi:

«Lei effettua una perquisizione a Villa delle Gaggìe. Sequestra materiale di estrema importanza e delicatezza. E non me ne informa?»

«Mi scusi. Come fa a sapere che il materiale sequestrato è di estrema importanza e delicatezza? L'ho avuto fra le mani solo io.»

«Me l'ha detto l'uccellino. Va bene?... E poi perché continua a sorridere a quel modo?»

Il Bocchi si avvicinò alla finestra, l'aprì come se si fosse trovato nell'ufficio suo, scrutò la città, il cielo:

«Ah, gli uccellini!... Guardi quanti ce ne sono nel sole di questa mattina. Ascolti come cantano. La voce degli uccelli, come quella degli uomini, ci dice tanto sul mistero della vita... Sui misteri... Basta saperla ascoltare, appunto...» Si girò: «Identificare!».

Scambio di sguardi. Il Bocchi lo informò che, in effetti, erano stati "rinvenuti" documenti compromettenti. Ma poco di più di quanto già non si sapesse in Procura: di competenza, inoltre, dei magistrati che avevano mandato tre assessori in galera, una trentina di avvisi di garanzia, costringendo un sindaco a dimettersi. Concluse:

«Certo, oggi qualcuno è più a rischio.»

«Chi è questo qualcuno?» reagì l'altro, accorgendosi di tradire un'ansia eccessiva. Cercò di sminuire, accendendosi la sigaretta.

«Quel Minotti, per esempio... Brutte cose, su di lui, brutte davvero. Ma non riguardano la mia inchiesta, dunque...»

«Glielo dicevo che il Minotti...»

E il Procuratore Capo recuperò, batté persino un pugno sul tavolo. "Falso" si disse il Bocchi, che si stava deliziando della tortura che infliggeva. "Un pugno di simulazione così falso che peggio non si può. Si è persino fatto male alle nocche, poveretto." Quindi, gelido, affondò il primo colpo:

«Convengo. D'altra parte, ho scoperto che nessuno può conoscere l'Attilio Minotti meglio di lei... Non già il grasso semplicemente volgare, amorale per civetteria. Ma uno dalla mente sottile, che per anni ha ingannato con una doppia vita anche gli amici più stretti, capace di finezze di perversione. Non solo...»

«Già, non solo...» cadde d'istinto nel tranello il Procuratore Capo. Restando con la frase a metà. La completò il Bocchi:

«Ma anche aggregato a una setta occulta, o loggia deviata, che si è staccata tre anni fa dalla massoneria ufficiale. Perciò depositario di segreti di varia natura... Uno, tanto per citare...»

Il Procuratore Capo non riuscì a stare seduto. Andò a collocarsi davanti alla finestra aperta sulla città, affiancato al Bocchi che lo stava torturando anche con quel tic di aggiustarsi il fiore all'occhiello:

«Quale segreto?»

«Quel teschio. Ha presente?... Quel teschio d'avorio che legava i due anelli matrimoniali. Quel teschio in miniatura che mandò in bestia il Giulio Pagani... Quel teschio che, a tenerlo fra le dita, dà il gelo che si può provare toccando la mano di un cadavere. Ebbene, è il simbolo, appunto, della loggia segreta, accozzaglia di miserabili, bisogna riconoscerlo, che magari si aiuteranno anche fra di loro, non discuto, ma trafficano coi riti neri che poi si traducono in banali orge, persino con qualche minore... Ricattano con gli emblemi della morte qualche potente vivo... Associazione per delinquere, aveva ragione lei, ah come aveva ragione!»

Il Procuratore Capo era uno straccio di fronte alla bellezza della città. Fu un soffio:

«Per questo, io mi sono tolto subito. Ci sono le prove... Io, che per pura ingenuità... Non ci sono stato immischiato per nulla.»

Il Bocchi gli batté una mano sulla spalla. Tornò a chiedergli:

«Si fida di me?»

Costrinse l'altro a ripetere:

«Mi fido, Luigi.»

L'aveva chiamato per nome. E il tono era lo stesso, perfetto, di quando, allungando la mano verso il sesso di Margot, inserito a montaggio, aveva esclamato: "Mi fido, Giulio". Seguì un silenzio in cui gli "uccellini", nel cielo di Parma, si udirono benissimo. Quasi supplicando, il Procuratore Capo chiese:

«E non è stato... rinvenuto altro?»

Il Bocchi, lui, sì, da attore provetto, sospirò, e come si fa con un bambino, insinuò, gustandosi come non mai la propria ironia, mentre le visioni del nastro lo colmavano di un odio cieco:

«Birichino!...»

Con una "c" sola. Come amava dire sua madre. Prese per un orecchio il suo superiore. Avrebbe voluto strapparglielo. Si limitò a scuoterne un lobo, con un'arguzia simulata al meglio, ripetendo:

«Brutto birichino!...»

«Che ci resta da fare?... ora che ha scoperto quel nastro?»

«Una passeggiata... Gliel'ho detto. Con i suoi scatti d'umore, lei mi rovina sempre le giornate particolarmente radiose, lo sa? E oggi, guarda un po', per ripagarmi la invito: venga con me, e facciamo una bella passeggiata per la città.»

«Ma con tutto il daffare. Con tutte le grane... Lei le conosce. È un inferno.»

«Ecco, appunto. Non c'è di meglio che una deliziosa passeggiata per dimenticare l'inferno. Venga...»

Così il Bocchi si trovò a trascinare il Procuratore Capo, ascoltandone con crudele letizia il suono stanco dei passi, in disarmonia con i suoi, invece euforici:

«Guardi, guardi che bella gente. Quante belle ragazze...» gli sfuggì senza intenzione. «Respiri. Respiri a fondo! Che aria sublime.»

Sì, addio... Addio all'alto magistrato sempre elegante, energico, fiero del suo aspetto di bell'uomo che piace alle donne. Ora faticava a star dietro al Bocchi tra la folla, e il Bocchi si ripeteva: "Vieni, vieni... Lasciati trascinare come un cane bastonato... Cane... Cane di un uomo!". Gli chiese:

«Le piacciono i Corali di Bach?» E subito: «O preferisce gli aperitivi? Mi permette di offrirle un aperitivo?».

Come risposta cumulativa, udì un grugnito alle sue spalle.

«Certo che quel Mirko lo Slavo ne ha dette di cose, eh? Chissà chi l'avrà messo in mezzo. Ah, com'è cattivo il mondo! Ma questo sole...»

La città era inondata da un sole così luminoso che le persone sembravano muoversi come ombre, l'aria echeggiava di rumori allegri, la gente si stringeva le mani, chiacchierava senza impegno, le ragazze davano idea di non avere destinazione, se non il desiderio di chi con lo sguardo le incrociava. Il Bocchi scopriva di amarla, quella gente che purificava Parma dai miasmi della simulazione e della dissimulazione di coloro che rappresentavano una deformità non partorita dalle case intorno, dalle stradine, dai viali, dai tigli...

Anche lui si chiese: a chi mai poteva essere venuta in mente l'idiozia storica che Verdi avesse scritto, in prima stesura, "parmigiani, vil razza dannata" anziché "cortigiani"... Sì, i cortigiani esistevano e uno, un simbolo,se lo stava tirando dietro, ma gli altri... L'amava la *vil razza*, il Bocchi l'amava: la sola alternativa alla volgarità che gli faceva orrore. E *vil razza* era un modo di dire affettuoso...

Arrivarono di fronte a piazza del Duomo. Col Battistero che pareva fatto di luce. Il Bocchi immaginò, nella cupola del Duomo, il volo sublime delle Creature del Correggio, verso Dio. Una visione da togliere il fiato. Esclamò:

«Cristo, come sei bella!»

E gli tornò alla mente la voce che era uscita dal grande teleschermo, a Villa delle Gaggìe. La *voce* dell'uomo che aveva terrore di farsi inquadrare mentre ripeteva a Margot, la più triste Margot che Bocchi avesse mai visto: *"Cristo, come sei bella!"*. Il Bocchi ordinò al superiore:

«Ripeta con me... "Cristo, come sei bella!"»

E il Procuratore Capo ubbidì. Fissando la piazza, una delle più suggestive del mondo, con una luce, come una velatura d'oro, che gli annebbiava la vista:

«Cristo, come sei bella!»

«Più forte. Più convinto. Più entusiasta!... Guardi la cupola. Pensi a Dio!»

«Cristo, come sei bella!»

«Ecco. Non è perfetta. Ma così può andare.»

E il Bocchi consegnò la cassetta sequestrata, "incriminata", al Procuratore Capo, assicurandogli:

«Non ne sono state fatte copie.»

«Perché lo fa?»

«Semplice, per deferenza nei suoi confronti» mentì il Bocchi, mentre avrebbe voluto vedere il suo superiore "deposto" in un mare di sterco, tutto il contrario di come Cristo veniva affidato all'umana pietà nella *Deposizione* scolpita all'interno del Duomo. E continuò a mentire: «Semplice. Anche per la mia carriera...».

«È giusto.»

«Diciamo pure, poiché siamo in tema, che è sacrosanto.» E al Procuratore Capo che stringeva la cassetta con mani tremanti: «Lei deve giurarmi, qui, ora, che qualunque cosa possa accadermi, farà il possibile per coprirmi le spalle. Che lei starà dalla parte mia, sempre e in ogni caso!».

«La mia gratitudine sarà grande. Vedrà: totale.»

«Anche se dovessi commettere il reato peggiore... Dovrà, dovrete, lei e i suoi accoliti, riservarmi il trattamento che avete riservato in alcuni casi... Accuse cadute, prove dissolte...»

«Sì. Anche se tu dovessi commettere il reato peggiore.»

«Me lo giuri.»

«Te lo giuro, Luigi! Hai la mia parola.»

E il Procuratore Capo si concesse un sospiro di sollievo. Senza nemmeno immaginare quanto gli sarebbe costato mantenere quel giuramento.


Il Bocchi convocò il Minotti.

Entrò nell'ufficio il Minotti gradasso, che si agitava, sudava di rabbia, protestava, muovendosi e ignorando volutamente la sedia: una sedia "fratina", non una comoda poltrona, stretta, di legno duro e nero, bassa di gambe, che il Bocchi aveva predisposto davanti alla scrivania, appunto per accogliere il corpo dell'uomo che l'ansia di quelle settimane sembrava aver reso più voluminoso:

«Inaudito! Buttato giù dal letto come un volgare delinquente. Torchiato ancora una volta... Mio caro, insigne magistrato, qui c'è gente che ha da fare. Gente che lavora, non ammazza... Neanche il tempo.»

Il Bocchi non replicò, lo lasciò fare, dire. Lo tenne semplicemente inquadrato nello sguardo, fissandolo con un silenzio e un'immobilità che si facevano tanto più profonde, quasi tangibili, quanto più l'altro dava in smanie. E il Minotti scrutava nell'immobilità silenziosa del giudice, per leggerne le intenzioni, afferrare i motivi di un'assoluta mancanza di reazioni che invece portò lui a reagire:

«Di' almeno una parola, Dio Cristo, Bocchi!»

Nessuna parola. Senza smettere di fissarlo, il Bocchi mosse soltanto il braccio destro, afferrò le cassette sequestrate, le mise con cura una sopra l'altra, poi aggiunse la cartella dei documenti che contenevano, trascritte, le registrazioni dei nastri. La trasformazione fu immediata. Il Minotti grasso, volgare, in simbiosi coi suoi prodotti suini, lasciò il posto all'altro: quello dalla mente sottile, che per anni aveva ingannato con una doppia vita anche gli amici più stretti, capace di agire nelle tenebre di una loggia nera, deviata.

Il Bocchi si ripeté: "La dissimulazione è un'industria di non far vedere le cose come sono. Si simula quello che non è, si dissimula quello che è". E si chiese: quale, dei due Minotti, era il vero?

Come risultava ridicolo, a guardarsi, il Minotti capace di finezze di perversione, fornito persino di una buona cultura mascherata... Seduto lì, davanti al Bocchi, nella sedia fratina dalle gambe basse, dalla quale il corpo straripava, il corpo confinato sotto il livello della scrivania. Doveva spaccargli la schiena il legno duro, ma il Minotti non si muoveva più, ora era lui a mantenersi immobile, come un bonzo pieno di grasso acciambellato sul pavimento, in preghiera.

Accettò, con umiltà:

«Va bene. D'accordo. Ti ascolto.»

Il Bocchi gli comunicò che i documenti sequestrati lo mettevano a rischio, a rischio grave; che non doveva aggiungere di più, tanto lui sapeva tutto, no? Eccome, se sapeva. Certamente – insinuò un'ironia – anche l'origine storica del teschio in miniatura...

«Allora?» chiese il Minotti. «Che vuoi fare? Adesso che hai la possibilità di sputtanarmi, di darmi in pasto ai tuoi colleghi, che mi massacreranno...»

«Nulla» rispose tranquillo il Bocchi. «Queste sporche faccende non riguardano il mio caso.» Aggiunse: «Forse...».

Quel "forse" galleggiò fra i due.

«Già, forse...» convenne il Minotti, con una smorfia.

E il Bocchi:

«Potranno sparire, quei documenti, se...»

«Se?»

«Se Margot lo vorrà. Essi sono stati trovati in casa sua, e là possono tornare e continuare a stare sepolti, Minotti.»

«E se Margot non volesse?»

«Ci sono sempre io che posso fare pressione» sorrise il Bocchi. «In senso positivo... Tu lo sai, vero, che posso?»

«Sì. In questo imbroglio, tu e quella Margot... Lo sappiamo perfettamente.»

«Ebbene, io le parlerò, la convincerò.»

«Perché lo fai?»

«Per amicizia, Minotti» mentì il Bocchi, da attore provetto. «Per un favore a un amico...»

Il Minotti, spiazzato, non capiva. Anche l'altro Minotti, per quanto dalla mente sottile, non riusciva, non poteva capire. Si rendeva conto, tuttavia, che doveva afferrarsi alla corda di quel favore che gli veniva garantito, senza stare a discutere. Il Bocchi insinuò:

«C'è soltanto un ma...»

Col cuore stretto, il Minotti si aspettò quel "ma".

«Io ti porrò alcune domande. E tu dovrai rispondermi con assoluta sincerità. Ripeto: assoluta sincerità. Altrimenti, non se ne farà nulla.»

«Sentiamo.»

«È vero o non è vero che un giorno, un giorno lontano, tu e i tuoi accoliti avete cercato di indurre il Giulio Pagani a montare un ricatto, banale e maldestro, consentimi, per incastrare Margot e non solo lei?... Basse questioni d'affari, presumo, le solite canagliate fra concorrenti.»

Il Minotti esitava.

«Per rinfrescarti la memoria... Un ricatto a base di cassette pornografiche, diciamo così, per semplificare, montate ad hoc, con un falso montaggio.»

Si chiese il Minotti: prendere o lasciare? Giocò la carta:

«Sì. È vero.»

«Ed è vero che, alle strette, il Pagani si rifiutò di consegnare il materiale artefatto, pur essendo consapevole che l'avrebbe pagata, pagata cara?»

«Sì» ammise il Minotti. «Aveva perso la testa per quella Margot.»

«Ancora. È vero o non è vero che, se invece il Pagani fosse stato al gioco, alla fine tu e i tuoi accoliti l'avreste salvato dalla catastrofe economica?... Insomma, gli avreste dato quei dannati soldi che gli servivano per non andare a fondo?»

«È vero.»

«Basta così. Questo mi premeva di sapere. Puoi andare.»

Il Minotti faticò ad alzarsi. Si trascinò verso la porta. Il Bocchi lasciò che la raggiungesse:

«Ah, Minotti...»

L'altro si girò, aspettandosi il peggio, il classico peggio che casca all'ultimo momento; invece sorrise, si rilassò, udendo dal Bocchi:

«È chiaro che favore chiama favore.»

«La mia gratitudine sarà grande. Vedrai: totale. Come posso sdebitarmi?»

«Come potrai...»

«Va bene. Come potrò?...»

«Anche se io, per ipotesi, dovessi commettere il reato peggiore, tu e i tuoi accoliti dovrete coprirmi le spalle. Riservarmi un trattamento del tutto speciale, facendo in modo che non mi trovi nei guai... Che non ne paghi alcuna conseguenza.»

«Stai tranquillo, Bocchi. E quando dico io che uno può stare tranquillo...»

«Giuramelo.»

«Te lo giuro. Hai la mia parola.»

«Avvisa i tuoi amici. Andate da Margot. Chiedetele scusa. Inventate. Inginocchiatevi ai suoi piedi, fate quel diavolo che volete.»

«Lo faremo. Purché io sia garantito.»

«Come tu garantirai me.»

«Esatto.»

«Ripeto: anche se dovessi commettere il reato peggiore.»

«Anche.»

Come il Procuratore Capo, nemmeno il Minotti avrebbe potuto immaginare quanto gli sarebbe costato mantenere quel giuramento.


Il Minotti sapeva che li avrebbe trovati tutti lì, come al solito, sotto l'ombrellone di piazza Garibaldi: il Bordi, il Fornari, il Marchini, il Bollati, il Conti... La piazza era animata dal passeggio, e quella banda sbracata lo scrutava. Vedevano passare coppie che facevano parte della loro ghenga. Il Vernizzi e la moglie Tamara, per esempio. Si scambiarono cenni di saluto. E il Bollati chiese al Fornari:

«Te la scopi ancora la Tamara?»

Il Fornari non rispose. Si agitò nella poltroncina.

«Non dirmi che il Vernizzi s'è alleprato.»

«Ma che alleprato! Quel Pagani aveva ragione. Qua siamo tutti dei cornuti contenti.»

«Allora?»

«Allora, allora... Da quando è cominciata la buriana del delitto, tu hai la Finanza in pianta stabile nei tuoi uffici, no?»

«Che c'entra? È quel maledetto Bocchi che soffia sul fuoco.»

«Appunto. Insomma, eravamo lì, io e la Tamara: belli, pronti. E che mi salta in testa? Invece di guardare avanti, santo cielo, guardo in basso...»

«Be', capita in situazioni del genere» osservò il Bollati. «Arriva al sodo.»

«Eh, al sodo avrei voluto arrivarci anch'io. Invece, mi sono guardato l'uccello e sai che ci ho visto?»

Tutti, logico, si fecero attenti.

«Ci ho visto la faccia di quel becchino del signor giudice Bocchi» fece un gesto verso la patta dei calzoni. «Proprio in mezzo alle gambe mie quella faccia senza sangue, che non gli cavi una risata neanche se la strozzi... Maledetto Bocchi che mi manda a chiamare un giorno sì e uno no, e ci gode a farmi venire la strizza... Mi fa andare di traverso persino le scopate!»

Tutti convennero:

«Maledetto Bocchi!»

Il Minotti arrivò giusto in tempo per afferrare il coro di quella maledizione. Il Fornari ritenne di metterlo a parte, con una risata di traverso:

«Maledetto Bocchi, eh, Minotti?»

Il Minotti li squadrò, da capobanda. Batté un pugno sul tavolino con tanta forza che volarono aperitivi, bibite, bicchieri.

«Ma che ti prende?»

«Mi prende...» esclamò il Minotti con un'occhiata circolare, una delle sue, che fondeva il Minotti grasso e volgare con l'altro dalla mente sottile. «Mi prende che, d'ora in poi, il Bocchi non è più maledetto, chiaro?... Non deve esserlo... E il primo che traffica contro di lui...»

«Se non è maledetto, cos'è?»
Il Minotti rispose imponendosi:
«È un amico! E in quanto tale andrà in ogni modo protetto!»


... E il piccolo sardo filò sulla destra.
In piena Zona Cesarini.
Nessuno avrebbe puntato su quel guizzo folle dell'ala.
Nemmeno lui, il Minotti, che di calcio se ne intendeva.
Solo il Fornari, col suo fiuto da mercante che quanto più
le mosse erano a rischio tanto più le azzeccava, perciò lo
chiamavano Mandrake; solo il Fornari esclamò: «Ce la fa!
Tranquilli che ce la fa!». Mentre lo Stadio Tardini non
osava gridare "Zola! Zola", col timore di distrarre il cal-
ciatore dalla sua follia. Zitte zitte la tribuna e le curve, a
fiato tenuto.
E anche la squadra del Barcellona, che fino a quel momento aveva dominato il campo, seguiva, come uno sberleffo, quel folletto sbucato dalla sua formazione a testuggine. «Stavolta non l'azzecchi, Fornari» ripetevano
intorno gli accoliti e gli affiliati, che però mettevano le
mani addosso all'amico, sperando di aggiungere il loro
occulto potere, se mai esisteva, a quello di Mandrake che
si era giocato a miliardi la vita col sesto senso sul quale la
discussione medianica potrebbe farsi lunga e troppo complessa, per cui meglio semplificare e chiamarlo culo, un
culo bestiale quel Fornari, maledizione... E il Fornari stesso, i colpi della fortuna boia che l'aveva fatto ricco, li vedeva nei colpi di tacco, di punta, di testa, del piccolo sardo
Zola, che volava, volava, eppure pareva che la sua corsa
improbabile non avesse mai fine...
Seminando avversari, il piccolo sardo raggiunse la linea
di fondo, e la bandierina del corner gli sventolò in faccia,
anch'essa come per deriderlo: "Non ce la fai! Non ce la

fai!'": ma Zola, in quegli istanti, ricordò ai fanatici melomani dello stadio il Rigoletto che si fa virtuoso dell'aria
mirabile "La-rà... La-rà", affidata da Verdi, senza musica,
praticamente senza parole, alle improvvisazioni dell'estro
del baritono che, se l'estro lo possiede, può far impazzire
la platea.

«Scommettiamo, Minotti?» se la rise il Fornari. «Se
perdi, è un testone che mi devi.» E il Minotti, vedendo
quattro del Barcellona circondare, stringere il piccolo sardo, accettò la scommessa, sicuro che il mezzo miliardo
secco, stavolta, l'avrebbe vinto lui. Senonché, Rigoletto e
Sparafucile insieme, Zola calciò di taglio la palla, simile
all'acuto che il Teatro Regio si aspettava, ma non udiva da
tempo immemorabile... Con la capriola di una cometa, la
palla sembrò indecisa se perdersi nel cielo dorato di quella domenica, tentata dal bel sole, ma poi ci ripensò, come
un ragazzetto che a malincuore rinuncia a far buca a scuola, nonostante lo splendore della giornata, e torna in classe, al banco... La palla girò su se stessa, quasi esclamando
"È un omaggio a voi, vil razza che amo, è solo per voi che
lo faccio", e con due mosse di ironica danza, beffò la punta delle dita del portiere del Barcellona, lasciandosi tuttavia accarezzare, scelse l'angolino più assurdo – altrimenti, come sarebbe stata degna di Verdi? – e si insaccò in
gloria.

Il Ferrari e il Minotti restarono seduti, a scrutarsi, sepolti dalla folla che scattava in piedi: «Zola! Zola!». Mentre l'arbitro fischiava la fine, il che significava che la
squadra del Parma, per la prima volta nella sua storia, aveva vinto la Coppa dei Campioni.

«Dannato Fornari» e il Minotti gli scaricò un'allegra
botta sul collo. «Ma come diavolo fai, eh?»

«Mi devi un testone...»

«Due.»

«Avevamo detto uno.»

«Due... Se la stessa fortuna ce la porti domani. Con quella Margot.»

«Magari ci facciamo accompagnare dal piccolo sardo, che dici?»

Ridevano stringendosi le mani in mezzo alla baraonda dove tutti si abbracciavano, con le bandiere, le sirene, un fracasso che spaccava i timpani. Anche dopo, nella notte passata in giro a bere da matti, un po' per stamparsi nella memoria il trionfo di quella Coppa raggiunta, un po' per liberare la memoria stessa dall'angoscia, continuarono a paragonare la spedizione da Margot, a Villa delle Gaggìe, che avevano concertato, a una palla che doveva entrare in rete, nell'angolino là, in alto, dove sarebbe stato difficile anche per il Maradona dei tempi d'oro... A meno di non godere di una palla tagliata dal piede di un Dio.


E così Margot li ebbe tutti radunati nel salone, che si reggevano in piedi a malapena. E gli occhi del Minotti, otre colmo di cento vini diversi, erano come due biglie che stessero per scoppiare dalle orbite.

Grazie al Bocchi, Margot si stava godendo un'altra personale musica di trionfo, e li lasciò in piedi, a barcollare, a reggersi l'uno con l'altro. Parlavano di scuse, quelli della banda, di scuse a lei, e alla memoria del Giulio Pagani; ne straparlavano da ubriachi, che si dichiaravano pronti, in cambio, a qualsiasi prezzo lei avesse preteso. Ma Margot era come se non li udisse, concentrata a gustarsi il gioco del proprio sorriso, più in alto di loro, immobile su un gradino dello scalone, col pensiero lontano... Scrutandoli, aveva la sensazione che il suo corpo di donna subisse contrazioni, simili ai sogni che raccorciano le distanze e le forme del ricordo; avvertiva in sé, quasi concretamente, le dimensioni dell'adolescente Margot, a Palazzo Corradi, inquadrata nelle cene esclusive dalle occhiate sordide di uomini degni della banda che aspettava ora una sua parola, sottomessa... E poi aprivano la porta della sua camera e, con la stessa ansia che stringeva le gole dei presenti, le ripetevano: "Non dire niente a tuo padre, anche se è un ingenuo che non si accorge mai di nulla, altrimenti saremo noi a dire che sono tutte invenzioni tue, e tu sei un corpo estraneo, qui dentro".

E l'imbrattavano. E dopo che se n'erano andati, lei si ritrovava una ragazzina sola nel cuore più silenzioso dell'universo, una ragazzina che si fissava nello specchio infarinato, con la bocca ancora imbrattata, dicendosi: "Un giorno... Un giorno ai miei piedi. Tutti!".

Per reagire alle contrazioni di quel *corpo estraneo* che non era morto dentro il suo corpo, Margot si fece più eretta. Chiunque fosse, quel Bocchi, un genio o un demone, non poteva che ringraziarlo. Chi consente di godere un momento come quello, ineffabile, fa passare in second'ordine ogni dubbio, ogni ambiguità della mente: uno capace di colpi di grazia simili è, a suo modo, un grande...

Margot portò la sua soddisfazione al punto estremo, finché il suo silenzio non fu più sostenibile. Dopo aver speso un fiume di parole, che lei aveva udito remote, indistinte, con gli occhi fissi sulle labbra dell'uomo, intorno alle quali s'infittivano le gocce di sudore, il Minotti si fece avanti al centro del salone, esasperato, esclamando:

«Vuoi che ci inginocchiamo, Margot, eh?... Guarda che sono capace di inginocchiarmi, e anche gli altri lo sono.»

«Io non voglio niente di ciò che mi offrite. Mi avete già dato. E quanto mi avete dato qui, stamattina, non ha prezzo.»

Il Minotti si disse che doveva essere proprio vero che quella donna era uscita di testa, se rifiutava vantaggi tanto complessi e fruttuosi, accontentandosi di un qualcosa che era il niente, un pretesto del niente, perché nessuno di loro aveva fatto niente di tangibile, nemmeno una genuflessione:

«Allora, vuoi che ci inginocchiamo?...»

Si girò sarcastico verso gli altri, che risposero con una mezza risata ubriaca, di assenso.

«Non qui» disse Margot.

«E dove?... Per noi, va bene ovunque.»

Margot trascinò la banda attraverso il parco, li obbligò ad addentrarsi dove i tronchi erano più fitti, e le piante toglievano il respiro, e gli arbusti graffiavano, colpivano con una miriade di piccole pugnalate. Il Minotti e gli amici, costretti con più fatica a reggersi l'un l'altro, coi cento vini diversi nel sangue che gli facevano stravedere piante ed arbusti come i tentacoli di un mondo fiabesco e insidioso, masticavano bestemmie chiedendosi: "Ma dove diavolo ci sta portando, questa matta? Mica vorrà interrarci qui, in una foiba, sarebbe anche capace di farlo...".

Margot indicò la porta della piccola cappella di Giustina.

Dove c'era poco spazio. Perciò, quando caddero in ginocchio come tanti sacchi umani, con il solo sollievo di non dover più lottare con l'equilibrio instabile, si trovarono a darsi zuccate e gomitate, abbracciandosi contro volontà, respingendosi, accusandosi reciprocamente di colpi sleali. Riuscirono, comunque, a formare un mucchio, rischiarato dalle lampade votive, attraversato da malevola sopportazione, recriminazioni, dal quale spuntavano teste e braccia, che subito riaffondavano.

In quel momento di battagliata pace, il Minotti alzò gli occhi. Imbambolato, scrutò il Gesù Portacroce, con una strana paura che non capiva da dove gli venisse perché, si ripeteva, "Non può venire da ciò che sto vedendo... Mica può venire da lì. Mica è possibile". E si chiese: "Che senso ha un Cristo con il capo rosso e il becco di un picchio?". Avrebbe voluto girare la domanda al Fornari, che aveva un fiuto da dio nelle faccende improbabili; ma il

Fornari stava avviluppato al Marchini e al Bollati: non avrebbe potuto rispondergli.

Dovette quindi vedersela con se stesso. E gli uscì dalle labbra:

«Gesù!...»

Di nuovo non capì, non poteva capire, nel suo stato, se era la prima invocazione a Dio della sua vita, o l'inizio di un'altra, banale domanda che gli era morta in gola: su quello strambo connubio fra la divinità e tutte le creature, animali compresi.

Nei giorni della sua permanenza a Villa delle Gaggìe, anche a Fabrizio era capitato spesso di essere attratto dalla notte del parco. Quando Margot non lo portava a cena, in giro, insieme ai suoi amici più stretti (e il ragazzo li aveva conquistati, col nuovo, più disinvolto atteggiamento che consentiva, alla sua intelligenza, alla sua cultura, di manifestarsi senza timidezze, brusche chiusure, complessi di sudditanza). Scendeva la notte e Fabrizio, scrutando fra gli alberi, fra le luci strane che a volte si accendevano nel regno di Giustina, si ritrovava in uno stato di grazia e con la convinzione che, dal buio, gli venissero inviti a procedere oltre nella metamorfosi che stava vivendo.

La grandezza della vita è capricciosa, pensava, e raro il suo concedersi con ciò che immaginava un affetto superiore. Fabrizio provava una sorta di commozione e percepiva quell'affetto. Pensava anche: proprio da quanto ci è ignoto e inspiegabile ci arriva, se ci si confronta, un aiuto a conoscere noi stessi, e a spiegarci. Perciò si aggirava. E a volte l'alba lo coglieva seduto sotto una quercia maestosa, come se le sue radici potessero trasmettergli una linfa che rendeva più forte la sua ritrovata personalità.

Una notte, la sorpresa fu diversa. E lo turbò profondamente.

Stava addentrandosi. Gli arrivarono voci sommesse... Nel semibuio creato dalla luna, tre figure: Margot, Franca Gherardi, Walter Carboni. Sembravano complottare, avevano l'aria dei complici. Ma perché nella furtività del parco? Con lo scopo evidente che solo lui non ne sapesse nulla? E come si spiegava la presenza di un personaggio equivoco quale il Carboni?

Fabrizio rientrò e aspettò Margot. Il sentimento di esclusione che l'aveva accompagnato per anni, dopo ciò che era accaduto acquistava il peso di un affronto. Ci fu un breve alterco, e il ragazzo si stupì di sé. Non aveva mai alzato la voce con nessuno. Gli sembrò assurdo farlo con Margot:

«Ti ho visto con quel Carboni.»

«Allora?»

«Resta l'indiziato numero uno. La sua estraneità al delitto si regge su un alibi che potrebbe essersi costruito, abbiamo soltanto la sua parola... Stanotte, Margot, voglio sapere cosa nascondi, fin dall'inizio di questa storia, a me, a tutti quanti.»

«Agli altri, nascondo tutto e il contrario di tutto» fu la risposta enigmatica di Margot. «A te, come a me, la verità. Te lo ripeto, ho sempre saputo chi è stato a uccidere. Ma non ho una prova concreta. E più passano i giorni, più mi convinco non solo che l'assassino è di un'abilità diabolica, ma è stato mosso da ragioni che prima ritenevo semplicemente spregevoli, ora non più... Condannabili, certo, ma non miserabili.»

«Chi stai assolvendo?»

«Capire non significa assolvere.»

«Cosa cerchi di dirmi?»

«Qualcosa che fra poco, ormai... Fra poco ti sarà chiarissimo. Questa faccenda sta per concludersi. Ancora un po' di pazienza. E niente dubbi, sospetti inutili.»

Fabrizio le parlò dei tanti dubbi che l'avevano disorientato quando si era chiesto per quale ragione Margot l'avesse voluto lì, da lei, ad aspettare con lei:

«I fatti nuovi, come mi dicevi. La soluzione finale.»

Margot lo abbracciò:

«Non sempre le nostre idee, quelle che ci spingono ad agire, sono subito chiare. Si chiariscono via via. Diciamo che, all'inizio, ti ho voluto qui con un proposito confuso. Per servirmi di te, forse...»

«In che senso?»

Margot scosse la testa e chiese anche a se stessa:

«Come un'esca? Per tendere una trappola all'assassino? Chissà. Cercavo, a caso, un qualunque pretesto che potesse aiutarmi. Poi è stato diverso...»

Fabrizio si calmò. Ricambiò l'abbraccio.

Doveva ancora imparare ad orientarsi in quell'altra ambiguità – dei fatti, dei comportamenti umani – che crea mutazioni ardue da capire, contraddizioni in apparenza paradossali. Il Carboni ne era un esempio. L'esser stato giocato dall'assassino, che aveva messo in atto, con oscura determinazione, i propositi che lui aveva sbandierato con parole da spaccone, vanterie, rappresentava una sconfitta personale da cui, rabbiosamente, aveva cercato di riscattarsi. Si era adoperato in ogni modo. Aveva preteso e ottenuto la solidarietà della malavita, aveva scatenato i suoi. Dandosi per vinto, alla fine:

«Non è lo sterco che dobbiamo dragare.»

Da qui, il suo squilibrio. Era costretto a riconoscere che chi aveva commesso il delitto possedeva una mente superiore alla sua: "Un assassino più abile e più astuto di me, pur senza avere pratica del crimine" si ripeteva, ed era diventata un'ossessione. "Come si spiega? Un maniaco, un pazzo, forse." Cercava di consolarsi con l'ipotesi del pazzo: in questo caso, la sua autorità non ne sarebbe uscita umiliata. Un pazzo che uccide non fa testo. Ma era un'ipotesi attendibile? Si scontrava con troppe considerazioni contrarie. Uno psicopatico, quando si sporca le mani di sangue, si esaurisce nel cerchio, per lo più occasionale, del proprio atto. Non dispone della lucidità necessaria per collegare, nel tempo, i fili sottili di una trama infernale, che tale, ai suoi danni, la considerava il Carboni, subendone un'inquietudine che lo disarmava.

E ancora: come poteva, l'omicida, conoscere a tal punto ciò che il Carboni era, faceva, diceva, fino a ingannarlo, a prendersi gioco? Apparteneva al suo giro? Impossibile, se n'era accertato. Dunque? Doveva stare più in alto: un burattinaio, a suo modo, che se da un lato non ignorava nulla della feccia, dall'altro poteva disporre di connivenze privilegiate nelle due opposte direzioni, verso il basso e verso gli insospettabili.

Ma chi? E come? Soprattutto: perché, per realizzare il suo disegno, prendere le mosse da lui?

Non si dava pace, il Carboni. E questo esasperare l'affronto subìto l'aveva portato a rivedere la tattica. Per batterlo – l'ignoto, beffardo nemico –, per sperare di batterlo, doveva contare non più sul sottosuolo della delinquenza, ma sulle persone che, coinvolte nel caso, respiravano aria di altri mondi, socialmente elevati, disponevano di altri poteri. Persone come Margot, appunto: di quei mondi, era il personaggio ideale, un simbolo. Con la mediazione di Franca Gherardi, che gli stava dimostrando doti insospettabili di ragionevolezza, persino di astuzia.

Insinuarsi in un'orbita che non conosceva, ma riteneva l'unica possibile, richiedeva cautela. Avrebbe dissimulato la sua alterigia, il suo cinismo, il disprezzo che nutriva per chi era diverso da lui, le esasperate gelosie e il volgare senso di possesso nei confronti delle donne preferite, come Franca. Sarebbe stato di un'umiltà disponibile.

A Margot, di conseguenza, si era affidato, fino a mettersi nelle sue mani, e Margot era stata al gioco, fingendo di non sapere, in realtà vedendo benissimo attraverso le acque sul fondo delle quali il Carboni restava, come un giorno si era dichiarato, "un brutto pesce". Un brutto pesce, tuttavia, che le serviva. Il Carboni andava, veniva da Villa delle Gaggìe. Proponeva soluzioni. A volte delirava. Ora che la bomba gli era scoppiata in mano, imparava che il male non è solo un affare che si tratta, ma un affare ben più complesso da cui si può essere trattati, una questione molto soggettiva. Esistono acrobati della simulazione perversa. E lui avrebbe voluto chiedere a Margot: "Insegnami i labirinti di questa simulazione. Tu li conosci. Lo so, lo sento". Avrebbe voluto chiederglielo in ginocchio, pregandola di fare in fretta.

Tutto ciò gli costava uno strano senso di soggezione. Lo provava proprio lui. E proprio lui cominciava a dirsi: "Arriva un tempo in cui non si va più avanti con ciò che siamo stati, a meno di non ritrovarsi schiena a terra, a guardare il cielo, avendo piantato sullo stomaco lo stivale di chi ti abbatte" (cercava di immaginarselo, il rivale che lo calpestava: eretto, forse con due teste, forse con la lingua biforcuta). Lo atterriva il solo pensiero di guardare il cielo dalla parte delle radici.

Senonché, frequentando Margot, imponendosi con Franca una disposizione d'animo profondamente mutata, il Carboni aveva scoperto un lato di sé che non aveva mai supposto, e se gliel'avessero detto solo pochi mesi prima, avrebbe reagito alla brava:

"Ma voi siete pazzi! Io sono e resterò sempre all'opposto!"

Era, era... Cercava di capirlo.

Era un desiderio inconfessato di confidenze autentiche, ossia di una considerazione che non gli venisse soltanto da individui spregevoli soggiogati dalla sua protervia di capo che si atteggiava a crudele: gente pronta a baciargli i piedi e a spargargli alle spalle, poi, al primo segnale di sconfitta. Era un'ambizione di qualità, non avrebbe saputo definirla meglio, a cui pensava di avere diritto, essendo tutto, fuorché un mediocre... Gli restituiva un senso d'orgoglio, infatti, l'illusione di essere rispettato da quanti erano in grado di valutare, e quindi apprezzare, certe sue qualità naturali che aveva impiegato al peggio ma che ora, sorprendendosi lui stesso, inquadrava al meglio: la scaltrezza, la forza del carattere, la capacità medianica di afferrare chi vale e chi no, di distinguere chi è degno di un colpo di pistola in fronte e chi, al contrario, non merita parole e atti sovresposti, sempre, nella cruda logica della devianza.

All'incrocio, ancora instabile, fra ciò che era stato, ciò che era e ciò che poteva essere, il Carboni era diventato, a suo modo, più saggio.


Margot ne ebbe una prova anche il giorno di festa in cui, portandosi Fabrizio e Franca Gherardi, andarono a mangiare a Po. Il Carboni apprese, quel giorno, che ai Salici di Capitello, oltre al Capannone che nascondeva i suoi segreti truffaldini e dove Giulio era stato pestato a sangue, sorgeva il Circolo Magico i cui adepti si ispirano al Parmigianino, pittore sommo della terra parmense, maestro altresì di simulazioni e dissimulazioni. Paziente, il Carboni ascoltò le spiegazioni velatamente ironiche di Margot, che gli faceva capire come simulazione e dissimulazione possono, in arte, consentire risultati sublimi.

Poi Franca Gherardi si allontanò con Fabrizio. Da giorni, e apertamente, lo corteggiava come se lo scoprisse ora, con sensuale civetteria, facendogli provare non solo la voglia di una donna, ma anche l'orgoglio per una donna "che vuole te". Fissarono Franca che trascinava per mano il ragazzo, portandosi una leggerezza di tutta se stessa libera dai pensieri e dalle preoccupazioni, appena intorpidita dal cibo. Lasciava immaginare quel torpore del suo corpo quando si spigriva dopo il sonno o, al contrario, quando si impigriva dopo un atto d'amore.

«Guardala, Carboni» disse Margot «grazie al cielo, non tutto si è corrotto in lei, nonostante la vita che ha fatto, che anche tu le hai fatto fare. Guardala: è ancora felice di sé.»

«Già» rispose il Carboni.

E sembrò convenirne non solo con quella parola.

S'infrascarono, Franca e Fabrizio. Che ironia, pensò Margot: Fabrizio, per anni, aveva scrutato l'amore degli altri, e ora era lei, seduta sull'argine accanto al Carboni, che si trovava a scrutare, con una nostalgia, il canneto che nascondeva i due ragazzi:

«Beati loro... Sono così giovani.»

E il Carboni, stavolta con un sorriso:

«Beati loro.»

Tornati a Villa delle Gaggìe, Carboni e Margot si trattennero nel parco mentre, dalla finestra aperta della camera che era stata di Giulio, scendevano le risate di Franca e Fabrizio. Con una stanchezza improvvisa, di quelle che afferrano sia i ricordi che il senso del futuro, trasformandosi in una punta di desolazione, il Carboni tralasciò di proporre, come al solito, nuovi stratagemmi e ricadde, per forza d'inerzia, nell'idea che aveva sostenuto all'inizio:

«Forse è un castello che abbiamo costruito, che ci ostiniamo a costruire... Forse la realtà è davvero più semplice. Credimi, Margot, non dobbiamo trascurare la possibilità che l'assassino sia un pazzo, uno psicopatico... E uno psicopatico torna sempre sul luogo del delitto.»

Alzò le spalle, un po' per riderne, un po' per deridersi:

«È un luogo comune, no?»

«Un luogo comune» convenne Margot. Senza aggiungere che, in quella storia, tutto era accaduto, e continuava ad accadere, proprio per abbatterli, i luoghi comuni.

Così tornarono, pur senza crederci, a puntare sul Pioppeto Rondini, la notte. Anche all'inizio, Margot aveva condiviso scettica quella sfida elementare, per non porsi subito in dialettica col Carboni, per assecondarlo lasciandogli credere che era giusto battere ogni pista. Che la soluzione stava ben oltre, si sarebbe convinto via via; ma doveva arrivarci da solo.

Avendo Fabrizio al posto di guida, Margot raggiungeva in macchina il punto del pioppeto dove, la notte del delitto, Giulio si era fermato per amoreggiare con lei. Mentre il Carboni, armato, si appostava fra i tronchi, i due fingevano appunto di amoreggiare; poi Fabrizio si avviava al cespuglio da cui era comparsa la figura che aveva indotto Giulio ad esclamare:

«Ma che pazzia è?... Ma come, proprio tu?... Ehi, sto dicendo a te!»

Ed erano seguiti i tre spari.

Le prime volte, erano bloccati dalla paura e provavano la tentazione di fuggire. Ma dopo poche notti, poiché nulla accadeva, lo presero come un gioco solo leggermente rischioso, in realtà patetico, se non ridicolo: nessun demone, ne erano certi, sarebbe spuntato dal buio per farsi sparare dal Carboni.

Riprovavano, quella notte, dopo una lunga pausa. Solito rituale. Fabrizio teso. Margot che scrutava le tenebre. Faceva parte del copione anche ripetere certe frasi:

«Qui, ferma! È questo il punto in cui si è fermato Giulio. È sempre terribile rivivere quei momenti.»

Fabrizio arrestò l'automobile. Margot girò la faccia del ragazzo:

«Siamo arrivati qui e ci siamo baciati.»

Gli afferrò la nuca, lo baciò. La recita ripetuta aveva conservato una sua morbosità. L'ansia nasceva anche dall'eccitazione. Fabrizio affondò la testa fra le sue gambe, dopo che Margot si fu sollevata la gonna:

«Abbiamo cominciato a fare l'amore.»

Margot teneva le cosce divaricate, mostrandosi alla notte, a chiunque, spiando, volesse guardarla:

«E Giulio mi ha chiesto: "Paura di che? Di qualche guardone? Ma che ti vedano pure". E c'era una figura, appostata laggiù... Dopo, Giulio è sceso. Per godersi la luna... "Ah, che luna" ripeteva. "Che stelle... Come può essere bella la vita, Margot!"»

Pregò Fabrizio:

«Apri la portiera e scendi. Come ha fatto Giulio. Si è diretto a quel cespuglio!...»

Fabrizio si era abituato ad eseguire. Ma, stavolta, la recita lo inquietava. Tornava il terrore delle prime volte. Non riusciva a spiegarsi il perché. Dando le spalle all'automobile, avanzò verso il cespuglio. Lo raggiunse. Distingueva a fatica, davanti a sé. Dalla fronte, il sudore gli annebbiava la vista. Arrivato questo momento, passati i primi istanti di attesa, di solito si tranquillizzava: c'era sempre stato un buio che si lasciava frugare con benevola complicità, come per rassicurarlo...

Successe tutto così rapidamente, che Fabrizio non ebbe nemmeno il tempo di un grido. Il tempo gli concesse solo quella stretta alla gola, e contemporaneamente gli apparvero gli occhi, oltre il cespuglio: i due occhi che lo fissavano, pupille dal neutro colore, sospese sul bianco neutro...

O almeno così gli sembrarono. Nell'incubo istantaneo.

Fabrizio si aspettò lo sparo, gli spari. Gli sembrò persino di avvertirne l'impatto, col rammarico di morire, morire per una recita idiota, un tranello... Invece gli arrivò una voce cordiale, amica:

«Buonanotte, Fabrizio...»

E la voce si mantenne cordiale anche quando il Carboni si materializzò dietro quegli occhi, puntando la pistola alla schiena della presenza che pareva evanescente, fatta nient'altro che di buio:

«Buonanotte, Carboni...» La serenità, poi il sarcasmo: «Lo sai che ti abbiamo tolto il porto d'armi. Dovremmo arrestarti».

E accanto al Bocchi, che usciva allo scoperto, si delineò il Commissario Balbo. Era accorsa Margot. E il Bocchi le disse, con un sorriso:

«Ti avevo avvertita. Mai sostituirsi alla Giustizia. Si rischia, Margot, si rischia la parodia...» E rivolgendosi al Carboni, a cui il Commissario aveva tolto la pistola: «Si rischia di fare la figura degli idioti. Un dilettante sbaglia sempre, magari per un soffio».

Il Bocchi levò dalla tasca una sigaretta. Sorpresi sia Margot che il Commissario: nessuno aveva mai visto fumare il Sostituto Procuratore che, guardando la nuvola leggera che passava davanti alla luna, si mise a spiegare che anche lui, quella notte, aveva avuto la stessa idea:

«Vero, Commissario? Un sopralluogo. Volevamo immedesimarci nel posto, nell'ora... Identificarci... Per capire meglio la psicologia dell'assassino.»

Il Bocchi si accese la sigaretta...

Nei giorni seguenti, il Carboni si sarebbe chiesto, diventando questa un'altra sua ossessione: il cerino, quel cerino, l'ha buttato a caso, oppure con l'intenzione di centrare il groviglio di erbe secche, di rametti secchi, l'unico punto da cui l'incendio poteva scatenarsi? Possibile? Ci sarebbe voluta un'abilità diabolica: mantenere la fiammella viva di quel tanto, lanciarla in modo che l'aria non la spegnesse, farla cadere esattamente al centro...

L'incendio si scatenò in un istante. Di cespuglio in cespuglio, di tronco in tronco... Tutti furono costretti a fuggire per mettersi al riparo. Margot e Fabrizio fecero appena in tempo a saltare in macchina e a uscire dal cerchio di fuoco... E ora, addossati, nell'alone rosso che invadeva la notte, fissavano il rogo che si ingigantiva... Grovigli spinosi, che ardevano più violentemente, venivano trascinati da un vento di cui, prima, non si erano accorti. Comete di rami e foglie attraversavano il cielo con la coda infuocata. I tronchi scoppiavano come per esplosioni a catena. Con una velocità superiore a quella delle fiamme, orde di topi, stanati, si tuffavano nel buio cercando salvezza. Si aveva l'impressione dei loro denti che mordevano l'aria...

Franca Gherardi cadde in ginocchio, singhiozzando. Sembrò che le fiamme raggiungessero la nuvola leggera che attraversava la luna, la luna stessa. Una fiammella si affacciò a pochi passi da Fabrizio, che saltò indietro, scomparve lasciando un fumo bluastro. Il calore sulla pelle era tale che tutti si sentivano parte della devastazione... Il Pioppeto Rondini era al colmo del fuoco. Anche gli uccelli notturni si erano messi al riparo e svolazzavano impazziti intorno a Margot e agli altri. Nel riverbero, ciascuno si interrogava con gli occhi, gli interrogativi si abbattevano su ciascuno come i tronchi precipitavano su anfratti, voragini. La luce della luna, mista alle fiamme, trasformava gli slarghi del pioppeto in laghi rossosangue...

Arrivò l'alba, con un taglio obliquo che faceva pensare alla pietà che s'infiltra fra le creature distrutte. L'alba nel cielo livido.

Il Pioppeto Rondini era un mare di cenere.

Il luogo del delitto era un mare di cenere.

Il raggio di sole, che lentamente si diffuse su quella distesa grigia, toccò il volto di tutti. Allora il Bocchi, fissando la cenere, delirò:

«L'alba io la riconosco dentro di me perché, prima di svegliarmi, quali che siano i sogni che sto facendo, mi sale un sogno più piccolo, che si fa largo, come un'ostia di luce che ha il rintocco della campanella di una chiesa di campagna; e l'ostia assume in quegli attimi le forme di qualcuno... Quel qualcuno sale, sale, andando alla luce, senza sapere se il suo destino sia di appartenere all'abisso buio del fondo oppure alla vetta che splende, al paradiso...»


Il Bocchi tornò come sempre a sognarla, nell'ultimo dei suoi sogni...

La madre Delfina che prima era una piccola nube chiara fra le figure sognate, gli incubi anche, e poi quell'ostia di luce acquistava le sue forme: una Delfina remota, che gli sorrideva avvicinandosi dalle sue lontananze, e il suo corpo s'ingrandiva, via via, fino a colmarlo, e ogni altra figura scompariva lasciandole il passo... Delfina che conquistava le stesse proporzioni del corpo del Bocchi, *era il suo corpo*, erano loro due in un corpo solo: lui addormentato, lei con gli occhi aperti e vivi, il sorriso vivo, il profumo del suo vestito, il tepore delle mani che si tendevano ad accarezzarlo, delle labbra che si appoggiavano alla sua fronte...

A questo punto, la madre usciva dal suo corpo, e il Bocchi si svegliava vedendola concretamente, in quel passaggio di un istante, fra sonno e veglia, che consente di vedere concretamente anche ciò che non esiste...

Si svegliava con la certezza che la madre Delfina sedesse sulla sponda del letto, fissando serena il suo risveglio, accarezzandogli la testa. Poi, tutto spariva. Tutto sparì, anche quel giorno.

Il Bocchi aprì la finestra, lieto che fosse un'alba particolarmente luminosa. Si fece il caffè. Andò a berselo in terrazza, dove aspettò, seduto nel venticello, che il sole si staccasse dall'orizzonte. Rientrò, si vestì con cura davanti allo specchio, pensando che ciò che l'aspettava doveva vederlo apparire elegante, con i capelli ben pettinati, nulla di trascurato nell'apparenza, come nulla stava trascurando nella profondità delle emozioni, della memoria.

Così lo voleva la madre Delfina, quando decidevano di

uscire insieme, e lui era un ragazzino, e lei gli raccomandava di vestirsi a dovere, di mantenere un bel sorriso, affinché la gente potesse commentare, scoprendoli insieme attraverso la città: "Sono una madre e un figlio esemplari" (pur sapendo che non l'avrebbero detto, e la gente, dopo averli lasciati passare, avrebbe insinuato alle loro spalle: "Guardate quel povero ragazzino, con una madre pazza").

Ciò che lo aspettava, ora, non era un essere umano. Era una bicicletta: appoggiata alla parete del piccolo salone, azzurra, collocata in modo che la prima luce facesse risplendere l'azzurro, tenuta come un idolo. Su quella bicicletta era morta sua madre. Ricordava ogni attimo di quel giorno: Delfina malata, prossima alla morte, pallida, che sollevava con uno sforzo la testa dal cuscino e gli diceva:

«Voglio fare un'ultima passeggiata in bicicletta...»

Interdetto, avrebbe voluto risponderle: "Ma non ne avrai le forze. Tu stai per morire...". Invece era stato zitto, aveva risposto "Sì", ed era stata Delfina a rassicurarlo:

«Troverò la forza, vedrai. Impiegherò le ultime energie che mi restano, ma almeno godrò di un'ultima pedalata felice in mezzo ai campi di Parma...»

L'aveva aiutata a vestirsi, a scendere nel sottoscala dove ciascuno teneva la sua bicicletta. La trasformazione avvenne non appena la donna mise le mani sul manubrio. Sul suo volto tornò il colore del sangue, negli occhi la vivacità. Si trovarono a pedalare, l'uno dietro l'altra, Delfina sulla sua bicicletta azzurra, che sembrava la ragazza delle prime volte che pedalava attraverso i campi della periferia, lasciando che la gonna si sollevasse al vento sulle sue gambe perfette, e la gente non diceva "Ecco la pazza Delfina", diceva: "Che magnifica donna diventerà, quella ragazzetta".

Avevano preso oltre lo Stadio Tardini, dove allora non c'erano case, ma erba o girasoli o distese di uva. Il Bocchi adolescente, a un certo punto, si era dimenticato che quella sarebbe stata la loro ultima corsa, e fissando le gambe della madre che giravano energiche, aveva provato l'emozione che già gli dava il seguire in bicicletta le ragazze di Parma... Si erano entrambi dimenticati della morte, e andavano, andavano, verso una meta che non si erano prefissi, lungo la polvere di una stradina, fra le uve gonfie, sotto il sole dell'autunno...

Poi, lui aveva visto la bicicletta azzurra sobbalzare, con uno scarto, come se le ruote si fossero scontrate con una pietra in mezzo alla stradina, e la bicicletta azzurra si era piegata sulla destra, ma dolcemente, dalla parte del fosso, e anche la figura di Delfina si era piegata, ma dolcemente, assecondando la bicicletta azzurra, e la madre non era caduta, si era adagiata, si era appoggiata soffice sull'erba impolverata del fosso, attenta a raggomitolarsi soffice, attenta che la bicicletta non rimbalzasse, ma si adagiasse accanto a lei, con le ruote che continuavano a girare, veloci e morbide, come una carezza di raggi splendenti che sfioravano la sua testa che anch'essa ora si piegava, la sua figura che, prima di chiudere gli occhi per sempre, con un ultimo respiro a pieni polmoni poteva colmarsi del pungente odore di polvere, misto all'odore dell'erba, che veniva da una stradina di campagna.

Dicendosi:

"È questa la vita che lascio. È questo il suo profumo che mi accompagnerà nel viaggio infinito che mi aspetta."

Il Bocchi adolescente era corso a sostenerla, ad abbracciarla, e lei l'aveva fissato, aveva speso l'ultimo soffio d'energia per mormorargli:

«Grazie... Grazie di quest'ultima...»

In quel momento, il Bocchi aveva capito che, per lui, Dio era morto, Dio non era più che due ruote di una bicicletta azzurra che cessavano di girare, che si fermavano a risplendere di sole come due orbite bloccate, simili agli occhi spalancati di Delfina, sui quali aveva abbassato le palpebre.

In quel momento, il Bocchi aveva capito com'è che la vita uccide: non muore, uccide... Tuttavia, uccidendo, servendosi di una morte procurata, facendosi assassina, risveglia intorno a sé, sia pure col solo rimpianto, tante vite altrui... Come – pensò ora il Bocchi, avvicinandosi alla bicicletta azzurra, idolo conservato nel piccolo salone di casa – come aveva fatto lui, servendosi di un assassinio... Quante vite aveva risvegliato intorno, quanti destini aveva riassestato, di quante sorti altrui era stato il giudice supremo, sostituendosi – se lo disse, di nuovo, in un rapido delirio – a quel Dio che si era bloccato, tanti anni prima, nelle due ruote di una bicicletta azzurra.

Si era già fatto mattino pieno.

Il Bocchi uscì per Parma pedalando sulla bicicletta azzurra. Le ragazze stavano andando al lavoro, intorno a lui un mare di ragazze in bicicletta, il vento che sollevava le vesti lungo il tratto posteriore delle cosce, e lui fissava la carne bianca e rosa, percorsa dalle vibrazioni della pedalata.

Nella sua euforia, tutte le desiderava, il Bocchi. E si accodava ora a questa, ora a quella, scegliendo fra le ragazze d'Emilia, ammaestrate al dialogo corporale col sellino, a quel gioco complice fra sesso e sellino, e gambe e gonne e risate di saluto e ruote e pedali e vento, con una trasgressione ardita e innocente. Avrebbe voluto possederle tutte, il Bocchi, nella mattinata che sembrava scoppiare di un sole eccessivo, con una trasparenza estrema dell'aria. Ma più pedalava, più si stordiva, più il suo desiderio si corrompeva per una crudezza, un rammarico... La felicità che le ragazze dispensavano per viali, strade, stradine laterali, si dissolveva nell'aria, e lui faceva appena in tempo a carpirla con gli occhi, con un battere del cuore, e già non esisteva più, e il suo corpo, sulla bicicletta azzurra, si ritrovava come orfano, col peso di un'ingiustizia patita, a confrontarsi solo con la fatica di pigiare sui pedali.

Addio, addio, si ripeteva, con le lacrime agli occhi: addio a una vita che era stata ingiusta con lui, perché avrebbe voluto essere bello, corteggiato e amante ambito; avrebbe voluto esistere, nella reciproca attrazione, con la stessa necessità naturale di una bella mattina che insinua la provocazione della sua bellezza nel sangue di chi la vive... E invece le donne non lo avevano mai guardato come una donna, appunto, guarda un uomo quando lo vuole, ed è pronta a corrispondergli, in nome, nel semplice nome di una legge dell'istinto, prima ancora che la ragione intervenga... L'avevano sempre visto come uomo di un'altra legge destinato fin da ragazzo, da sempre, alla legge severa, che intimorisce, che è frutto della storia della ragione, che con le sue norme regola, punisce...

Esasperando la verità, ignorando qualche suo amore faticato, tormentato, si disse che ai loro occhi, come amante, era sempre stato invisibile.

I pedali gli scivolarono via, il manubrio ebbe uno scarto fra le sue mani, si accorse della bicicletta azzurra a terra, che rimbalzava sul marciapiede, prima di rendersi conto che anche lui barcollava, veniva sorretto, e qualcuno gli stava chiedendo se si era fatto male... E adesso coloro che erano accorsi si guardavano interdetti, perché quell'uomo col vestito elegante strappato qua e là, farneticava, girando intorno lo sguardo: «È vero. Avrei voluto essere come Giulio...» si corresse, da giudice. «Come il Giulio Pagani che poteva, volendo, averle tutte... E per lui in tante perdevano la testa».

Quindi il Bocchi si fece largo, per chinarsi sulla bicicletta azzurra, controllarla, accarezzarla, mormorandole qualcosa di incomprensibile con un tono amoroso, come aveva accarezzato, sull'erba impolverata di un fosso, la madre caduta tanti anni prima. Quando sollevò la testa, sembrava un bambino felice, negli occhi una letizia con una punta di follia. Andava esclamando:

«Non ha un'ammaccatura! Guardate. Non si è fatta niente... È ancora intatta, perfetta. È ancora viva!»

Ma notò che tutti continuavano a fissarlo sconcertati, senza mutare espressione, senza partecipare alla sua gioia. Allora reagì. Quella punta di follia si oscurò. E fu la sua espressione a mutare. Esclamò di nuovo:

«Perché mi state guardando come se fossi un assassino?»

Subito si coprì la faccia con le mani. Scambiarono le sue parole per un modo di dire.

Invece, dietro le dita strette, lui mormorò, con un fiato di voce che gli altri non potevano udire, dicendolo per ora solo a se stesso:

«Avete ragione a guardarmi così. Come se io fossi... Perché lo sono... Io... Lo sono!»

Si tolse le mani dalla faccia. Tornò a indicare la bicicletta a terra, ripetendo:

«Ma l'importante è che lei non si sia fatta niente. Che sia ancora viva!»

# VII

Il Bocchi accese la piccola lampada sul tavolino. Gli era capitato fra le mani *Sul male radicale nella natura umana* di Kant. Si soffermò sul passo: "Il mondo va di male in peggio: questo lamento è vecchio quanto la storia, così vecchio, anzi, quanto la poesia, che è anteriore alla storia, vecchio come la più vecchia di tutte le leggende poetiche, la religione dei preti. Eppure, tutti fanno cominciare il mondo dal bene: dall'età dell'oro, dalla vita in paradiso, oppure da una vita ancor più felice in comunione con gli esseri celesti. Ma questa felicità essi la fanno ben presto svanire come un sogno, e affrettano poi la caduta nel male (il male morale, con cui è andato sempre di pari passo il male fisico)...".

Il Bocchi annotò: "I paradisi e gli inferni". Pensò che questa nota gli sarebbe tornata utile.

Telefonò a Margot e le disse:
«Incontriamoci stanotte. Al Pioppeto Rondini.»
E Margot reagì:
«Stanotte? Al Pioppeto Rondini? Ma è assurdo.»
«Concedimi quest'ultima assurdità.»

Margot, e la distesa di cenere, dove il Pioppeto Rondini era bruciato; Margot e la notte, la luna che saliva sulla sua figura che avanzava come nella coltre di una spiaggia deserta, nel silenzio profondo, e il mare di quella spiaggia era Parma, con le sue luci lontane...

Margot e il giudice Bocchi, che le aveva chiesto di incontrarsi lì, e veniva verso di lei, affondando nella stessa coltre che invece gli pareva di neve... Era passato qualche giorno dall'incendio.

Si trovarono fermi, a guardarsi. Margot esclamò, nella mente: "Dimmela, finalmente, la tua verità. Ora devi dirmela!". Ma restò zitta. Scrutò in su, c'era sempre la nuvola che passava davanti alla luna, come in *Un cane andaluso*, come sul balcone, all'inizio di quel film, mentre un uomo affila il rasoio, accorgendosi del cielo e della nuvola, sapendo che la testa di una ragazza, con lo sguardo fermo, lo aspetta, ossia è la sua paura che aspetta la lama del rasoio... Il carnefice, la vittima.

Il sole, un tempo, ci moriva dentro a fatica tra le fitte lance dei pioppi, e il Pioppeto Rondini conservava, anche nelle prime ore della notte, il calore della sua morte lenta, dell'ultima luce assorbita dai tronchi. Il mare di cenere, al contrario, emanava un freddo ambiguo; la cenere aveva sepolto in fretta il sole nel suo dominio. Margot fissò il Bocchi negli occhi.

In quegli occhi abituati alla notte, non c'era più lo sguardo del nulla: pupille dal neutro colore, sospese sul bianco neutro. Il buio non vi cancellava più le passioni vissute: lasciava trapelare, invece, una nostalgia smarrita. Margot lesse, in questa nostalgia, il desiderio del Bocchi.

Il desiderio. Un desiderio...

Forse di rivederla – nel segreto di una camera, anziché in un assurdo luogo di distruzione – come l'aveva vista il giorno che era andato a Villa delle Gaggìe, dopo che Luisa Corradi gli aveva intimato di metterla con le spalle al muro, e lei l'aveva accolto nel salotto con le tende rosse tirate, e alla fine del colloquio si era alzata, era entrata nell'attigua camera da letto, ma lasciando la porta aperta di quel tanto...

Il Bocchi aveva potuto scrutarla, desiderarla, mentre faceva cadere il kimono a terra, in modo che il suo corpo nudo si delineasse contro la luce, un attimo, prima che la porta si richiudesse. Non l'aveva fatto per prendersi gioco di lui o provocarlo; ma per gratificarlo, sia pure con una rapida complicità: il Bocchi, infatti, restava l'uomo che più le aveva dimostrato devozione, proprio a lei, che sottilmente l'aveva respinto più di ogni altro.

Si aspettava che, facendo qualche passo ancora nella cenere, venisse ad abbracciarla, a prenderle almeno la mano, per confidarsi, liberarsi, dirle tutto. Come giustificare, altrimenti, quell'appuntamento assurdo?

Il Bocchi, invece, non si mosse. Era sbucato nella desolazione indossando un vestito impeccabile, mantenendosi elegante nel passo, nell'atteggiamento, come se andasse a una festa. E in effetti, per lui lo era. Una piccola follia di festa. Trovarsi di fronte, in un angolo di mondo che aveva creato lui, dandolo alle fiamme, alla sola persona che riteneva all'altezza per potervi trasferire i sogni, i ricordi felici, darvi corpo: e questo significava *corpo* per lui, il corpo desiderato, assai più del corpo nudo di Margot, intravisto nella porta semichiusa... Aveva libertà di scelta, fra i ricordi. Si lasciò sollecitare dal candore che la luna dava alla cenere, simile alle grandi nevicate d'inverno, ma anche alle grandinate improvvise che poi restano, coi loro grani lucenti, a coprire la terra.

Ricordò un giorno della sua adolescenza, sulle colline...

Era appena cessata, appunto, una tempesta che aveva imbiancato i campi, e lui, girandosi, si era accorto di scatto che sua madre Delfina non gli stava più alle spalle, con le mani sulle sue spalle che aveva stretto per rassicurarlo mentre la tempesta, di quelle che scoppiano in piena estate, si abbatteva sulle persiane chiuse, imperversando coi suoi fulmini... Si era precipitato fuori a cercarla, aveva gridato il suo nome, poi, di nuovo, si era girato di soprassalto, per uno scricchiolio dietro di lui, sui grani della grandine, trovandosi Delfina di fronte.

Per distinguerla nella luce che, lacerate le nuvole, rendeva il bianco accecante, fu costretto a ripararsi gli occhi con la mano. L'aveva vista quasi incorporea, a causa del bianco che sembrava assorbirla, persa in un altro mondo: il forte riverbero la teneva sospesa in sé... Come ora gli appariva Margot... Come ora scrutava Margot...

«È bello» aveva esclamato la madre «tutto questo bianco.»

E adesso il Bocchi ripeteva a Margot la stessa frase.

Lui l'aveva presa sottobraccio, Delfina, e condotta – come ora prendeva e conduceva Margot – mentre la grandine scricchiolava sotto i loro piedi, il vento fischiava rasoterra, e lei gli aveva confidato: «La senti? È come una musica... Lo stare insieme, bene, ha sempre una sua musica... Lo stare bene insieme, con le sue burrasche e il sereno che torna, è così raro... Simile a una grandinata fuori stagione».

E lui, ora, ripeteva a Margot, portandola sottobraccio nel mare di cenere:

«La senti? La senti?... È come una musica.»

Margot non gli rinfacciò che era pazzo. Si lasciava portare. La capiva, la sua parte di follia, non le faceva paura...

E con la madre avevano camminato nella grandine, contenti, finché la grandine non si era sciolta, il vento era caduto, i piedi si erano mossi in uno sciacquio informe. E lei gli aveva detto: «Abbracciami, come un giorno abbraccerai la donna che avrai scelto...».

Margot esclamò, stavolta a voce alta:

«Dimmela, finalmente, la tua verità. Ora devi dirmela!»

«Non stanotte, Margot. Stanotte volevo soltanto incontrarti in questo mare di cenere, serenamente... Qui dove, senza serenità, i miei occhi ti hanno seguita tante volte.»


... La notte continuò a Villa delle Gaggìe.

Di ritorno dal pioppeto, a Margot erano bastate poche parole, e il Bocchi si era lasciato convincere a trattenersi in una delle tante camere. Erano le ore che precedevano la soluzione finale, come la vigilia di una battaglia decisiva: tutti potevano stare sotto lo stesso tetto, con gli occhi aperti, perché dormire era impossibile, in quello stato d'emergenza che dà all'intimità un senso diverso.

Tre camere, con le porte socchiuse, nel medesimo corridoio. Tre porte accostate da cui piovevano tre righe di luce.

Nella camera in fondo, Fabrizio, disteso nel letto, stringeva la mano di Franca Gherardi, che tremava. E Fabrizio pensava: "Ormai è chiaro. Ormai lo sappiamo... Il Bocchi è l'assassino... Lo sappiamo stravolti, senza possibilità di riflettere. Come succede dopo l'impatto brutale di uno scontro. Ma è possibile la lucidità di fronte a una scoperta così sconvolgente? Riusciremo ad acquistare coscienza di un simile assurdo?".

E Franca pensava: "Ora il Bocchi uscirà dalla sua camera ed entrerà da Margot. Le dirà esplicitamente che l'assassino è lui. Forse sarà necessaria una lunga spiegazione. O forse basteranno poche parole... E poi lui se ne andrà, con il peso terribile di ciò che ha fatto o, chissà, con l'indifferenza di un omicida incosciente".

«Quale sarà il nostro destino?» chiese Franca.

«Avremo un destino?»

«Il mondo è così assurdo che anche per noi, forse, ci sarà un destino.»

Ma perché il Bocchi non si decideva? Perché, dalla porta accostata della sua camera, restava intatta quella riga di luce?

Anche il Bocchi stava disteso nel letto, vestito. E pensava: "È come se tutto si fosse sospeso in un'altra dimensione... Margot ha la certezza, ormai, che l'assassino sono io. Una certezza più concreta, più forte di ogni prova, benché non si basi su nessuna prova, nemmeno su una mia parola... Eppure sento che vorrebbe attraversare il corridoio, entrare qui, avvicinarsi a me, abbracciarmi, darmi il suo corpo, con la stessa tentazione che ha provato poco fa, nel pioppeto...".

Teneva gli occhi inchiodati alla porta. Concentrandovi la sua energia. Per vederla aprirsi. Quasi potesse aprirla con la sola forza degli occhi.

Anche Margot stava distesa nel suo letto, con la testa in fiamme, come se non avesse mai sospettato della verità. Invece l'aveva sospettata fin dall'inizio. Nei pensieri che si accavallavano, in quel tumulto, la figura fisica del Bocchi si dissolveva: stava pensando a un uomo, anonimo, senza volto e senza storia, semplicemente a un uomo che si era macchiato le mani di sangue per consentirle di mettere in atto le vendette segrete che erano state, anche con ingenuità, l'unico scopo della sua vita... Che aveva ucciso per motivazioni sue, forse le peggiori, ma le aveva permesso di ristabilire gli equilibri perduti, o mai avuti... Un uomo a cui doveva gratitudine, una deforme gratitudine...

Come quando, un tempo, il sangue le colava dalle narici, la ragione si annullava, e riusciva in questo modo a sopportare coloro che entravano nella sua camera umiliandola con rapide violenze, un'ebbrezza malsana nasceva da quel senso di gratitudine, la stordiva, la spingeva ad uscire, ad attraversare il corridoio... A far violenza lei, stavolta, a se stessa, una violenza che desiderava, da parte di un uomo che mai l'aveva considerata un corpo estraneo, ma al contrario, sia pure nel suo delirio, la massima incarnazione dei valori della vita...

Era come se suo padre Marco avesse assunto, violando la logica morale, le sembianze deviate del Bocchi.

Da qui la tentazione, anch'essa delirante: di consegnare il suo corpo al Bocchi, di compiacere finalmente chi – se lo ripeteva – per lei aveva nutrito il desiderio più profondo, con radici talmente profonde da diventare oscure, tentacoli giù, dentro la terra, fino a raggiungere gli inferni che sono il crogiolo infuocato della terra...

Ci fu, quel momento... Margot si alzò dal letto, buttandosi alle spalle l'idea del delitto che vedeva come una macchia di sangue stampata su un muro bianco, uscì nel corridoio, raggiunse la porta della camera del Bocchi, il quale notò la sua ombra disegnarsi nella riga di luce. E mormorò:

«Margot...»

Lei scivolò dentro, lo abbracciò. O meglio abbracciò, nel Bocchi, l'uomo senza volto e senza storia che, nei suoi confronti, aveva avuto una coscienza. Poi si staccò. Si sedette accanto a lui, sulla sponda del letto. Gli passò una carezza come per dare una forma a quel volto che, ai suoi occhi, non aveva tratti precisi: era una nebulosa che emette una luce di coscienza in un'immensa notte amara.

Capì che il momento avrebbe potuto protrarsi, e lei andare oltre, le sue mani si mossero sul corpo dell'uomo... Ma il Bocchi le fermò e le strinse, con commozione, dicendo piano:

«Vorrei...»

Era pronta per lui, Margot. Dopo tanto tempo, tante vicende, una storia così tormentata:

«Vorrei ciò che forse vuoi anche tu, Margot... Che tu lasciassi in me, intatto, il desiderio che provo per te, da sempre... Questa cosa preziosa.»

Margot avvicinò la bocca alla sua. Gli passò sulle labbra, più che un bacio, il proprio fiato... Poi corse via, a rinchiudersi in camera. Tornò a buttarsi sul letto, a faccia in giù, compressa sul cuscino. Bastava far passare qualche ora, aspettare l'alba, alla luce del giorno tutto sarebbe stato diverso, e lei si sarebbe comportata come sempre, quando una delle sue storie, anche terribile, finiva.

Era fatta così, Margot: tornata lucida, accettava il fatto compiuto, con un'apparente indifferenza che era la sua saggezza, lasciando agli altri il compito di togliere le macerie, sbrogliare le carte del gioco... Tanto – si convinceva – non ci si può fare più nulla, dopo che i fatti sono accaduti per una legge che non dipende da noi.

Perciò, che fosse lei a stabilire assoluzioni e condanne... Quella legge...


E questa era, di nuovo, una mattinata schietta, e il Bocchi, nel sedile di fianco, fissava Margot che guidava...

Le aveva chiesto di correre per i viali di Parma, per vederli un'ultima volta insieme a lei, come avrebbe voluto vederli sempre, e dividerne la luce, il profumo degli alberi... E ora le chiedeva di uscire dalla città, di correre, volare verso le colline, al paesino sopra Langhirano, dove andava d'estate con la madre, dove avevano passeggiato nel bianco accecante della grandine.

Si sedettero a un tavolino del piccolo bar, all'aperto.

Si trovarono entrambi a respirare un odore dimenticato nella memoria d'infanzia – unico, convennero – che stordisce i sensi dei ragazzini, l'odore delle grandi fontane di monte, delle vasche dove vanno a bere le mucche, misto al profumo di fieno, aguzzo, e al lezzo non sgradevole che lascia il bestiame... Uno dei tanti odori scomparsi. Come nessuno vede più, nelle colline, un confine viola che precede il mare del mistero.

Rividero insieme quel confine. Mentre il Bocchi diceva:

«L'hai sempre saputo. E io ho sempre saputo che tu lo sapevi.»

«È così.»

La pistola comparve sotto gli occhi di Margot, al centro del tavolino, senza che lei si fosse accorta che il Bocchi l'aveva estratta dalla tasca:

«È questa la pistola del delitto.»

«Uguale a quella che avevi procurato a me, per difesa personale.»

«Sì. Anche quella per tua difesa.»

Margot sfiorò il calcio della pistola:

«Cosa prova? Potrebbe averla usata chiunque.»

«Mi stai chiedendo se ci sarà la mia confessione? Certo, ci sarà. Ma nei tempi e nei modi che stabilirò io.»

Il *tempo*, pensò il Bocchi, poteva essere anche *subito*. La confessione scritta, infatti, la teneva nella tasca, in una busta bianca sulla quale restava da mettere il nome del destinatario. Era il *modo* che gli restava da decidere. Ossia a chi consegnarla: a Margot? O forse?... Anche affidarla al vento, affinché la trascinasse verso il confine viola delle colline che precede il mare del mistero. Era una decisione da prendere a nervi saldi: anzi, pacificati. Ricordò a Margot:

«Quel giorno che sono venuto da te, dopo che Luisa Corradi mi aveva intimato di metterti con le spalle al muro... Ti dissi che l'importante è capire. Sentirsi capiti da qualcuno che stimiamo degno di capire.»

«È vero.»

«Vedi, con la mia confessione io mi dichiaro colpevole, certo. Ma il punto non è questo, e non sono le conseguenze che temo. Il punto è: la mia confessione, scritta con la mia acutezza di uomo e la mia perizia di giudice, chiarisce ragioni talmente profonde, persino sacre, che chiunque legga diventa, per mezzo mio, degno di capire. Mi chiedo di conseguenza: chi è degno di mostrarsi, ai miei occhi e per mezzo mio, degno di capirmi?... Sembra un rebus. Invece... Esiste questo qualcuno?» Alzò gli occhi alla luce: «O forse no, non esiste. O forse è ciò che, in quella luce, chiamano Dio. O forse è la luce stessa, in sé».

Margot reagì con forza:

«È tutto più semplice, Bocchi!» lo gridò. «In nome di quel Dio tutto dev'essere finalmente più semplice! Io sono stanca. Stanca di quello che non è semplice. Io desidero soltanto tornare alla semplicità estrema... E anche tu devi tornarci!... Anche tu hai diritto a un po' di quiete semplice...»

Il Bocchi approvò con un cenno. Ma aggiunse:

«Vorrei che fossi tu questo qualcuno degno.» Poi alzò il bicchiere: «Prosit!».


Maturando la sua decisione, il Bocchi si disse che poteva godersi in pace quei momenti, come chiunque altro si fosse trovato lì, al centro di quel paesino, senza avere alle spalle nessun Giulio Pagani, nessuna colpa, senza il rammarico di convenire: quanti segreti, e connivenze, quante vite da tenere in pugno d'ora in poi mi sfuggiranno per sempre...

«Prosit!»

E bevve il vinello delle colline, che va giù come acqua, ma leggero non è. Un bicchiere dietro l'altro, finché la testa non cominciò a girargli... Allora si concesse il piacere di raccontare, come non aveva mai fatto, episodi della sua vita, e su uno si soffermò, in particolare. Ricordò che un giorno sua madre lo aveva portato dall'impagliatore, perché quando moriva uno dei suoi uccellini che teneva in terrazza lo faceva impagliare, e poi lo conservava fra gli altri vivi, che cantavano. L'impagliatore aprì un cassetto pieno di occhi di vetro: di ogni specie, colore, forma. Una miriade di sguardi. I bulbi avevano, ciascuno, uno spillone. Fece scegliere alla madre Delfina, che indicò gli occhi che preferiva. L'impagliatore infilò i due occhi nelle orbite vuote dell'uccellino e disse:

«Questo è il lavoro più delicato. Se si sbaglia il colore degli occhi, e la loro luce, l'uccellino perde la sua verità.»

Margot sorrise.

«Non lo trovi un ricordo bello? Di una tenerezza semplice?»

Il Bocchi poteva godersi anche questo: che Margot lo fissasse negli occhi, scoprendo che avevano il colore giusto. Si illuse di non aver mai avuto occhi di colore neutro, il colore del nulla, di non essere mai caduto nelle mani di un impagliatore funebre. Poi spinse la pistola attraverso il tavolino:

«Impugnala, Margot.»

«Perché dovrei?»

«Ti prego di impugnarla» il tono del Bocchi era dolce. «Voglio che tu sappia cosa significa puntare una pistola contro un essere umano. Non sai cosa si prova.»

Margot si lasciò convincere. Impugnò e puntò la pistola contro il Bocchi. Ma non provò nulla. Lo fece come un gioco. Il Bocchi fissò il foro dell'arma da fuoco:

«E ora dimmi... Quando tu assecondavi il tranello miserabile, patetico, che il Carboni aveva escogitato. Quando arrivavi in macchina al pioppeto, e fingevi di amoreggiare con Fabrizio, e il Carboni si appostava armato... In quei momenti, avendo quasi la certezza che l'assassino ero io...» Scrollò la testa e sorrise: «Che ero io lo psicopatico, il maniaco, di cui farneticava il tuo complice... Non hai mai sperato che il Carboni potesse avere in qualche modo ragione? Che riuscisse a sorprendermi per spararmi alle spalle, a uccidermi?».

Margot esitava.

«Dimmi la verità. Vedi? Te lo sto chiedendo serenamente... In fondo, abbiamo vissuto questa storia per qualche momento, almeno, di verità.»

«No» rispose piano Margot. «No.»

Gli aveva mentito. Il Bocchi lo sapeva. Nessuno era più abile di lui nel cogliere in un tono, una sfumatura, se la persona interrogata diceva il vero o il falso. Ma la capiva, la assolveva. Margot non gli aveva mentito per ambiguità. Semplicemente perché la ricerca della verità stanca, e lei era stata sincera nel dichiararsi stanca. Per questa stanchezza, nient'altro, ormai considerava la loro storia chiusa, e si era staccata da lui, staccata per sempre.

Una perdita irrimediabile che sarebbe stata, in futuro, la sua vera e sola condanna. L'idea lo colmò di una commozione che lo spinse a guardare verso la distesa delle colline: gli sembrò più remota con le sue piccole case disperse, come se Margot già si fosse dissolta in quella lontananza.

Perciò, a Margot, non avrebbe consegnato la sua confessione. Era inutile provocarla ancora nella sua stanchezza. Doveva lasciarla in pace.


Tornando verso Villa delle Gaggìe, l'automobile filava veloce, volava più che all'andata, e il Bocchi stesso aveva abbassato il tettuccio, così che il vento potesse farla da padrone fra lui e Margot, come da padrone la faceva nella testa sua il vinello di collina, ed era luce di vinello a pungergli gli occhi, erano i frizzi del vinello ad acquistare via via la forma di idee bislacche, improvvisazioni...

Il Bocchi si lasciava portare ad occhi socchiusi, per assaporarlo meglio, più a fondo, il senso di quel volo, come sollevato dalla strada, al di sopra degli alberi, dentro le nuvole... E non una riflessione lucida, ma appunto le improvvisazioni di un gioco mentale, che gli arrivavano come gli schiaffi del vento, gli facevano balenare, a tratti, le parole con cui Margot si era confidata: "È tutto più semplice, Bocchi!... Io desidero soltanto tornare alla semplicità estrema!". Semplicitaaa... Estremaaa... Tracciavano un'eco, in lui, quelle parole, simile alla scia sonora che l'auto sembrava lasciare tra i filari degli alberi.

Provò tenerezza per Margot, tanto che si mise a lottare col vento che glieli scompaginava, cercando di accarezzarle i capelli, senza riuscirci, riuscendo soltanto ad afferrarne le impennate bizzarre, com'erano bizzarri i suoi propositi, bizzarra la stessa tenerezza che provava.

Doveva assecondarla, quella sete di semplicità. Doveva lasciare a Margot quest'ultimo ricordo di sé: di un uomo che aveva esaudito a tal punto i suoi desideri da contraddire se stesso nel momento cruciale, fino a soddisfare, con animo sgombro e ironia e allegria, una sete di semplicità profondamente estranea... Il gioco, esclamò fra sé, il gioco che ci fa tornare bambini... La simulazione e la dissimulazione del gioco, esistono anche queste, anzi sono le prime in cui ci si imbatte nella vita... Il gioco che ci fa tornare bambini proprio quando proviamo il bisogno straziante di dissimulare il dolore che proviamo...

Ma come dargli forma?

Si trovarono nel salone della villa. Sul punto di lasciarsi.

Muovendosi davanti alla vetrata che dava sul parco, il Bocchi vide i globi bianco-oro del *Dori-ka* che, sotto le prime lampade accese, segnavano il confine del regno di Giustina. Il fiore battezzato *Ruota della verità*, e quante volte lui aveva ripetuto a Giustina:

«Un fiore che potrei mettermi all'occhiello come simbolo del mio ruolo, e di com'è, a ben vedere, la vita.»

E Giustina rispondeva:

«Già. Proprio così.»

Il gioco, la simulazione del gioco...

Scoppiò a ridere, si lasciò prendere da quel riso infantile, quando si ride di tutto e di niente, senza sapere perché. E raccontò a Margot che si era sempre dilettato dei gialli d'autore dove, alla fine, l'imbattibile detective riunisce tutti i protagonisti dell'intreccio e, come il classico prestigiatore fa col cilindro e il coniglio, estrae sotto i loro occhi la carta vincente, quella che smaschera il colpevole:

«Che ne dici, Margot?»

Pur senza capire, lei si era fatta attenta. E già sorrideva. Le chiese di avvicinarsi:

«Quei fiori, laggiù...»

«Il *Dori-ka*.»

«Ecco.»

«E allora?»

«Pensa: radunare qui, in questo salone, ogni personaggio che, per un verso o per l'altro, è scivolato nel Caso Pagani. Ordinargli di presentarsi qui, tutti, puntualmente, una sera...»

«E allora?»

Ripeteva "allora, allora" come una bambina a cui si racconta una fola...

«Sarebbe divertente fargli credere...» Finse di riflettere: «Insomma, vorrei dirgli: quando vi avrò tutti davanti a me, io metterò uno di quei fiori addosso all'assassino. All'occhiello della sua giacca, se toccherà a un uomo, fra i suoi capelli, persino con galanteria, se toccherà a una donna... Vorrei, ecco...».

Il Bocchi girò su se stesso, a braccia aperte:

«... qui, intorno a me, un silenzio di quelli che si tagliano col coltello. Mi capisci, Margot?»

«Sì. È divertente. Vai avanti.»

I suoi occhi erano tornati a rasserenarsi, ad accendersi.

«Vorrei fermarmi davanti a ciascuno, per scrutarlo, col fiore in mano. Vorrei provare ancora una volta, tenderlo al massimo, il perfido piacere di vedere inchiodati al proprio terrore, alla propria viltà, i simulatori, i dissimulatori...»

A Margot tornavano ora le guance rosse, di un rosso d'infanzia:

«Facciamolo... Facciamolo, Bocchi!»

«Ma dovrebbe essere... Mi spiego... Dovrebbe essere come una festa, capisci?»

«Appunto. Che lo sia.»

«Ci stai?»

«Ci sto.»

E sorrideva, Margot. Divertita. *Semplicemente.*


Il buffone gioca il suo ruolo.

Si dimentica della sua disperazione giocando il suo ruolo. Poi, uscendo nella notte, si accorge di essere solo. Che il suo pubblico è scomparso, non tornerà più. Si accorge che il gioco, creando una cesura, ha reso la disperazione insopportabile, l'ha trasformata in vergogna. Perché – si chiede – devo vedere la mia disperazione come una vergogna?

È un classico, ironizzò il Bocchi, mentre stentava a respirare. E andò a rintanarsi nel fondo del parco. Scelse un punto illuminato da una lampada, guardò il cielo sbiadito, non c'erano stelle. Sfilò i fogli della sua confessione dalla busta bianca. Aveva la gola stretta. Ci avrebbe pianto sopra di rabbia, a quei fogli, talmente ora gli sembrava ridicolo il tutto di sé che ci aveva messo: il dolore, la ragione, la lealtà... Talmente si rendeva conto che, di quei fogli, non importava ormai niente a nessuno.

Li rilesse...

\* \* \*

*I paradisi e gli inferni*
(i miei, di molti, per certi aspetti di tutti)

"Mi confesso, come abile assassino di Giulio Pagani, a me stesso, nella mia qualità di giudice non meno abile che, anche in questo caso, ha avuto l'assoluta capacità di condurre la vicenda... Mi confesso con la precisione, l'ossequio alla Legge, nonché con l'umanità, mi auguro, con cui sempre avrei voluto che un delinquente mi confessasse il suo delitto.

Non sto gettando la maschera. Non ho mai avuto maschera, nemmeno quando mi sono aggirato fra le quinte del teatro affollato di maschere altrui. Sono gli altri che non hanno capito, non si sono nemmeno accorti che la verità stava sotto il loro naso; sono gli altri, perciò, che mi hanno messo una maschera. Non chiedo scusa a nessuno. Non ho avuto, infatti, l'intenzione di farmi beffe di nessuno. Non è certo colpa mia se non esiste idea e fatto che non possano venir presentati sotto un aspetto volgare o viscido o ridicolo...".

Aveva fermato la penna, fatto una pausa, per ascoltare un passaggio de *Gli addii* di Beethoven (non aveva messo i Corali di Bach). La figura di questo genio, delineata dalle lettere del suo epistolario, gli procurava una forte immedesimazione: schizofrenico, possessivo, violento, burbero, infantile, morboso. Le sue perversioni. Ma poi la Grazia, arbitraria, divina, che cancella la condanna irreparabile che grava su certi uomini, fin dalla nascita... La salvezza che è, comunque, fuori dalla portata della volontà terrena.

Il Bocchi aveva socchiuso gli occhi. Fra le mille visioni che nella vita l'avevano illuminato o sconvolto, ebbe di fronte la *Crocefissione* di Grünewald, con i suoi paradisi e i suoi inferni.

Aveva ripreso:

"Potrei darvi un'infinità di ragioni. Ma nell'esercizio delle mie funzioni, ho imparato che l'assassinio è come l'amore. Spesso lo si fa e lo si vive attivamente, più spesso lo si subisce, ma quando esso nasce e si manifesta, vero, profondo, è per una legge oscura, difficile da spiegare.

Inoltre, non sempre un delitto richiede degli alibi. Può accadere che il delitto stesso sia un alibi. E forse questo è il mio caso. Ma valutandomi oggettivamente, al di fuori di me stesso, devo riconoscere che, nella mia vicenda, l'assassino si è dato degli alibi. Li racchiudo, per semplicità e anche per non tormentare la mia mente più del dovuto, in uno schema elementare:

– *La gelosia*

I più, certo, accrediteranno questo pretesto, in una società che, pur usando la simulazione e la dissimulazione, le applica a fragili castelli di carta, alla banalità del luogo comune, per il suo essere inetta, superficiale, volgare. Gelosia nei confronti di Giulio Pagani e, per altro verso, di Margot. È chiaro: Margot era e resterà per me tutte le donne in una. E per quanto riguarda il Pagani, citerò il mio autore preferito, il Torquato Accetto, quando afferma: 'Gran tormento è di chi ha valore, il veder il favor della fortuna in alcuni del tutto ignoranti. Essi, senza saper che cosa è la terra che han sotto i piedi, son talora padroni di non picciola parte di quella'.

– *La salvezza di Margot*

Riconosco di aver identificato, nel Pagani, un debole che avrebbe trascinato Margot negli smarrimenti e negli inganni della propria debolezza. L'ho capito, in particolare, allorché feci cenno, nel cartoncino augurale destinato ai prossimi sposi, al Domatore Martin, che ispirò Balzac e – si racconta – placava le fiere intrattenendo con loro rapporti sessuali, amandone la minacciosa bellezza mentre meditava di ucciderle, e comunque le sferzava, le teneva in gabbia. Una diceria grottesca e paradossale. Eppure mi resi conto che era un gioco da bambini indurre il Pagani a immedesimarsi nel Domatore...

Riconosco, altresì, di aver in parte equivocato sul Pagani stesso. Sulla base di erronee informazioni in mio possesso, lo ritenni un amorale ricattatore, un cinico e un bastardo. Ciò che non era.

È sublime pensare fino a che punto può giungere la libertà di spirito dell'uomo e l'energia della sua volontà. Ebbene, l'unica, vera colpa di Giulio è stata quella di non aver mai avuto la forza di questo pensiero... Comunque sia, l'offesa che si riceve dall'altrui mediocrità resta sempre intollerabile.

– *Un atto d'amore attraverso il delitto*

Credo sia il più attendibile fra gli alibi che si è dato l'assassino che è in me. Avrei voluto amare Margot attraverso la costruzione della vita, di una vita, insieme. Ma mi è stato negato... Parliamo, dunque, di morale. Odio questa ambigua parola. Ma la usano proprio quelli che la rendono ambigua. Servendosi di questo stesso mezzo contro di loro, si può convenire: la morale diventa l'arma per vendicarsi... In quale altro modo avrebbe potuto ripagarsi Margot? Non sono in grado (e non mi interessa) di dare una risposta.

Aggiungo soltanto che l'alibi si è via via trasformato nelle mie mani: da vago, impulsivo, si è fatto lucido e ben congegnato, affinché lei avesse soddisfazione. E anch'io l'avessi..."

Aveva posato di nuovo la penna. Ora c'era silenzio, intorno a lui. Ora, sì, poteva mettere i Corali di Bach. Aveva ripreso:

"L'assassino che è in me..." Precisò: "Che è stato in me... ha un'anima e una mente, ne convengo, eccellenti. Di solito, in un essere umano, determinati fatti o ragioni provocano sentimenti, come la gelosia appunto, l'odio, il disprezzo, o al contrario la fanatica adorazione, che si mantengono, per quanto esasperati e in conflitto, entro i confini della coscienza... Ma è così sottile la parete che divide questa coscienza dall'*Oltre*, dagli abissi dell'imponderabile, da cui la natura ci difende con la normalità delle sue norme...

E allorché ai sentimenti capita di violare la normalità delle norme, per fragilità genetica e per atti infami, la sot-

238

tile parete si lacera, e i sentimenti stessi si riversano nel regno in cui domina appunto il gene: tornano – trasformati in una forza primitiva, distruttrice e incontenibile – al ventre oscuro che ha creato la loro possibilità di esistere.

È là, oltre la lacerazione, in quel regno del tutto possibile, che alligna anche l'assassinio di Caino. Anche la follia di chi ci ha generato, servendosi forse del seme di quella follia... Ecco non più gli alibi, ma la verità: l'assassino che è stato in me, ha agito per un richiamo che gli veniva da oltre la parete lacerata. E per lo stesso richiamo, d'altra parte, egli si era votato, come giudice, alla causa dell'assassinio.

Vorrei che poteste capire. Da laggiù mi veniva il sogno della *gentilezza*... La gentilezza di mia madre. Può, la follia, essere madre della gentilezza? Sì, lo può... E anch'io credo di averlo dimostrato con Margot... Quella *gentilezza* materna si è sempre insinuata fra me e le cose, si è sempre fatta atmosfera e felicità, sì, felicità, persino quando ne vivevo il dramma...

Poteva forse, l'assassino che è stato in me, opporsi a questa *gentilezza* nata dalla follia, da cui aveva avuto il solo, intenso amore della sua vita, quando, quasi in cambio di tanto, lo ha spinto a uccidere?

No. Non poteva opporsi alla propria madre."

Il Bocchi aveva ascoltato i Corali di Bach come se fossero parole, parole accompagnate da carezze, da occhi densi di pietà, le parole della madre Delfina che un tempo, in quella casa, gli aveva detto:

«Di me dovrai ricordare, soprattutto, che ti ho capito. E capire significa immedesimarsi, con la nostra gioia o il nostro dolore, in chi si ama a tal punto da far nostre le sue ragioni, anche quando esse possono abbattere e travolgere gli argini della norma...»

Il Bocchi aveva aggiunto, alla confessione, una postilla:

"E voi, giudici, non oscurate mai, con la vostra ombra,

chi aspetta giustizia, sia per averla che per pagarla. *Imme-desimatevi*. Altrimenti, sappiatelo, voi non giudicherete, ma giustizierete."


Il Bocchi fu sul punto di strapparli, quei fogli...

Se ne stava andando a testa bassa da Villa delle Gaggìe, pensando ai giorni persi in un tempo chiuso, quando faceva visita a Margot e prima di salire si fermava da Giustina:

«Margot è su. E ti aspetta.»

Anche se non era vero. E Margot non lo aspettava affatto, lo accoglieva seccata, se non irritata. Il Bocchi apriva la porta della camera, le dava il buongiorno, portandosi il sorriso incoraggiante di Giustina, che subito svaniva, perché lei girava la testa chiedendogli:

«Che vuoi?»

E lui restava lì, e si diceva che quell'ultimo colpo di pettine se l'era dato inutilmente, e senza senso era il vestito migliore che aveva indossato, restando a lungo davanti allo specchio per migliorare il suo aspetto.

«Vattene, Bocchi. Stamattina non è mattina. Non ho voglia di ascoltarti. Ho i nervi. Potrei trattarti male.»

Il Bocchi se ne andava, appunto, a testa bassa. E prima di risalire in macchina, per riprendere la sua giornata di giudice, non gli restava altra consolazione che la vista delle piante di Giustina, colmarsene gli occhi, respirarle, facendo coincidere, con questo respiro, anche un sospiro di rassegnazione. La scorgeva fra le piante, la testa di Giustina, la sua mossa per fargli capire: "Mi dispiace". Tutto il suo regno sembrava confermare: "Mi dispiace".

Anche ora, mentre lo attraversava per fuggire via, fra gli alberi fitti, le voliere. Udì:

«Ti aspettavo. Vieni...»

Poi la vide apparire, Giustina, che era davvero come uno dei suoi alberi, anzi un alberello, non classificabile in nessuna specie. Il suo sguardo si concentrava su di lui, come la volta che l'aveva fissato a lungo, in silenzio, per capirlo, capire, e andare oltre, nel fondo: dei suoi pensieri, enigmi, alibi, pareti lacerate... E lui si era sentito capito, aveva considerato la donna degna di capirlo... Il suo sguardo, di nuovo, gli lasciava intendere: "Gli altri non esistono, il loro mondo è fuori da qui, da questo mio mondo". E nel silenzio di Giustina poteva riascoltare quelle parole di sua madre: "Di me dovrai ricordare, soprattutto, che ti ho capito...".

Dalla piccola figura che gli stava di fronte, il Bocchi era stato attratto, le prime volte, dall'assonanza dei nomi: Delfina, Giustina... Un'assonanza, anche, di caratteri, perché entrambe appartenevano a un pianeta che era loro, soltanto loro, e sia l'una che l'altra erano capaci di sorprendere chiedendo all'improvviso, nel mezzo di un discorso su tutt'altro:

"Lei sa quando comincia a spuntare il grano tenero?"

Chiunque non facesse parte di quel pianeta a sé, avrebbe trovato assurdo che un uomo come il Bocchi e una donnina che poteva dirsi sospesa nell'aria come gli uccelli delle sue voliere, stessero ora fissando lo stesso punto nel buio, seduti sull'erba... Ma Giustina gli toccava a tratti la mano, per confermargli anche questo:

"L'assurdo non esiste."

Arrivò l'alba. Le voliere si svuotarono. E il Bocchi e Giustina con lo sguardo in aria, al cielo che si andava sgombrando degli uccelli che volavano verso il profilo di Parma:

«Tornano» esclamò, al solito, Giustina. «Sono uccelli giovani. Gli lascio vivere la loro libertà, i loro giochi, per qualche ora. Poi, rientrano... Soffrirebbero se non potessero dimostrarmi, con l'ubbidienza del ritorno, quanto mi sono affezionati.»

Il Bocchi levò dalla tasca la sua confessione. Sulla busta bianca, che aspettava il nome del destinatario, scrisse semplicemente: "Grazie". Consegnandola a Giustina, le disse che poteva farne ciò che voleva: leggerla, non leggerla, comunicarne il contenuto a chiunque, all'intero mondo opposto a quello che li stava proteggendo, oppure a nessuno, distruggerla o conservarla.

Abituata com'era ai misteri delle creature, fossero uomini o animali, abituata com'era ad amministrarli, quei misteri, Giustina accarezzò la busta della confessione dicendo:

«Terrò aperta la tua voliera, finché non deciderai di tornarvi, a rinchiuderti... Ma come si rinchiudono i miei amici dell'aria. Per scivolare dolcemente verso la quiete. In un riposo che è dimenticanza e totale abbandono...»

In uno di quei momenti privilegiati dell'esistenza – spiegò al Bocchi, come già aveva spiegato a Fabrizio – che sembrano preludere al Paradiso, ma sono più preziosi, perché accadono sulla terra: quando il sole va calando e allunga le ombre, e il sonno degli uccelli ubbidienti significa il sognare, e insieme il vivere, la pace addormentata dell'eternità...

Il Bocchi scrutò i globi bianco-oro del *Dori-ka*:

«Peccato che non possa tenerli nella mia terrazza. Io non conosco la magia delle piante. Ma... Morirebbero, non è vero?»

«E perché dovrebbero morire?»

«Perché... Perché è la legge...»

Stava per aggiungere: "della natura". Ma si fermò a quella parola: legge, la Legge. Come gli suonava estranea, adesso, sulle labbra, quella parola che era stata sempre alla base della sua vita.

«Esistono tante leggi, troppe. E ci sono leggi immutabili. Altre, no. Altre si possono, volendo, mutare...»

Giustina afferrò un ramo:

«Basta affondare nella terra la parte giusta della sua radice.»

Staccò il ramo dalla parte dove stava la radice giusta. Lo consegnò al Bocchi.

«Sei sicura che non morirà?»

«Sicura.»

«Allora» e il Bocchi strinse il ramo «allora questa nostra storia potrebbe anche dirsi, a suo modo, una vicenda del tutto possibile.»

«Anche.»

Prima di andarsene, il Bocchi accennò alla busta che conteneva la sua confessione:

«Tienila come una lettera dal mistero... Da un mistero.»

«Addio.»

E Giustina lo abbracciò, col tono di chi intende: "È nel mistero che ci ritroveremo. Presto".


Il fiore del *Dori-ka* inciso, sulla terrazza, contro il profilo di Parma.

Il Bocchi si era fatto il caffè. E lo stava bevendo, adagio, come per rimandare il tempo, seduto in terrazza. Guardò il cielo, aspettandosi il suono dell'aereo. Sarebbe arrivato. Arrivò. Non poteva essere che quello. C'era un solo aereo che partiva di mattina presto, dal piccolo aeroporto.

Non vide l'aereo, per quanto spingesse lo sguardo, e dovette accontentarsi di quel suono che si spegneva in lontananza, dalla parte delle colline. Lo sapeva. L'aereo stava portando Margot in uno dei suoi viaggi attraverso i cieli e i deserti e le metropoli per raggiungere i luoghi deputati del mistero, fossero i Laghi delle visioni tibetane, o i sacelli degli enigmi di Ramsete II e dell'Iside egizia, o i presunti paradisi terrestri della Malesia.

Il Bocchi si chiese se al suo ritorno, se un ritorno ci fosse stato, Margot avrebbe sostato, come sempre, in cima alla scaletta dell'aereo, lasciando che il vento... Se avrebbe ancora amato il venticello di Parma, quel carillon celeste che per lei era gioco, era tutti i profumi della città, che un tempo avvertiva anche quando non era primavera o estate, persino nelle giornate d'inverno e nei nebbioni dell'autunno... Perché un tempo era fatta così, Margot, aveva il potere di inventarsi i piaceri, arte spericolata... Il potere di inventarsi i suoi piaceri e le sue disgrazie.

Il Bocchi si chiese anche, mentre già l'aereo non si udiva più, se al suo ritorno ci sarebbe stato qualcuno a riceverla. Qualcuno con l'aspetto regale e soggiogato del cervo? Oppure?...

Posò la tazzina. Passò la punta delle dita sul globo bianco-oro del *Dori-ka*. Non si era dimenticato. Come avrebbe potuto? Era stato, e sarebbe rimasto, un uomo di parola. Anche se la sua parola, ora, era ben altra da quelle che avevano attraversato la sua umana avventura.

Restava l'ultimo atto. Che aveva promesso a Margot, per assecondarla nella sua "sete di semplicità":

"Radunarli tutti in questo salone, obbligarli a presentarsi qui, puntualmente... E dirgli: quando vi avrò davanti a me, io metterò uno di quei fiori addosso all'assassino. All'occhiello della sua giacca, se toccherà a un uomo, fra i suoi capelli, persino con galanteria, se toccherà a una donna... Vederli inchiodati, ancora una volta, alla propria paura, alla propria viltà, i simulatori, i dissimulatori."

E ne avevano riso insieme. La prima risata, un po' da bambini, senza intenzioni capziose, che li rendeva davvero complici. Forse ci stava pensando anche lei, Margot, lassù, fra le nuvole, chiedendosi:

"Lo farà veramente, quel gioco, il Bocchi?"

Le chiavi le aveva lasciate. E aveva lasciato a disposizione il salone.

I personaggi coinvolti nel caso Pagani ubbidirono all'"'invito" di presentarsi, quella notte, a Villa delle Gaggìe. Provarono un ultimo allarme, più esattamente un'eco d'allarme che ormai brontolava lontano come un temporale sfogato. Ne avevano quasi la certezza. Ormai le campane (qualunque campana) potevano sbrigliarsi in libertà, perché non c'erano più né innocenti, né colpevoli.

Il gioco era finito. Ed era giusto che, ufficialmente, finisse con un gioco.

Il Bocchi, che era accompagnato dal Commissario Balbo, li ebbe tutti intorno, in piedi, come desiderava. E ottenne anche, come desiderava, un silenzio profondo, di quelli che si tagliano col coltello. Il fiore lo fece comparire non con fare minaccioso, ma con un atteggiamento ben equilibrato fra monito e sarcasmo, in modo da tenere i presenti sulla corda: una corda, tuttavia, ambigua, che consentiva la suspense, senza indurre troppo al presentimento della tragedia.

"Il fiore addosso all'assassino..."

Mentre l'ipotesi si accoppiava al dubbio, e il dubbio al sorriso dissimulato, che volava qua e là, impennandosi, planando come un aeroplano di carta, il Bocchi passò da uno all'altro dicendosi che non si era mai sentito così in forma con la propria ironia. Persino i dettagli, le varianti e le sfumature gli riuscirono alla perfezione: quel giocarsi agilmente il fiore fra le dita come per far intendere "aspettatevi il peggio", annusandolo con l'aria di riflettere sul colpo ad effetto; quello scrutare ogni faccia, da angolazioni diverse, prima del gesto, subito frenato, di spingere avanti il fiore, quell'attimo di sospensione come se stesse per centrarli davvero gli occhielli, i capelli: anzi, le acconciature che, data la circostanza, erano state predisposte con cura.

Ebbe, per ciascuno, una frase appropriata e allusiva.

"Che attore!" facevano capire i presenti, scambiandosi smorfie, lanciandosi occhiate.

Da una parte, c'era anche Giulio, il Giulio Pagani, in una fotografia incorniciata d'argento. Seguiva la scena, registrava le reazioni, con la sua espressione da cervo; non da domatore, da cervo. E anche lui sembrava pensare: "Che attore, chi l'avrebbe mai detto?".

Alla fine, il Bocchi andò a collocarsi al centro del salone. Girò sui tacchi, così da trovarsi di fronte al Commissario Balbo. Lo scrutò e gli disse:

«Conosco le sue spericolate catture. Cacce drammatiche. Sparatorie.»

Il Commissario lo prese per un complimento. Ringraziò. Ma subito restò, se non proprio perplesso, in una sudditanza confusa, quando il Bocchi gli chiese a sorpresa:

«E mi dica: ha mai catturato nessuno con un fiore?»

Per il Commissario, ogni domanda del superiore doveva avere un senso. Perciò, pur sapendo benissimo che non gli era mai successo nella sua carriera per quanto lunga e tormentata, si sforzò di cercare nella memoria:

«Con un fiore? Ora non ricordo, ma non direi...»

«E non ha mai messo un fiore fra i capelli di una donna?»

L'altro arrossì, equivocando, e non poteva che equivocare, ossia sentirsi indagato nella vita intima. Alle poche donne che aveva catturato non nell'esercizio delle sue funzioni, e dunque da servitore di se stesso, non della

Giustizia, aveva messo le mani addosso, questo sì, di questo era certo, ma un fiore fra i capelli, uno rude come lui, fiero della propria virilità rude, proprio un fiore, mai, avrebbe potuto giurarlo:

«Forse... Forse può essere accaduto.»

Il Bocchi lo incalzò:

«Tantomeno credo che abbia mai messo un fiore all'occhiello di un uomo.»

Una risata generale. E si unì anche il Commissario, gratificato: perlomeno, il suo superiore non avanzava dubbi sulla virilità di cui andava fiero. Vacillò quando il Bocchi gli consegnò il fiore:

«Avanti, me lo metta!»

Stavolta, ci fu chi lo esclamò ad alta voce:

«Che recita, Bocchi!»

E subito seguì un coro di voci ammirate e divertite, un mormorio non più simulato, un fraseggio convinto:

«Come si sta prendendo gioco di noi e di se stesso. Quant'è vero che le persone si dovrebbero conoscere a fondo. Se avessimo saputo che era così spiritoso, l'avremmo adorato fin dall'inizio...»

Il Bocchi cambiò tono:

«Le ordino di mettermelo!»

Il Commissario era rimasto a bocca aperta. Ma, si sa, gli capitava spesso, col Bocchi, di restare a bocca aperta, senza capire. Ancora una volta, e benché in questo caso fosse proprio dura, non osò supporre: "Questo è pazzo!". Al contrario, ancora una volta si impose: "Che mente superiore! È chiaro che deve avere una strategia ben precisa, e tutta sua, su chi è l'assassino che dobbiamo arrestare". Si industriò e fece del suo meglio. Aveva le mani rozze, le dita troppo grosse. Ci impiegò un po' di tempo:

«Va bene così, dottore?»

Con un ultimo tocco, il Bocchi convenne:

«Perfetto!»

Scoppiò un applauso.

Da primattore come lo stavano definendo intorno, fu tentato di rispondere con un inchino. Lo fece, quando si ritrovò sommerso dall'assurdo, quando capì che gli stava cascando addosso il mondo che è così facile, facilissimo, trasformare in una montagna dell'assurdo. Non gli avrebbero creduto mai, mai, nemmeno se avesse sparato lì, in quel momento... Si rivolse col pensiero a Margot: "Che sia la semplicità che cerchiamo per troppa stanchezza, il vero mostro?".

«Che show, ragazzi...» continuavano a ripetersi. «Che show!»

Una parola, si disse il Bocchi, che può significare: il delitto non c'è mai stato, l'assassino non va cercato, perché non esiste, non può esistere! Non deve!

Tornò a farsi parte dell'allegria dei presenti:

«Giusto, da attore... E da attore, per convincervi, dovrei trovare le prove, le vere prove contro me stesso... Difficile impresa, quasi impossibile. Visto che, per di più, godrò di protezioni influenti.»

Si girò verso il Procuratore Capo che gli rispose, con una risata:

«Certo.»

E la stessa risposta, la stessa risata, le ebbe dal Minotti:

«Certo, Bocchi, certo.»

«Ma potrei trovarle, quelle prove» concluse il Bocchi sgusciando fuori dalla montagna dell'assurdo. «Perché, comunque sia, io resto un bravo giudice.»

E si avviò. Accompagnato da un altro applauso. Nonché dal Commissario Balbo che, con deferenza, gli aprì la portiera dell'automobile che l'aspettava.

Il Bocchi si allontanò nella notte, col suo seguito di macchine, di agenti pronti ai suoi ordini. Ci fu un momento che si alzò il bavero della giacca per annusare di nuovo il fiore: manteneva il suo profumo, benché fossero passate ore da quando l'aveva strappato dal ramo. Poi, quasi a caso, girò lo sguardo. Stava correndo troppo veloce, ebbe solo il tempo di lanciargli un'occhiata...

Al Pioppeto Rondini.

Sul suo mare di cenere, una nuvola leggera attraversava la luna.

*«Gialloparma»*
*di Alberto Bevilacqua*
*Collezione I libri di Alberto Bevilacqua*

*Oscar Mondadori*
*Periodico bisettimanale:*
*supplemento al n. 2985 del 15/7/1997*
*Direttore responsabile: Massimo Turchetta*
*Registr. Trib. di Milano n. 49 del 28/2/1965*

*Finito di stampare nel mese di luglio dell'anno 1997*
*presso la Arnoldo Mondadori Editore S.p.A.*
*Stabilimento N.S.M. di Cles (Trento)*
*Stampato in Italia - Printed in Italy*